六人の超音波科学者

森 博嗣

KODANSHA NOVELS

講談社ノベルス

ブックデザイン＝熊谷博人
カバーデザイン＝辰巳四郎

目次

SIX SUPERSONIC SCIENTISTS

by

MORI Hiroshi

2001

登場人物

研究所の人々

土井《どい》　忠雄《ただお》……………………科学者
ジョージ・レンドル……………………科学者
宮下《みやした》　宏昌《ひろまさ》……………………科学者
スコット・ファラディ……………………科学者
園山《そのやま》　由香《ゆか》……………………科学者
雷田《らいだ》　貴《たかし》……………………科学者
田賀《たが》　嘉信《よしのぶ》……………………執事
岩谷《いわたに》……………………家政婦
今枝《いまえだ》……………………家政婦

招かれた人々

奥村《おくむら》　聊爾《りょうじ》……………………日本超音波学会会長
竹本《たけもと》　行伸《ゆきのぶ》……………………同学会事務長
朝永《ともなが》　良太《りょうた》……………………テレビ局のカメラマン
野々垣《ののがき》　綾《あや》……………………テレビ局のレポータ
小鳥遊《たかなし》　練無《ねりな》……………………大学生
瀬在丸《せざいまる》　紅子《べにこ》……………………自称科学者

招かれなかった人々

祖父江《そぶえ》　七夏《ななか》……………………愛知県警刑事
立松《たてまつ》……………………愛知県警刑事
林《はやし》……………………愛知県警刑事
保呂草《ほろくさ》　潤平《じゅんぺい》……………………探偵、便利屋
香具山《かぐやま》　紫子《むらさきこ》……………………大学生

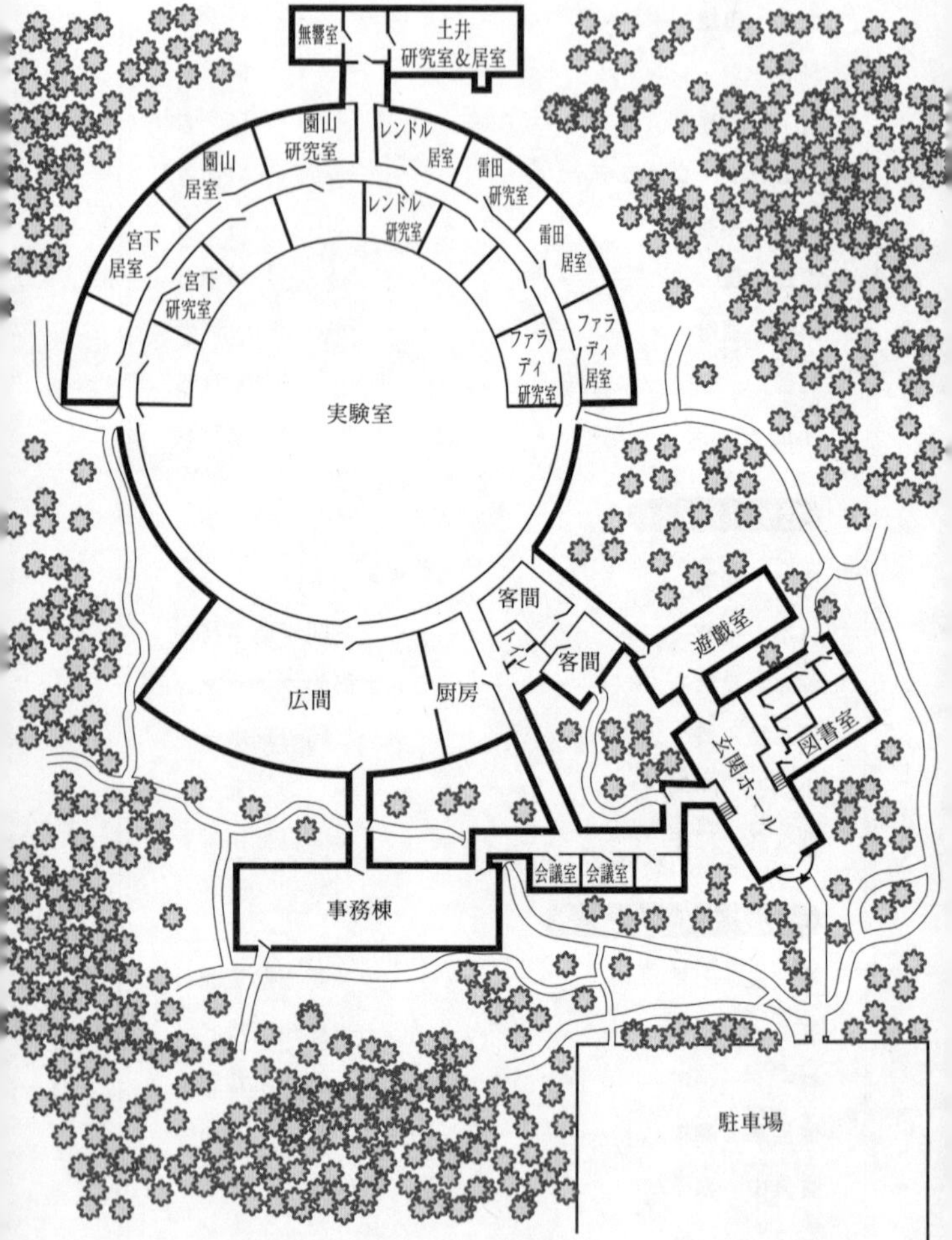
無響室
土井
研究室&居室
園山
研究室
レンドル
居室
園山
居室
雷田
研究室
レンドル
研究室
宮下
居室
宮下
研究室
雷田
居室
ファラ
ディ
研究室
ファラ
ディ
居室
実験室
客間
トイレ
客間
遊戯室
広間
厨房
図書室
玄関ホール
会議室
会議室
事務棟
駐車場

　そうすると、電磁波の存在は、エールステッドの法則と、ファラデーの法則との間に隠されていたことになる。しかしどんな大天才でも、この二つの法則の中から、電場、磁場は、空間を波となって伝わっていくものだということを、かぎ出すことは不可能であろう。それは、マックスウェルほどの頭脳をもってして、数式によって展開してみて、はじめてわかったことである。数学というものは、人間の頭の中で作られたものではあるが、それは個人の頭脳でつくられたものではない。たくさんの数学者の頭脳で作られたものであって、いわば人類の頭脳がつくったものである。そういう一種の超人であるところの数学の力を借りて、はじめてエールステッドとファラデーとの二つの法則から、電波の存在が予言できたのである。

（科学の方法／中谷宇吉郎）

プロローグ

　ずっと上り坂だった。限りなく上っている。もしかしたら天国へ向かっている、あるいは既に天国なのではないか、と疑いたくなるほどだ。少なくとも銀河系へ向かっている、よりは多少は現実的だろう。

　ビートルの非力な空冷エンジンは、ギア・ダウンのたびにカタカタと乾いた唸《うな》りを上げ、車体はヘアピン・カーブで左右へ律儀に傾いた。その水平加速度に合わせて、後ろの座席から高い声が上がる。反応は少しずつエスカレートしているようだ。この車はエンジンも後ろにある。したがって、音はすべて後方から聞こえてくる。音から逃げるように走っている状態。そのくらい、前の座席は対照的に静かだったし、霧に霞《かす》んだ行く手にも、音が存在しそうな気配はまったくなかった。

「きゃあ！」

「おっとと」

「あ、あぁ！　君な……」香具山紫子《かぐやまむらさきこ》の声である。

「今のは、あかん。勘弁できんな」

「ごめんごめん」小鳥遊練無《たかなしねりな》の声はかなり高い。

「急に曲がったからさ。でも今、凄《すご》い悲鳴だったね、しこさん」

「わざとやろ、今のは……」

「え、わざとなの？」

「ちゃう。君が、わざとやろ、言うてんの」こちらは努めて低音で話す紫子。「な、わざとやろ？　白状しいな。ここ、触《さわ》ったやん」

「ここって、どこ？」

「くぅ！　白々しいやっちゃな！」

「ちょっと、わざとって何がさ。どこ触った？」

「いやらしい！」

「あーあぁもう……、触りたいと思う？　僕が？　しこさんを？　ほうえぇ……」

「なんちゅう言い草やん、それ。どさくさに紛《まぎ》れて……」

「あ、痛てて！」今度は練無が叫ぶ。

「おっとと」

「ちょっとぅ！」

「あ、ごめんな……、堪忍《かんにん》堪忍、はは」

「何、今の！　完璧にヘディングじゃん」

「ちゃうちゃう。ズ・ツ・キ。ディやないで、ゼットやで」

「同じじゃん」

「ちゃんと摑まってなあかんなぁ、ごめんあそばせ。お互いに気をつけましょうね」笑いながら紫子が言う。

「もおぅ、しこさん、子供なんだから……、やるかな、そういう仕返しって」

「そりゃま、車もな、右にばっかり曲がってられへんしな。右回転だけやったら、ループぐるぐるの螺《ら》旋《せん》階段、で右ネジの法則やもん、左手のフレミングはんって、どうよ？　君、理系やさかい、お手のもんやろ。あ、これがホンマのお手のもんやで」

「しこさん」

「あれは、私も完璧お手上げやったわ、熱伝導率との違いが今イチ私の感覚にフィットしやへんわけ」

「しこさん……、男だったら殴られてるよ」

「おおそうか、そういう君かて、女やったら、ただじゃおかんで。そんなも、今頃、どんだけいびりたおされてると思う？　毎晩泣きべそかいてな、すすり泣くぞ」

「それ、主語は誰？」

「自分や自分」

「自分っていうのは、僕のこと？」

「何とぼけてんねんな」

「もうさ、しこさん、口が意志から独立してない？　ちゃんとしこさんの人格でしゃべってる？　口だけ独自のポリシィ持ってるみたい」

「ポリシィ？　ようわからんけど、これは自動操縦なんよ。ほなら、君の人格はどこにあるん？　ようそんなちらちらのエッチな服を着よるで、ホンマに。誰に襲われたいんや？」

「どこがエッチなのぉ！」

「君の存在自体がエッチ！」

「どういう意味、それ」

「願望がエッチ！」

「煩《うるさ》いな！」紅子《べにこ》が助手席から振り向いた。「喧嘩《けんか》したかったらね、もっと陰湿にやりなさいよ。そんな開けっぴろげで公明正大な喧嘩は鬱陶《うっとう》しいだけ。もっと執拗《しつよう》に計画的に徹底的に、相手に肉体的かつ精神的ダメージを的確に与えることだけに集中する。その場では笑って相手を油断させておいて、夜になったらこっそり行動開始。一撃必中、即離脱。わかった？」

「えっと……、あの……」紫子が身を乗り出してきいた。「紅子さん、何の話？」

「夢でも見てたの？」練無も尋ねる。

「たった今起きました。後ろが煩いもんだから」紅子はシートにもたれて溜息《ためいき》をつく。「ああもう、気持ち良かったのに……」

「ごめんなさい」練無が小声で言う。

「すみません」紫子も謝った。

「なんか、霧が出てきたね」運転席の保呂草《ほろくさ》が呟《つぶや》く。

「まだ、だいぶかかりそう？」紫子がきいた。

「どうかな、もうかなり上ったと思うけれど」

「これって雲の中なんよね」紫子が窓の外を見て言った。

霧のため、視界は前方二十メートルほどに限られていた。この程度であれば、山道ではさほど珍しくないかもしれない。時刻はまもなく午後四時。暗くはなかったが、保呂草はビートルのヘッドライトを点灯させていた。

「なんかさ……、こういうのって、雰囲気だよね」練無が独り言のように話す。「ほら、きっとブラックジャックみたいな博士がいたりするんだよ」

「お茶の水博士の方が恐《こわ》いで」紫子がすぐに言い返した。「いくらなんでも、あの鼻は恐い」

「うーん、あのまま出てきたら、確かに、恐いかも」

「めっちゃ恐いで」

「だったらさ、ほら、そこの道端に、ムーミンが立っていたりしたら恐いでしょう？　ミーとスナフキンが、その後ろの林の中からこっちを睨《にら》んでいるんだよ」

「え、恐いか？　そんなん」紫子がぶっきらぼうに答える。

「恐いよぉ……。絶対恐いってば」

「お茶の水博士に比べたら、へでもないで」

「おっかしいな……、恐くない？」

「全然」

「じゃあさ、ムーミンが五メートルくらいあるっていうのはどう？　すっごいでかくって……。ね、恐いでしょう？　車を追っかけてくるんだよ、後ろからさ、どすんどすんって」

「そんなもん、ムーミンやのうても恐いやん。恐竜と同じやもん。れんちゃんが五メートルあって、赤いスカート振り乱して追っかけてきよったら、死ぬほど恐いで。そやろ？」

「しこさんだったら、最終兵器だよね」

「どういう意味？」

「そうじゃなくて、ムーミンってさ、顔が恐くない？　スヌーピーとかも、僕恐いなあ。なんかのっぺりしててさ、本当に生きてて、呼吸とかしてたら、むちゃくちゃ恐いと思うけど。あ、ペコちゃんも恐いよね」

「いんや。ただのカバとか犬コロやないの。ペコちゃんなぁ、あれは、首が据《す》わってへんだけに、ちょいやばいかもしれん」

「ムーミンはカバじゃないわよ」助手席の紅子が言う。

「大きくなったら絶対恐いよね？」練無は身を乗り出して、前の座席に近づいた。「怪獣だって大きいから恐いんだもん。小さかったら、ただのトカゲでしょう？」

「トカゲの方が恐い」紫子が主張する。「怪獣は大き過ぎるから、こそっとどっかに隠れたらええやん。トカゲは、逆にどこに隠れてるかもしれへんわけやも、そこが、恐い」

「そのままのプロポーションでは大きくなれないんだよ」紅子が後ろを振り返る。「体重は三乗で増えるけれど、足の断面積は二乗でしか増えないから、拡大すると重さを支えきれなくなるわ」

「そういう話じゃなくって」練無がくすっと笑う。

「ああ、クジラが水から上がったら、自重支えるのがしんどくて生きてられへんのと同じことですよね」紫子が頷《うなず》く。「うん、でも、でかいクジラよりは、小さいピラニアが沢山おった方が断然恐いと思う」

「うん、だからね」練無が早口で話す。「そういうのが、いるのかいないのかっていう話じゃなくてさ、もしいたとしたら、恐いか恐くないか……、大きなムーミンがいたとして、それが生きものだったらって想像してみてよ。恐いでしょう？」

「現実におらへんもんは、恐くもなんともないっちゅうに」

「いそうにないものが出てくるからこそ、恐いんじゃない？　お化けとかだって全部そうじゃん。普通の格好の人だったら、恐くないわけでしょう？　普通のサラリーマンの格好のお化けだったら、お化けですって言われても、嘘だって思うだけで、別に恐くないんじゃない？」

「曲がるよ」運転席の保呂草が突然大声で言った。

「え？」紫子が首を傾げた直後に左側にのけ反る。

そこへ練無が倒れ込んできた。

「ぎゃあ！」

「ごめんごめん」慌てて紫子のところから身を引く練無。

「やっだぁ、もう！」紫子が叫ぶ。

「うわ、どんな人格？　それ、いつものしこさんと違うじゃん」

「傷つくなぁ……、可憐な乙女に向かって」

「可憐って……、僕より大きいし、重いじゃん」

「あ！　言うたな！」

「靴もでかいし」

「かぁ！　ホンマに口の減らんやっちゃで。スカートん中、手突っ込んだろか！」

「どこらへんが可憐？　ねえ、聞いた？　保呂草さん、今の聞いた？」練無が前の座席に顔を近づける。「帰り、しこさんと二人なんでしょう？　僕、なんか心配だなあ」

「何言うてんの、君と紅子さんも二人っきりやないの」紫子が言い返す。「あ、ま、でも、はは……、そっちは、あんまし心配ないか、ははは。れんちゃんがれんちゃんだけにな……。どんなんやねん」

「ねえねえ、保呂草さん。しこさんが乗ってなかったら、もっと坂道ぐんぐん上れたんじゃない？」

「あのな」

「そうなの……、どうして、私たちが呼ばれたのか、今一つわからないのよね」紅子が呟いた。

「つながってない、つながってない」紫子がオーバに首をふる。

「林《はやし》さんと来たかったわ」紅子が囁《ささや》く。

急に皆が沈黙。ビートルのエンジン音だけになった。

「左に曲がりまーす」保呂草がそう言いながらハンドルを切る。

今回は悲鳴が上がらなかった。

ビートルは細い橋を渡り、カーブを走り抜け、やがてトンネルへ入っていく。

＊

人間は予測をする生きものである。近い未来に対しても、ずっとさきのことであっても、考えずにはいられない。理由をつけて憶測するのはまだ序の口といっても良い。単に、神懸かり的な予言、占いの類《たぐい》を信じ、根拠のない余計な心配をする人々も少なくない。

一度経験したことは学習され、次に来る同様の衝撃を緩和《かんわ》する回路が精神の中に構築される。しかし一方では、二度目だからこそ、本当に驚く、といった場合も存在するようだ。すなわち、最初のときには何が起こったのかさえ充分に把握できず、したがって驚く暇もなかった、それが二度目には、恐怖が正当に評価される、といったケースである。ホラー映画がショッキングな場面を繰り返し見せるのも、また、もうすぐそれがやってくることをわざと観客に知らせようとする演出も、これらの心理を利用したものといえるだろう。

車が右に曲がれば、車内の人間や物体は左方向に力を受ける。力とは、加速度と質量の積。つまり、重力も遠心力も、この加速度の大きさで作用する力を評価できる。車に乗っている人は、自分の躰《からだ》が加速度によって前後左右に押される（あるいは引っ張られる）ことを経験的に知っている。乗り慣れてしまえば、小さな力は感じないようになる。頭脳が予測して、躰が無意識に加速度に対処するからだ。

外乱を予測してショックを防ごうとする心理、そして、予測ゆえに膨らむ恐怖。そのバランスは一義的には語れない。人の反応は複雑だ。ただ一つだけいえる真理は、それらが実体のない、思い描かれただけの虚像である、という点である。

さて、物語は今、夕刻に山道を走るビートル、それに乗り合わせたいつもの四人組、そして、例によって毎度の退屈な講釈で幕を上げようとしている。

既に聞き飽きたという諸兄には大変恐縮であるけれど、これもお約束ということで、しばしご容赦いただきたい。手続きを省《はぶ》くことは、ゆで卵の殻を剝《む》かずに口に放り込むようなもので、概してトリッキィではあるものの、より多くを味わえるといった代《しろ》物《もの》では決してない。


物語の記述者である私、保呂草潤平《じゅんぺい》も含めて、すべての登場人物は本文中では三人称で書かれている。これらは、私が実際に経験し、目撃した部分と、主として友人たち（すなわち、瀬在丸《せざいまる》紅子、小鳥遊練無、香具山紫子たちのことである）から聞き出した情報を基本として、若干の想像を交えて組み立てた部分とで構成されている。

文章で表現された存在とは、すなわち、多かれ少なかれ現実とは乖離《かいり》した虚構であるけれど、少なくとも、私や友人たちが経験した出来事が基《もと》になっていることだけは確かだ。

今回の舞台は愛知県中央部の山岳地帯。ある山の頂《いただき》近くに建てられた研究所である。そのイベントがどのような意味を持つものだったのか、またいかなる意志によって実施されたものだったのか、それらは事件の核心とも関連することなので、ここで不用意に予告するわけにはいかない。ただし、事前において、それは「パーティ」というクリームにも似た円《まろ》やかな言葉で認識されていた。

そのパーティに招かれたのは、瀬在丸紅子と小鳥遊練無の二人だ。

瀬在丸紅子は、自称科学者である（一度だけであるが、彼女がそう口にしたと私は記憶している）。確かに、彼女の住まいである無言亭《むごんてい》の一室、彼女の書斎兼寝室兼研究室には、凡人には想像もできない実験機器が並んでいるし、そこで日夜行なわれるだろう科学が、どれほど魔術から距離を置いた行為なのか、きっと私には理解できないだろう。専門分野は電子工学、あるいは情報工学である。さらに、近所の国立N大学にも、紅子は頻繁に出入りをしているという（確かな情報ではないが、少なくとも生協食堂では幾度か目撃されている）。ところが、彼女は誰からも給料をもらっていない。どこからも研究費を受けていない。換言すれば、紅子は仕事をしていないのである。かつては貴族にして資産家の令嬢であった彼女だが、両親ともに相次いで死別し、その瀬在丸家もあっという間に没落した。若くして結婚した彼女は、数年後に離婚。現在は、十二歳になる一人息子とともに、明らかに極度の貧困の最中《さなか》にある、というのが客観的な観測である。にもかかわらず、生活費を捻出することに関して、紅子はまったく関心がないようだ。少なくとも、そういった努力を彼女がしているようには見えない。この数奇な母子の生活が成り立っているのは、瀬在丸家の栄華の恩恵に与《あずか》った旧知の人々の援助、その中でも特に、瀬在丸家の元執事（現在もほぼそれに近い立場だが）、根来機《ねごろき》千瑛《ちえい》の献身的な世話によるものである。

今回のパーティには、同じ科学者ということで紅子が呼ばれたとは思えない（科学者として紅子が全国的に認知されているはずがないからだ）。単に、瀬在丸家が所有していた桜鳴六画邸《おうめいろっかくてい》を買い取ったのが数学者の小田原長治《おだわらながはる》という人物であり、その小田原が、当の土井忠雄《どいただお》博士（この人物がパーティの事実上のオーナである）と交友があったことによる。小田原は、土井超音波研究所にも多額の出資をしている、という経済的なつながりもあった。現在、小田原は六画邸を手放し（この建物は公共物となった。紅子が暮らしている無言亭もこの敷地内に含まれている）、したがって既に紅子との間には何の関わりもなくなった。それにもかかわらず彼女が招待されたのは、特別な引き立てがあったことを示唆している。すなわち、瀬在丸紅子という人物の特異性を、この小田原博士が見抜いていたこと、さらには、小田原を通じて、土井研究所の誰かがそれを聞き及んでいたこと、が想像に難くない。

　客観的に見ても、瀬在丸紅子はごく一部の特別な集合に属する人間であろう。私は、それを確信している。

　彼女の風貌に関しては、多くを語る必要はない(語りたい気持ちを大いに抑制した条件下における見解であるが)。とにかく、一度でも彼女をその目にすれば、しばらくは忘れられないはずだ。一度でも彼女の瞳を見つめれば、容易には視線を逸《そ》らすことができないだろう。高性能マグネットのような瞳だ。だが、それでも、その人格の複雑さに比べれば、彼女の外側の殻は、実に明快でわかりやすく、そして優雅さが際立っている、とだけ慎《つつ》ましく述べるに留めたい。

　小鳥遊練無も、その名前の珍しさと同じくらい変わった人物だが、それは外見だけでは判別できない。名前からも判別できないが、彼は男性である。言葉で書くと、どうしてそんなことをわざわざ、と思われることが必至であるけれど、その当たり前のことが彼の場合には通用しない。彼は男性だ、という端的な表現が、彼を見た者には普段にも増して意味を持つだろう。相対的にも、主観的にも、彼の外見は重要な要素である。

　練無には女装癖がある。「癖」というにはあまりに堂に入っているし、あまりにも相応《ふさわ》しい。そこには不自然さがまったく存在しない。似合い過ぎているのだ。このため、それを見た者が不愉快に感じることはまずないと断言できる。したがって、彼の外見は特に珍しくない、ことになる。本当の性別を知らない者は、誰一人気づかないからだ。

　彼の人柄は、その風貌とは独立している、といって良く、この点において、珍しく、大いに特異な性状だと思われる。そうはいっても、自然界に目を向ければ、この種の擬態《ぎたい》は、蝶や鳥や、その他の動植物の多岐にわたり、例が無数に見られるところだ。だから、その意味では、彼の性状は非常にナチュラルな傾向だと評価できなくもない。もちろん、そう主張して、何かを弁解しよう、何かを訴えよう、あるいは社会に対して問題提起をしよう、といった意志など毛頭ない。誤解のないように、つけ加えておく。

　小鳥遊練無が今回のパーティに招待されたのは、以前に彼が知り合った資産家、纐纈《こうけつ》某氏（既に亡くなっているらしい）の伝手《つて》である、ということだった。練無がどのようにしてその金持ちの老人と知り合ったのか、具体的にどのような間柄だったのかは、私は知らない。少しまえのことのようだ。もちろん尋ねてみた。だが、彼は詳しくは話してくれなかった。思い出したい楽しい過去ではなさそうである。このような状況で深入りすることは、私も得意ではない。

　阿漕荘《あこぎそう》という名の古びた木造アパートに、私たちは住んでいる。私の隣の部屋が小鳥遊練無、そして、彼の向かい（つまり私の部屋の斜め向かい）に香具山紫子がいる。

　長身でボーイッシュな紫子は、ごく一般的な女子大生だ。多少、勉学に対する意欲を喪失しかけているものの、その点もまた極めて普通の大学生の傾向といえよう。多少人見知りする彼女であるが、親しい者に対しては口調も態度も若干横柄な感じとなる。それは、関西のイントネーションのためだろうか（実家は神戸だが、母親は京都の出身らしく、微妙に京都弁が混ざっているようだ）。もちろん、彼女なりの親しみの表現なのだろう。人間関係に器用な人物ではないものの、今どきの若者には珍しい素直さを持っている。

　瀬在丸紅子の無言亭は阿漕荘のすぐ近くにある。紅子、練無、紫子、私の四人は、連れ立って行動する機会がわりと多い。いったいどのようなグループなのか、といえば、単に麻雀仲間である。ただし、それほど頻繁に麻雀をしているわけでもなく、もし、四人を結びつけるものが他にあるとするなら、間違いなく香具山紫子がその役割の大半を担《にな》っている、と私は思う。彼女は世話をやく（つまり他人に干渉する）のが好きで、持ち前の特化した積極性を発揮してぐいぐいと押してくる。他の三人の自分勝手さに比較すれば、紫子は人情、あるいは対人的な心遣いはずっと豊かであろう（というよりも、彼女が人並みなのだが）。結局のところ、こういった接着剤的な役柄の存在こそが、グループの形成と継続の基本的な要《かなめ》といえる。

瀬在丸紅子と小鳥遊練無の二人を山奥のパーティ会場まで送るために、私は車を運転した。四人の中で車を持っているのは私だけなので、この種のケースはこれまでにも何度かある。目的地は、車で行くしかない不便な場所だった。私も、そしておそらくは紫子も、紅子や練無から話を聞いていた。そこがどのような場所なのか一目見たさに、興味本位でついてきた、というわけである。

なんとなく、おかしな予感があった。

何かが起こりそうな……。

もちろん、そんな非科学的なことを信じているわけではない。人間が特殊な能力を持っていたり、科学では解明できない不思議な現象が起こったり、などとはこれっぽっちも考えたことはない。

しかし……、

最初から、ただでは済まない、といった匂いが漂《ただよ》っていた。どうにも上手《うま》く表現できないが、そんな違和感が確かにあったのだ。

細かいことを書けばキリがないけれど、聞き及んだ限られた情報の中にも、理解しがたい部分が散見された。その代表格は、瀬在丸紅子と小鳥遊練無が招待された、という事実である。これはおかしい。客観的に見て、明らかに不自然だ。

胡散《うさん》臭い。

そう、仰々《ぎょうぎょう》しい招待状も、その会場となる場所も、そして差出人たちも、いかにも作為的で、曰《いわ》くありげで、どろどろとした粘性が渦を巻く、そんな予感を際立たせている。

普通じゃない。

この予測に関して、瀬在丸紅子はこう表現した。

「残留した応力が解き放たれないまま凝結してしまった物質みたいね」

「何です？　それは」私は尋ねた。

「固まってしまえば動かない。その形を一応は保持する。けれど、あるとき溶けだす寸前に、力を解き放つ方向へ、突然動きだす、変形しようとする。つまり、行動しようとする意志を記憶したまま封印されて眠っている物質」

「だから……、それが、何なんです？」

「さあ……、何かしら」紅子はにっこりと微笑《ほほえ》んで、答えなかった。こういったときの彼女の笑顔は、会話の内容とは綺麗さっぱり無関係なのである。

彼女のその微笑を見た者は、メドゥサに石にされた愚者の気持ちを連想することになるだろう。石になることの幸せを知るかもしれない。もしかしたら、それは美徳ではないか、という迷いを励起《れいき》するに充分な微笑みなのだ。

さて……、
それはそれとして……。

人の予測は的中するものである。それは、常に無意識のうちに、人が未来に対して多数の道筋のシミュレーションを行っているからにほかならない。そして、実現象が、その解の範囲内に収まることを確認したとき、どうしても、溜息混じりにこんな台詞《せりふ》を呟きたくなる。

「ああ、やっぱりね、思ったとおりだ」

さらに軽く舌打ちをして、

「まったく、こんなことになるんじゃないかと思ったよ」

と鼻から息をもらす。

この種の諦《あきら》めの感情こそが、思いもよらず発生するショックを和《やわ》らげ、精神を守るアブソーバ的なメカニズムの一環である。

　もう一度彼女の笑顔を見たい、もう一度彼女の唇に触れたい、しかし、そのあとに何が待っているだろうか、それに対して、私は紳士的に行動できるだろうか、といった一点集中の狙撃的予測においてさえも、同種のシミュレーションとアブソーバによるシステムが（この私の心の中にでさえ）用意されていることを、最近になって学んだ。

　感傷的な話はこれくらいにしておこう。

　物語の最初を霧の中から始めたことは、茫洋《ぼうよう》とした輪郭の曖昧《あいまい》さと、端正な（しかし細い）予測の道筋に、読者の注意を喚起するための、ささやかな演出である。

　私の友人に、悪行を積み重ねた老人がいる。彼はインド人で、現在は八十歳を優に越えているのだが、つい最近、十二人目の息子の誕生を私に知らせてきた。この物語の幕開けに、そのとき彼の手紙にあった名文句を引用しておこう。


　未来は過去を映す鏡だ。

　心配する者はいつか後悔するだろう。

　自分が生まれ変わるなんて信じている奴にかぎって、ちっとも死なない。

第1章　山奥に研究所があった

メートル原器を、ある発光条件のもとでカドミウム元素から出てくる光の波長を基準として、検定したものが、現在の科学で一番精密な測定である。この測定のために、世界各国ですぐれた物理学者たちが厳密をきわめた実験をしたが、結果はなかなか一致しない。

1

「ひえぇ、すっごーい」小鳥遊練無は口を開けた。

「うわぁ、宮殿みたい」

玄関ホールは吹抜けの大空間で、思わず見上げたものの、ボールト形状の天井は高さがよくわからない。焦点が合わず、スケール感が狂ってしまう。目測できない大きさと距離である。壁は白く、柱のエッジは銀と金の複雑な文様で飾られていた。輪郭を強調した煌《きら》びやかなデザインは、中世ヨーロッパ風なのだろうか。練無はこの方面のことは詳しくなかったので、なんとなくそんな連想をした程度である。しかし、この類のデコラティヴな趣味は大好きだった。

「これが、研究所なの？」練無は呟く。

建物に入るまえ、つまり外観は、いたって普通の鉄筋コンクリート造、どこにでもある質素な建物だったのだ。車から降りて、玄関に至るまでの短い時間だったので、もちろん、全体は見渡せないし、じっくり確認したわけではなかったけれど、特に注意を引くような特別な建物でないことは確か。それに、そもそもここへ来る以前から「研究所」という名称からイメージした風景が頭の中にできていて、それと比べても、外観は誤差範囲内。しかし、内部のこのような空間だけは、いずれにしても、予想外のものだった。誰だって驚くだろう。驚かせることを目的に作られたとしか思えない。

「そうね……」紅子は無表情で軽く頷いた。「まあでも、邪魔になるわけでもないし」

　つまり、こんな荘厳なデコレーションも、研究の邪魔にはならないだろう、という当然といえば当然の紅子の意見である。彼女らしい冷静な分析といえよう。けれど、たとえばウエディングドレスを着て化学実験をしている人はやはり珍しいわけで、そんな研究者は世界のどこを探したっていないだろう。実験室や研究室がシンプルなデザインになっているのには、それなりの理由があるはずだ。装飾的な服装の場合は、細かいものを引っかけでもしたら危険だ。インテリアは直接的には関係がないといえばそのとおりであるが、こんな雰囲気では、気が散るのではないだろうか、と練無は考えた。

　しかし、きっとホールだけのことだろう。途中の左右に階段が、また、突き当たりには、開いたドアの奥に通路が見えた。

　ところで、練無の現在の服装はといえば……、鮮《あざ》やかな赤である。真っ赤なドレスのスカートは、一番下で直径一メートルほどに膨らんでいた。ペチコートやオーバスカートを三枚重ねているためだ。頭の上にも細かい花が集まったリボン形のカチューシャ。襟元《えりもと》、袖口には軽そうなフリル。簡単に総括すれば、超人的に派手なファッションである。そう、人間を越えようとしている、という表現はわりと近いかもしれない。

　一方、横を歩いている瀬在丸紅子は、真っ白のロングドレス。髪飾りもなく、装飾的にははるかにシンプルだった。けれど、艶《つや》やかで滑らかな生地と細かい刺繍が、息を飲むほどエレガントで、最初に見たときには、練無も思わず呼吸を止めたほどだ。

　そういったわけで、少なくとも、自分たち二人はこの場所の雰囲気に似合っているのではないか、と彼は自己評価した。

それに加えて、二人の前を歩いている老人もなかなかの出立《いでた》ちだった。妙に古めかしいその衣裳は、黒を基調として、やはり袖口や襟のエッジが微妙に艶の違う刺繡で飾られていた。博物館でしか見られない皇族の軍服のようだ。ただし、練無はそれが風化したところしか見たことがなかったので、鮮明さがとても目新しかった。執事然としたそのファッションに、少なからず驚いたのも事実。一つ間違えば、完全に舞台衣裳になってしまう危うさがあったけれど、その一歩手前で踏み留まった、ぎりぎりの上品さを確かに持っている。ホテルのボーイとも一線を画するものがある。結局のところ、なかなかに洒落《しゃれ》ているのだ。見ていて飽きない。練無は感心して、どこへ行けばそんな衣裳が売っているのか、彼にきいてみたかった。自分も一度着てみたい、と素直に思ったほどだ。


ホールの中央には、階段が左右にあって、優雅な曲線を描いて手摺《てすり》が二階のデッキまで延びていた。まるで豪華客船の中にいるようだ。つい最近、実物の豪華客船に乗ったことを練無は思い出していた。船内よりもここの方が、空間としてはゆとりがある。床の大理石も継ぎ目が見えないほど大きかった。

そのホールを縦断し、奥の通路に入る。幅は五メートル近くあるだろうか。ここは吹抜けではなかったが、それでも普通の基準からすれば、天井は優に三メートル近くは高い。臙脂《えんじ》の絨毯が敷かれ、ところどころに金色の細い柱のスタンドが立っていた。その上部の小さな笠の中に照明が隠されている。

うっすらとコントロールされた照度の通路を真っ直ぐに進むと、突き当たりに白い大きなドアが二枚近づいてきた。ここにも金色の仰々しい金具の把手《とって》が中央にある。どうして、そうまでひねくれた複雑な形状にしなくてはならなかったのか、こういった末端の金具にまで及ぶ人間の執念の凄《すさ》まじさを思わずにはいられない、そんなデザインだ。

前を歩いていた老人が立ち止まり、ドアの片方を押し開けて中に入った。彼はドアを片手で支持し、こちらを向いて立ち、頭を下げる。中へどうぞ、というジェスチャのようだ。

その部屋も同様にクラシカルな装飾品で満《み》ち溢《あふ》れていた。部屋はドアから右方向に奥が深い。一面にベージュの深い絨毯に覆《おお》われ、どんなに飛び跳ねても足音を立てることは難しそうだった。壁際にはキャビネットや小さなテーブル、そして椅子が幾《いく》つか並んでいる。どれも古そうなデザインだが、艶は衰えていない。

「おやおや、えっと……、もしかして、瀬在丸さんですか?」そう言いながら男が一人奥から近づいてきた。細長い棒を持っている。

奥にもう一人、背の高い紳士がいた。この部屋にいたのはその二人だけだ。天井からぶら下がった明るい照明の下に、鮮やかなブルーの大きなテーブルが置かれている。それがビリヤードの台だと認識するのに二秒ほどかかった。白い玉が二つ見えたが、赤い玉は一つしかない。

「瀬在丸です」紅子が近づいてきた男に答える。その声はいつも練無たちと話すときとは発声法からして明らかに異なる。彼女は膝を僅《わず》かに折る独特の挨拶をした。

「どうも、こんな辺鄙《へんぴ》なところへ、ようこそ。私は宮下《みやした》です」男は微笑みながら練無の方を見た。「そちらは、えっと……、小鳥遊さんですね?」

「こんにちは」練無はぺこんと頭を下げた。「小鳥遊です。はじめまして」

「ああ、やっぱり。いやいや、こりゃあ噂どおりの……」言葉はそこで途切れたが、男は頭の後ろに片手をやって、前歯を見せてにっこりと笑う。

彼の視線が練無から離れなかった。噂どおり、というのは、紅子のことではなく、どうやら自分のことらしい、どんな噂なのだろう、と練無は気になった。だが大人しくしていることにする。

宮下と名乗った男は、いかにも学者っぽい風貌である。灰色の髪は長く、大きな額《ひたい》、黒縁のメガネ、神経質そうな細い目、尖《とが》った鼻に薄い唇。瘦《や》せてはいる。小柄ではない。服装は黒いセータに灰色のブレザ。ファッションだけを見れば、落ち着いた雰囲気である。しかし、手をあちらこちらへやり、首を振り、視線を素早く動かす仕草にはとても無駄が多い。年齢は五十代であろうか。歳のわりには、まだまだ残っている男性的な鋭さが、それを見たい者にだけは魅力的かもしれない。簡単にまとめると、渋くて格好の良い紳士、といって良いだろう。

奥のビリヤード台の近くに立っている男は、白髪でやはりメガネをかけている。年齢も体格も、宮下と似た雰囲気だった。ただ、彼は白人で明らかに日本人ではない。こちらを見て、練無たちに一度にっこりと微笑んだだけで、すぐにテーブル上の玉に集中してキューを構えた。

2

土井研究所のゲートの前には、舗装されていない駐車場があった。テニスコートが三面ほども取れる広さがある。周囲は鬱蒼《うっそう》と繁る森林。もともとはこの場所もそうだったはずだ。木を切り倒し、平らに整地して砂利を敷いた土地である。

ゲートに比較的近い駐車場の片隅に、保呂草の柿色のビートルがあった。その周辺にだけは、他にも車が数台駐車されていた。

さきほどから断続的に、恐竜が腹を空《す》かせたときのような異様な音が辺《あた》りに鳴り響いている。

「駄目？」助手席の香具山紫子がきいた。

「駄目だ……」運転席で保呂草は舌打ちする。

「ホンマに？」

「うん、これはホントにホント。わざとじゃないよ。困ったなあ……」

「どうするん？」

「うーん、そうね……、電話を借りて、ＪＡＦを呼ぶか、それとも、誰かの車から電気をもらうか？」

保呂草は窓の外を眺める。一番近くに駐まっているのは、４ＷＤの大型車だった。「だけど、バッテリィのコードがないからなあ。ついこないだまで載せていたんだけど、運悪く友達に貸したところ」

「コード？」

「そう、ブースタ・コード。それがあれば、どれか車を近づけて、そいつのバッテリィでこっちのエンジンをかけられる。一度かかってしまえば、あとは大丈夫なんだけど」

「研究所なんやし、コードくらいあるんとちがう？」

「うん、どうかな……」保呂草は溜息をついた。

「とにかく、研究所の人に頼まないと……」


車外に出て、彼は煙草に火をつけた。紫子も助手席から出て、保呂草の方へ回ってきた。

「ごめん、ちょっと一服。これを吸ったら行くよ」

「なんか、暗くなってきたら、寂しい感じやわ」紫子が周辺を見渡して言う。「あーあぁ、二人だけでロマンティックなんやけどなあ。保呂草さんがわざとやったら、嬉しかったのに」

「ああ、なるほどね……」煙を吐き出しながら保呂草は無表情で頷いた。

「くぅ、憎らしい」紫子が笑う。

遠くから車の走行音が近づいてきた。やがて、駐車場の入口にヘッドライトの明かりが現れ、砂利を踏む音とともに、ワンボックスのワゴン車がこちらへ向かってくる。ライトを点灯しているのは霧のためだろう。この辺りでは霧はそれほど酷《ひど》くなかった。

保呂草と紫子の前まで来て、ワゴンは停まった。運転席から髭《ひげ》の男が降りてくる。白い野球帽をかぶっていた。

「どうも、こんにちは」帽子の庇《ひさし》に手をやって、男は明るい挨拶をする。

ワゴン車の側面には、地元のテレビ局のロゴが描かれていた。向こう側の中扉が開き、もう一人降りた。車の前を回ってこちらへやってきたのは、ほっそりとした若い女だった。赤っぽい色のついたファッショングラスをかけている。衣裳は上下ともに鮮やかなピンク。短いスカートにブーツ。そのブーツもピンクである。腰には白いベルトが光っていたが、垂れ下がっていて、役目を果たしているとは思えない。全体として、どう控え目に表現しても地味ではない。紫子の視線がブーツに数秒間固定されるのを保呂草は見逃さなかった。

「まったく、なんなの、ここ……」そのピンクの女が高い声で言う。「今夜中に帰れるの？　もし間に合わなかったらどうしてくれるわけ？　生放送なんだからね」

「大丈夫だって」男が両手を広げた。

「あいつら待ってて、もう一時間近くロスしてんだから……」女は周囲を見回している。「来てるか？　結局来なかったじゃない」

「誰か、Aテレビの者がここへ来ませんでしたか？」男が保呂草の方を見て尋ねた。

「あ、いえ」煙を吐き出しながら、保呂草は首をふる。「知りません」

「そんな殊勝《しゅしょう》な奴らだったら、とっくに連絡してきてるんじゃない？　馬鹿みたい。もう、どうすんの、あんた一人で撮るつもり？」

「大丈夫だって、メカはあんただから」男はまた女の方を向いて再び両手を広げた。目には見えない大きな風船の中に彼女が入っているみたいな扱いである。「俺だけで完璧に充分。心配ない。ばっちり。もう全然心配しなくていいから」

「あの……、お願いがあるんですけれど……」保呂草は切り出した。「実はですね、僕の車、バッテリィが上がってしまって……」

「あ、ここの人？」髭の男はこちらを見て気安い口調できいた。

「いえ、友達を送ってきて、もう帰るところだったんですけど」

「ちょっと、ね、ね、悪いけどさ、手伝ってもらえないかなぁ」男の方はそう言って、わざとらしい笑顔をつくり、保呂草を見てから、次に紫子を見つめる。「ちょっと荷物を運び入れたいだけなんだ。ね、ね、頼めないかな。バイトの奴らが二人とも、すっぽかしやがって、いや、別にね、そんなびっくりするほど重いもんじゃないんだけどさ。あ、そうそう、ちゃんとお礼もするから……、ね、助けると思って……」

そりゃ、助けると思わないかぎり、どう思えというのか、とつっこみたくなったが、保呂草は黙っている。言葉は少ないわりに、不思議と事情はだいたい飲み込めた。

「いいですよ、特に急いでないし」

「うわ、ありがたい。助かった……、ね、そっちの彼女も、ＯＫ？」

「え、私？」少し離れたところに立っていた紫子が、鼻先に指を当ててきき返す。「私もぉ？」

「若いし、力強そうだから、大丈夫だよね」髭の男が笑いながら言う。

「あ、えっと……」紫子は目を丸くするが、言い返さなかった。若いことも、力が強いことも、そのとおり事実だから、文句はないのだろう。

「助かったぁ！　どうもすみません」ピンクのミニスカートの女が、さきほどとは全然違うトーンで話した。「ご協力ありがとうございまーす。私って、ほら、そんな力ないじゃないですか？」

「はあ……」保呂草は成り行きで頷く。それは疑問文ですか、と尋ねたくなったけれど、ここでも我慢した。

「ふう……、良かったわぁ」女は溜息をつき、声を落として、髭の男に囁いた。「もしか私が荷物を運ぶ羽目になるんじゃってな感じで、危惧《きぐ》してたからさぁ」

「キムって？」

「危惧だよ、危惧。あーあぁ」大きな瞳をぐるりと回し、彼女はペコちゃんみたいに首を揺すりながら欠伸《あくび》をする。

保呂草は、少し考えた。

そうだな……、
このまま成り行きに任せる手もあるな、と。

臨機応変に、現場における自然の流れに逆らわず身を任せることは、意外に良い結果に結びつくものだ。アクシデント・ラック、あるいはアクシデント・マジックと呼ばれる手法である。誰が呼んでいるのかといえば、自分以外に思い当たらない保呂草だった。

3

祖父江七夏《そぶえななか》は車から降りて、問題の橋を見た。

思っていたよりも小さい。「なんだ、これか」という言葉を飲み込み、もう少し、近づいてみると、谷底は想像以上に深く、下の方は霧に霞んで見えなかった。橋はちゃちだが、谷は一人前に深い、というわけだ。

「馬鹿馬鹿しいですよね、こんな橋、爆破して、いったい何になるっていうんでしょう？」運転席のドアを閉めてから、立松《たてまつ》が近づいてくる。にがにがしい表情だったが、元来が子供のような顔つきなので凄味はまったく感じられない。刑事には向かない顔である。

一足さきに到着していた科学班の黒っぽい車が数台、十数メートル離れた場所に駐車されていた。それに、たった今やってきたばかりのパトカーが三台。作業はこれからのようだ。

若い警官が一人、七夏の方へ駆け寄ってきた。

「どうしますか？　通行止めにしますか？」

「私にきかないでほしいな」七夏は答える。「えっとね、たぶん、あの辺りの誰かが、ボスだと思うよ」彼女は科学班の車の向こうで打ち合わせをしているグループの方へ指を向ける。「私たちは、単なるオブザーバですから」

「オバサーバ？」警官が首を傾《かし》げる。

「私が誰か知って言っているの？」七夏は相手を睨みつける。

「おっとっと」横にいる立松がくすっと笑った。

警官はすごすごと引き下がり、指示どおりの方角へ立ち去った。どうやら、他意はなかったようだ。単に英語の素養《そよう》に欠けているだけだろう。

「ちょっとパトロールしてきましょうか？」立松が言う。彼は七夏よりも一年後輩である。「この騒ぎを眺めて喜んでいる奴が、どこかに隠れているかもしれませんし」

「そうだね……」

七夏と立松は橋の方へ歩いた。周辺には民家らしいものは一軒もない。深い山の中である。道路もこの一本だけ。近辺にはもちろん、人の姿などまったく見当たらない。逆に、もしいたら、間違いなく怪しい人物だと断定できるだろう。

警察の集団は全員、橋の手前に陣取っていた。そちらが山道の麓側《ふもとがわ》になる。

この地点は、人里から十キロほども離れている。ここまで来るには自動車が必要だ。歩いたら相当に時間がかかる。橋を渡って、さらに五キロほど上ると、山の頂上付近で行き止まりになり、そこにあるのが、土井超音波研究所だ。つまりこの道は、その研究所以外には通じていない。この先、分かれ道もない（少なくとも車が通れるような分岐は地図上には発見できなかった）。

橋の名前さえないのである。

それなのに、この橋を爆破するという予告の電話が警察に入った。ほぼ間違いなく悪戯《いたずら》だろう、というのが署内の大多数の見解であったが、こうして一応は、科学班が出向いてきた。万が一のときに、言い訳できる程度の対処はしておく必要がある。管轄外にもかかわらず、捜査第一課の巡査部長、祖父江七夏が相棒の立松刑事とともに足を運んだのは、当の電話を受けたのが、彼女だったからだ。

「まったく、どうして私が電話に出ると、こうなの？」

周りのデスクから彼女を注目している顔を見回して、七夏がそう言ったとき、窓際に座っていた上司の林《はやし》が、小声でこう呟くのが聞こえた。

「他の奴は電話に出ないからだよ」

電話の主は男性である。聞いた限りでは落ち着いた感じだった。少なくとも、子供ではない。

まず、悪戯にしては、対象の選択があまりにもマイナ過ぎる。こんなところに橋があることさえ、一般には知られていないはずだ。通り抜けができないため、普通の車が普段走る道ではない。ここを知っていることが、既に珍しい。それだけでかなり限定できる。道路も橋も、一応は公共物であったが、ここを通るのは、この先の超音波研究所に何らかの目的を持つ者だけだ。一種の私道と見なしても良い。

あるいは、研究所に対するテロ行為の類だろうか。しかし、それならば、研究所自体を爆破するのではないか。

「要求がないって、どういうことでしょう？」七夏は上司のデスクに向かって疑問を投げかけた。

林は、煙草を吸いながら、面倒くさそうな顔で、こんなふうに言った。

「まあ、一応は行ってみる価値があるな。つまり、警察に来てほしい甘えた人間が、待っている可能性がある。僅かだけどね。その可能性は否定できない。多少の危険も予想して、充分に気をつけて行くように」

沈着な警部の意見に七夏も同感だった。テロならば、普通は爆破に成功してから連絡がある。事前に警告してくるときは、何らかの交換条件がある場合に限られるのだが、今のところそれらしい提示はされていない。もしかして、仲間割れか何かで、情報が漏《も》れた結果だろうか。否、それならば、もう少し詳しい状況の説明があっても良さそうなものである。

もうすぐ日が暮れるはずの時刻。天候は下り坂で、既に空はまったく見えない。低いところには霧が立ち込めていた。

車が坂道を上ってきた。ヘッドライトを点灯させている。

警官たちはまだ方針を決めていないようだった。つまり、交通制限をするならば配置につかなければいけないのだが、その態勢は整っていない。

パトカーが見えたからであろう、上ってきた紺色のセダンは減速し、窓から横を眺めながら徐行した。七夏と立松の二人が、橋の手前で一番道路に近い場所に立っていた。彼女の横でセダンは停車し、サイド・ウインドウが下がった。

「どうしました？」運転席の男が顔を出して尋ねた。

四十歳くらい。ネクタイにスーツ。色が黒く眉が太い。メガネはない。一瞬で七夏は男の風貌を分析する。

「ええ、ちょっと……」言葉を濁《にご》して彼女は軽く微笑んだ。

「警察の人ですか？」男の質問は当然である。七夏は制服を着ているわけではない。

「ええ、まあ」

「何か、事故ですか？」

「あの、どちらへ？」七夏は逆に質問する。

同時に彼女は、頭を下げてセダンの後部座席を覗き込んだ。恰幅《かっぷく》の良い紳士が座っている。こちらを睨んでいた。禿《は》げ上がった頭の両横に白い髪が残り、丸いレンズのメガネの蔓《つる》が肉にめり込んでいる。着ているスーツは高そうだった。

もう一度運転席の男を見る。手袋をしていたら運転手かもしれないが、どうもそんな感じでもない。普通のサラリーマン風。おそらく、後ろの男の部下だろう。車もこの男のものに違いない。

「どちらへって、土井研究所ですよ」他にどこへ行くというのか、と言いたげな顔で、その男が答える。「いいですか？　もう行っても……」

「うーんと」七夏は橋を見てから考える。「たぶん」

「たぶん？　たぶんって、どういうことです？」

「いえ、ええ……、たぶん大丈夫だと思いますよ」

「何が大丈夫なの？」

「いえいえ……」七夏は苦笑いをして、無意識に右手を挙げて敬礼していた。「どうぞ、お通り下さい」

男は少しむっとした表情でウインドウを閉めた。紺色のセダンはすぐに動きだす。

通しても良かったのか、と一瞬だけ不安になったものの、車はあっという間に橋を渡り切った。橋の長さは三十メートルほどしかないのである。道幅は狭く、一車線、つまり橋の上では車どうしはすれ違えない。橋の鉄骨は比較的新しい感じで、白いペンキが塗られていた。おそらく建設されてまだ十年以内であろう。土井研究所ができたのも、五、六年ほどまえのことらしい。

セダンはすぐに見えなくなってしまった。振り返ると、まだ警官たちも係官たちもパトカーのそばで打ち合わせをしている。やる気があるのかどうか疑わしい。暗くなったら、作業が難航するのは確実だ。しかし、幸いにも交通量が多くはない。のんびり作業ができるうえ、その分、手当ても付く、くらいのことは考えているだろう。

七夏は時計を見た。五時十五分。

「ちょっと、あっちを見てくるね」七夏は立松に告げて歩きだした。「こっちの下の方を見回ってきてくれる？」

「危なくないですか？」立松が顔をしかめる。

「橋のこと？」

「ええ、崩れたりして」

「今、車が渡ったじゃない」

「急に爆破されたら？」

「うん、崩れそうになったら、走る」

「アニメじゃないんですから……」立松は本気で心配しているようだ。「あまり近づかない方が……」

「恐かったら、遠くから眺めてたら」

七夏は一人で橋の上を歩いた。ほぼ中央まで来たところで下を覗《のぞ》き込む。渓谷は非常に深く、よく見えない。両側は鬱蒼とした樹々に覆われ、少し下がった辺りからは、切り立った黒っぽい岩肌が覗いていた。一番底には細い川が流れているようだが、靄《もや》がかかっているので、全体に白く霞んでいるだけだ。どちらが上流なのかもはっきりとしない。もちろん、どこにも人影は見つからなかった。

横に目をやると、立松がまだこちらを見ていた。その向こうでは、警官たちが全員やはり七夏を注目している。

彼女は少し可笑《おか》しくなった。恐がりの男たちばかりではないか。トンネル工事などの土木工事では古来、女性が工事現場に立ち入ることを禁止している。山の神が女性で、嫉妬《しっと》して怒りだす、それで土砂崩れなどの事故が起こる、と信じられているからだ。しかし、本来、男性は恐がりで、女性は怖がらない、いざというとき、恐がり屋の方が逃げるのが早い、だから男性の方が安全である、という説明を受けたことがあった。なるほどな、と妙に納得した七夏である。そのことを今、思い出した。

あまり彼らを心配させるのも気の毒な気がしたので、そのまま反対側まで渡り切った。彼女はわざと振り向かなかった。さらに少し上っていくと、道路はその先でカーブし、五十メートルほどのところにトンネルの入口が霞んで見えた。

アスファルト舗装された道路。白いガード

レール。落石注意の黄色の道路標識くらいしか、人工物は見当たらない。

山の頂上にある研究所へ顔を出してきた方が良いだろうか、と七夏は考えていた。一応、どんな人間がそこにいるのか、相手の顔を見ておくことは、彼女の仕事において鉄則である。一般に、不審な人物は、ほぼ見るだけで判別できることが多い。

カーブの先まで来ていたので、橋の反対側からは見えない位置だった。彼女はショルダバッグから煙草を取り出す。ライタの火を、くわえた煙草の先へ近づけた。

そのとき、
突然、地面が揺れた。

七夏は息を止める。煙草に火はつかなかった。

何だ?

地震?

彼女の躰も揺れる。

しかし、一秒後には駆けだしていた。

爆音。

十メートルほど進んだところで、橋が見えてくるはずだった。

しかし、白い煙に包まれて、何も見えない。

また地面が揺れた。

低い轟音。

とんでもなく大きな音が、辺りに鳴り響く。

ぎいぎいと軋《きし》む音と、がらがらと衝突する複数の音が重なり合って、その不快さに、顔をしかめずにはいられない。

風が顔面に当たる。

何かが目に入り、彼女は片手で目を覆った。なんとか片目だけで状況を観察する。

細かい砂が降ってきた。

何だろう?

まさか……。

ようやく静かになった。

ゆっくりと前進。

誰かが叫んでいるようだった。気のせいではない。

足が止まる。

「え……、本当に？」思わず七夏は呟いた。

前を見たまま、しばらく待つ。

長い時間、じっと待った。

数十秒後には、少し見えるようになる。煙が風で流され、状況が少しずつ明らかになった。もう目も開けられるようになったので、両眼を凝《こ》らして確かめた。

向こう側にいる何人かが見えてくる。

橋はない。

向こう側の土台。

そして、こちら側には、途中までの道路。

息を吐く。

舌打ち。

もう少し前まで出て、下を覗き込んだ。

白い大きな塊《かたまり》が、渓谷に斜めに横たわっているのが見えた。あんなに綺麗な形のまま、と何故か不思議に思える。ほとんど原形を留めたまま、橋は落ちていた。

叫び声が聞こえたので、彼女は顔を上げる。

「祖父江さーん！」立松が手を振っていた。「大丈夫ですか？」

「大丈夫」大声で彼女は答える。「そっちは？」

「ええ」立松は頷き、頭の上で両手を合わせて丸のサイン。声が充分に届くのだから、そんなオーバな合図をする必要はない。

「良かったじゃない。もたもたしてて助かった」七夏は言った。しかし自分の声が震えているのに気づいた。「すぐに、本部に連絡して」

片手を挙げて立松が応え、車の方へ走っていった。

「どこから、そちらへ渡れるのかな……」七夏はこちらを見ている他の警官たちに尋ねた。

数人が首を傾げるだけで、返事はない。

「ちょっと待ってよ……、冗談じゃない」自分だけに聞こえる小声で呟く。「ホントに？」

もう一度、渓谷を覗き込む。道などなさそうだ。一瞬、レンジャ部隊のロープ渡りの映像が頭に浮かぶ。

七夏は、スカートにハイヒールだった。彼女にはアウトドアの趣味などないので、勤務日も休暇も、いつも都会型のファッションだ。今さら後悔してもしかたがない。

4

小鳥遊練無は、座り心地の良い椅子に腰掛けている。ときどき膝を伸ばし、足を前に突き出して、自分の赤い靴を眺めようとしたが、三枚重ねの長いスカートに隠れて、よく見えない。足を上げても下ろしても、状況に変化がないくらいだった。

それ以外には、瀬在丸紅子が形良く玉を狙っている姿を見ていた。なんとか彼女のエレガントさを真似たいものだ、と常々考えている。特に素敵だと思ったのは、前に出てキューに添えられた左手の指のしなやかな反り具合だ。紅子の顔は人形のように無表情で、じっと動かない大きな瞳もガラス製の作りものみたいに見えた。

その静止状態から、すっとキューが滑り、遅れて軽い上品な衝突音が幾つか続く。

「ブラボー」ジョージ・レンドルが台の向こう側で陽気に手を叩いた。「こりゃあ、ちょっと僕たちとはレベルが違うよね」流暢《りゅうちょう》な日本語である。「もう、長いんでしょう？」

「ビリヤードのことですか？」紅子はようやく台から離れ、頭を上げてレンドルを横目で見る。わざとそういう仕草をしているのだろう、と練無は思った。「いえ、もう最近はずっとしていませんわ。小学生の頃に、少しだけ」

「少しだけ？」練無の横に座っている宮下宏昌《ひろまさ》がき

いた。

「ええ……」紅子はこちらへ顔を向けて微笑み返す。「お誕生日のプレゼントでビリヤード台をいただいたので、少しの間でしたけれど、私のお部屋にそれがありましたの。それで、ときどき、独《ひと》りで遊びました」

「でも、子供には大きかったでしょう？」

「あ、いえ……、四分の三に縮小されたものでしたから」

「ああ、なるほど」宮下は唸る。

「僕もね、十分の一くらいのなら、買ってもらったことがあるよ」練無は無邪気に話してしまった。だが、言葉が口から出たあと、急に恥ずかしくなって顔が熱《あつ》くなった。

「そうそう、プラスティックのやつ」横を見ると宮下がにやにやと笑って練無を間近に見つめている。

「玉がこのくらいで、ガムみたいなんだ。口に入れたくならなかった？」

「あれって、よく台から飛び出しちゃうんだよね」

「しゃぶりたくならなかった？」宮下が表情を変えないで尋ねた。

「うーん、特には」

「そう？　口に入れたことがない？」目を大きく見開いて、宮下は不思議だという顔である。「そうか……、そんな人がいるなんて、俄《にわか》には信じられないね。あのつやつやの丸さ、あの甘そうな輝きといったらない……。あれを見たら、誰だって一度は嘗《な》めたくなるもんだと思っていたけどな」そう言い終わらないうちに、自分一人でくすくすと笑いだす始末。

どうも波長が合わないな、と練無は思った。

ビリヤード台の横の壁際に、椅子が五つ並んでいる。その一番端に練無が座った。最初は、間が二つ開いた離れた椅子に、宮下が座っていた。ところが、いつの間にか彼はすぐ隣にいるのだ。明らかに、近づき過ぎだ。こういった距離は練無は好きじゃない。自分の間合いではないから、とても不安になる。

それに、目の前の宮下の顔、どうにもその表情が恐い。笑っているのだけれど、どことなく普通ではない、微妙にずれた表情なのだ。何かに逆らって無理をして、その顔を保持している、そんなストレスが垣間《かいま》見えた。話しかけてくる内容も、半音外れている音階のようで、不気味でさえあった。なんとなく嫌な予感もする。

宮下はまだくすくすと笑っている。でも、練無から視線を逸らそうとしない。

このあとパーティになって、食べものと飲みものが出る。そして、部屋へ引き上げたら、お風呂に入るのだ。今のところそれが練無の最大の関心事である。できたら、ご馳走だけ食べて、早々に逃げ出したい、と彼は思う。一人でのんびりお風呂に入るのがとても楽しみだった。

「どうしたの、何か上の空じゃないかな」宮下が横で言う。

「おじさん、僕のこと知ってるの？」この際、はっきりしておいた方が良い、と判断して、練無は応えた。

「うーん、少しだけ」宮下はまた笑顔になる。話をするのが好きなのだろう。「聞いているよ。そうそう、最初はね、あの人から直接だ、纐纈氏」

「ああ……」練無は頷く。何故か急に元気がなくなった。思い出したくない名前だったからだ。「死んじゃった」

「そう……、まあ、しかたがないな」宮下は頷く。「歳をとれば誰でも死ぬ。僕だって、もう長くないよ」

「おじさん、いくつ？」

「五十歳」

「なんだ、若いじゃん」練無はサービスで微笑んだ。見た感じから、宮下はもう少し高齢かと思っていた。

「駄目だ駄目だ」と呟きながら紅子がやってきて、宮下の向こう側の、間を一つ開けた椅子に座った。

「ああ、思いどおりにならないものね。玉突きというのは、結局のところ、理論と実践のギャップを認識させるためのツールなんだな」

「お見事な腕前ですね」宮下が向こうを向いて言った。

練無はこの機会に立ち上がり、部屋の中を歩くことにした。まず、レンドルがかまえているキューの先に注目する。テーブル上に玉は三つしかなく、四《よ》隅《すみ》や長辺の中央に穴がなかった。スリークッションという競技らしいが、練無はやったことがない。

「うん……」構えていた姿勢から一度背筋を伸ばし、レンドルが大きく溜息をついた。「君がそこで見ていると、どうも気が散るね」

「あ、ごめんなさい」練無は驚いて一歩後退する。

「いや……、違うんだ」にっこりと笑うレンドル。キューの先に青いチョークを塗っている。「君の責任ではまったくない。僕の中の問題なんだ。君は知らないかもしれないけれど、纐纈さんのお嬢さんに、君はそっくりなんだよ」

「あ、ええ……」練無は頷く。彼はそれを知っていた。

「つまり、そういうこと」レンドルはまた微笑んだ。そして頰を膨らませて深呼吸をする。弾力性がある頰だな、と練無は思った。「ここのみんなが、彼女をよく知っていたんだよ。まだ小さい頃だったけどね」

練無は頷いてから、静かにビリヤード台を離れ、壁に飾られている退屈な風景画を眺めながら、ゆっくりと歩いた。実はそんなものをじっくり鑑賞している余裕はなかった。たった今レンドルが口にした言葉で、ホイップクリームみたいに頭の中が泡立っていたのだ。それがどういった種類の感情なのか自分でもよくわからない。ただ、どきどきとするだけである。

かつて綏緬という名の老人と知り合い、幾度か彼の家に遊びにいったことがある。彼の孫娘が練無に似ている、というのが誘われた理由だった（もっとも、最初それは内緒で、練無には教えてもらえなかった）。彼女の名は苑子《そのこ》という。年齢は練無よりもずっと上だ。世間では、苑子は飛行機事故で死んだことになっている。綏緬老人が、この研究所の設立に関わっていたらしいことは、練無に届いた招待状にも書かれていた。

だから、綏緬苑子のことも、ここの関係者は知っていておかしくない。

言葉にすれば、それだけのことであって、事実も、それ以上でもそれ以下でもない。けれど、練無の心の中には、まだ完全には治らない小さな傷があった。もしかしたら、今頃そこには、小さな真珠ができているかもしれない。見てみたいものだ、と練無は思う。

深呼吸して、気持ちを切り換えた。

ビリヤード台から数メートルのところ、部屋の中央部付近まで来た。キャビネットが置かれている。グラスが綺麗に整列して飾られていた。

さらにその左の壁には、人の顔が沢山描かれた現代アート風の絵が掛かっている。額はアルミ製だ。かなり大きい。畳二枚くらいは優にあるだろう。他の装飾品がすべて時代がかっていることに比べると、そのポップな絵画だけが、この部屋の中では多少異質に感じられた。中央に正三角形が二つ、上向きと下向きで重なっている。よく見かける幾何学模様だ。そう、占星術だったか、悪魔を呼ぶ魔方陣だったか……。その六つの頂点に、それぞれ顔がある。版画のようにべったりとしたタッチだった。リアルな絵柄ではない。しかし、じっと眺めていると、そのうちの一つが、奥でビリヤードをしているジョージ・レンドルに見えてきた。

「あれ？」練無は小声で呟き、他の五人も注意して見直す。

一番上に位置するのは、楕円形の仮面みたいな顔で、見るからに人間離れしている。悪魔かもしれない。左下にある顔は、明らかに女性である。髪が長く魅力的に描かれている。その正反対の右上がレンドルに似た男。そのすぐ下が、どうやら宮下ではないか、と思えてきた。痩せた頬が強調され、メガネが光っているようだ。ちょうど真下になるのが、髪が白い白人系の男の顔だった。もしかしたら金髪かもしれない。色が正確に描かれた絵ではないので、想像である。その左が女性で、さらにその上、つまり左上は、少し若い丸い顔の男だ。こちらはどう見ても東洋人である。

招待状にあったのが、この研究所に在籍する六人の博士の名前だったことを練無は思い出す。最初はもちろん土井忠雄。あとは、ジョージ・レンドル、宮下宏昌、他に、もう一人カタカナの名前があったはず。しっかりとは記憶していない。だが、バッグの中にある招待状を取り出して確かめるまでもないだろう。絵に描かれているのが、その六人なのは間違いなさそうだった。

5

カメラを担いだ朝永良太《ともながりようた》とピンクずくめの野々垣《ののがき》綾《あや》の後について、保呂草潤平と香具山紫子は歩いた。保呂草は両肩から大きなアルミケースを下げ、さらにロール状になった銀色のシートを小脇に抱《かか》えている。紫子は三脚と大きな傘のようなもの（おそらく照明関係のツールだろう）、それにコード類が押し込まれた紙袋を運んでいた。

彼らは通路を進み、会議室のような部屋へ通された。

「少々パーティの開催が遅れております」黒い衣裳の老人が抑揚《よくよう》のない口調で話した。「今しばらく、ここでお待ちいただけますでしょうか。準備が整いしだい、ご案内申し上げます」

「どれくらいです？」帽子に手をやりながら、朝永が尋ねた。「こちらも、現場でいろいろセッティングがありますから、できたら、なるべく早めに入りたいんですけど」

「ええ、その時間は充分にあるものと存じます」

老人は丁寧に頭を下げ、それとは対照的に急ぎ足で通路を戻っていった。忙しいのだろう。

折畳み式のテーブルと椅子が並べられた、会議室のような部屋だった。アルミサッシの窓から庭の樹木が見える。天候は相変わらずだが、まだ暗くはない。

保呂草は部屋の隅の床に荷物を降ろした。紫子も持っていたものをその横に並べて置く。

「あーあぁ」既に椅子に腰掛けている野々垣綾が両腕を伸ばして欠伸をした。「なんなの、やけにもったいぶるじゃない。お茶くらい出るんでしょうね」

「さあ、どうかな……」朝永が煙草に火をつけながら言う。テーブルの上にガラス製の灰皿があったので、彼はそれを自分の方へ引き寄せた。

保呂草は窓際へ歩いていき、外の風景を確かめた。玄関側の方角になる。遠くにゲートが見えた。その向こうが駐車場である。この部屋に来るまでに、驚くほど豪華《ごうか》絢爛《けんらん》な玄関ホールを通った。その途中で左側の階段を上り、少し進んでコーナを曲がると、急に病院みたいに殺風景な通路になった。メリハリのある建物だな、と彼は思った。

そのあとはずっと、古い大学の研究棟に類似した無機質な雰囲気が続いた。しかし、研究所としての雰囲気は、この方が似合っているわけで、最初の玄関ホールのインテリアが異様だったのだ。予算の関係で、一部だけに集中して金をかけたのだろうか。確かに、均質なものを作る必要などどこにもない。意味のないバランスを取ろうとする傾向に比較すれば、むしろ合理的かもしれない。しかし、それが本当の「美」だとは、保呂草には思えないのだった。

香具山紫子が近づいてきて、保呂草の目を見つめる。何か言いたそうだ。おそらく、このあとどうするのか、という疑問を投げかけているサインだろう。

「えっと、僕たち、どうしましょうか?」保呂草は振り返り、朝永に尋ねた。

「どうって?」隣の椅子に足をのせて、朝永は煙草の煙を勢い良く吹き出す。「ああ、そうか、バッテリィのこと。悪い悪い、そうだね、ね、どうしたい?」

「いえ、特に急ぎませんから、別に……。もう少し何かあるのなら、お手伝いしましょうか?」

「あ、いい?」にこやかな顔に急変する朝永である。「うん、そうしてくれると、ホント助かる。もうね、お礼は充分にするからさ」

「どうせ、今夜は暇なんだし」保呂草は横目で紫子を見る。彼女は口を尖《とが》らせていた。「しこちゃん、帰りたかった?」

「もう諦めた」紫子はぶっきらぼうに答える。「こうなったら、とことんやろ」

「えっと、香具山さんだったよね?」綾が高い声で言った。「貴女《あなた》、ナチュラルな感じで良いよ。もしか、テレビに映りたくない?」

「いえ……、そういうんは、ちょっと……」

「あ、そうだね、いいじゃんいいじゃん」朝永が笑う。「それじゃあさ、今のうちに、いろいろ段取りしておこうか」

「あの、そもそも、ここへ何をしに来たんですか?」保呂草はなにげないタイミングできいた。その質問の機会をずっと窺《うかが》っていたのである。「テレビの取材ですよね。自発的に? それとも、呼ばれたんですか?」

「そりゃ……、あんた」朝永は顔をしかめて煙を吐き出す。「呼ばれなかったら、こんなところまで来るわけがないでしょ。土井博士が、研究上のことか、それとも、この研究所のことで、重大発表をするからって」

「記者会見ですか？」

「うーん、まあね。だけど、それにしては、ね、うちだけなんだよね。ま、もともと、うちとは上の方で親密な関係ってやつ？　そういうのがあったんだよね。どうせだから、レポートの映像と、あと、土井博士の簡単なインタヴューを録《と》ろうと思ってさ」

「そこが余計だったのよ。会見だけ録りにくれば良かったんじゃない」綾が突《つ》っ慳貪《けんどん》に言い放った。特に機嫌が悪いのではなく、それが普通のしゃべり方らしい。「誰も、こんなとこ興味ないってば。土井博士？　誰なのそれって感じ。ねえ、貴女知ってた？」

「いえ」紫子が首をふる。「見たことないです。だいたい、えと、超音波？　それがもう私には何なのか……」

「きぃー！　っていう高い音のことだよね？」綾が朝永の方を向く。「朝ちゃん、理系でしょう？」

「ん？」朝永は一瞬のけ反ってから、煙草で灰皿を叩く。時間を稼《かせ》いでいるようだ。「超音波っていうのはさ、ほら、例の、ね、コウモリが出すやつだよ。あと……、モスラとかも出さなかったっけ？」

保呂草は窓の外をずっと眺めていた。ゲートから玄関へ向かって二人の男が歩いてくるのが見えた。どちらもスーツを着ている。先に歩いているのが四十歳くらい、後ろは太った老人で頭が禿げ上がっている。パーティに招かれた客だろうか。もちろん見たことのない顔だった。

6

壁の絵を鑑賞していた練無は、ドアが開く音で振り返った。

さきほどの執事の老人がドアを支え、二人の男が入ってきた。部屋の奥にいた宮下が椅子から立ち上がって出迎える。

「どうも、奥村《おくむら》先生、こんなところまでご足労いただいて、本当に恐縮です」宮下は頭を下げた。

「相変わらず、もの凄い趣味の部屋だね、ここは」奥村と呼ばれた太った老人が周囲を眺めながら笑った。「まあ、これも土井君の趣味なんだろうが」

「ええ……」宮下は苦笑する。「ほんの一部だけなんですけどね。竹本《たけもと》さんは、ここは初めてでしたか？」

「はい、初めてです。いや、お噂は伺《うかが》っていましたけれど、これほどとは……」中年の男が答える。竹本という名らしい。服装といい、ヘアスタイルといい、どこの事務室にでもいそうな典型的なビジネスマンだ。

「レンドルさんと、一緒のご婦人は？」奥村がビリヤード台の方を見て尋ねた。それから、練無の方へも視線を向ける。

ジョージ・レンドルは片手を軽く挙げて、奥村に笑顔で答えた。わざわざ近づいてこない、といった感じである。社交的な人間ではないようだ。

「瀬在丸さんです。小田原先生からご推薦のあった」宮下は紅子たちがいる奥を振り返りながら紹介した。「それから、そちらは……」彼は練無の方へ片手を差し出す。「小鳥遊さんです。纐纈様のお知合いで……」

「ああ、例の……」奥村が頷く。二重の顎《あご》が三重になった。

「こんにちは」練無はお辞儀をした。

奥村と竹本がじろじろと練無を見た。例の、のあとに消えた言葉は何だったのだろう、と彼は考える。自分にとって都合の良いものと、少し嫌なものの二種類を思いついたので、足し合わせてゼロにすることにした。彼は二人ににっこりと微笑み返す。奥村は遅れて微笑み、竹本は眉を顰《ひそ》めて視線を逸らした。

練無の後方でドアが突然開く。

玄関ホールから入ってきたドアとは、反対側の壁になる。つまり今、奥村たちが立っているところの向かい側の壁に、もう一つ大きなドアがあった。

そこから、車椅子を押して女性が入ってくる。

車椅子に乗っているのは……、
最初、人形か、と練無は思った。

躰を少し斜めにして、力なく腰掛けている。赤っぽい膝掛けのため、下半身は隠れていた。焦茶色のガウンの袖口から片手が覗いていたが、それは白い手袋だった。頭はガラス繊維のように透き通った白髪で、肩まで届いている。

しかし、異様なのは、その顔だった。

大きな黒いサングラスが最初は目立った。しかしよく見ると、その下の顔は真っ白で、プラスティックみたいに艶があった。仮面を付けているのである。思わず、練無は一歩後退していた。

車椅子を押しているのは長身の女性で、スーツにネクタイ、それにスラックス、年齢は三十代であろう。どこかで見た、と思い、練無はすぐに壁に掛かった絵を思い出した。もう一度絵をじっくりと見る。そこに描かれた顔よりも本ものの方が多少老《ふ》けていた。絵が描かれたときから年月が経っているのだから当たり前か、と練無は気づく。

「どうも、お久しぶりです、土井博士」奥村が近づいていき、片手を差し出した。車椅子の仮面の男は、それに応えて弱々しく手を挙げ、握手をする。そんなごく単純な運動が、ほとんど体力の限界だという印象を受ける。「いかがですか？　調子の方は」

奥のビリヤード台からは、レンドルと紅子がゆっくりと歩いてきた。練無も紅子の方へ近づき、彼女の横に立つ。

沈黙。

車椅子の博士は、肘掛けの上で白い手をぎこちなく動かす。全員がそこに注目していた。そこ以外に目のやり場がない。誰も何も言わなかった。

「ようこそ、皆様」突然、車椅子の後ろに立っていた女性が話す。髪を後ろで持ち上げ、ピンで留めている。彼女の片耳には白いイヤフォンがあった。そ

こから、細いコードが車椅子の背まで繫《つな》がってい
る。また十秒間ほどの沈黙のあと、彼女は続けた。

「では、のちほど」

それだけだった。彼女は、車椅子の向きを変える。その途中で、仮面の博士は、練無の方をちらりと見た、ように思えた。入ってきた同じドアから博士と女が出ていくと、急にみんなが話を始めた。

「いやあ、お元気そうじゃないですか」そう呟いたのは竹本である。社交辞令で言ったのであろう。どう見ても元気そうには見受けられなかったし、誰も竹本の言葉に相槌《あいづち》を打たなかった。

紅子は、奥村という老人に挨拶をしてから、練無のところへ戻ってきた。

「どうしたの？　小鳥遊君、なんだかしんみりしていない？」彼女はそう言いながら、壁にある六人の肖像画を見上げ、囁くように小声で呟いた。「魔方陣か……」

練無が黙っていると、彼女はこちらを向き、大きな瞳で覗き込むように彼を見た。

「あれ？　やっぱり、なんか元気がないね。お腹が空いた？」

「それもあるけど」練無は頷く。「でも、それよかさ、ちょっと堅苦しいよね」

言葉にしてから気づいたが、堅苦しいという表現は、多少違っているな、と彼は思った。もっと異様な、異質な、異形《いぎょう》な感じなのである。

土井博士のことは、もちろん事前に紅子から聞いていた。実験中の事故で顔に火傷を負ったため、包帯を巻くか、マスクを被《かぶ》っていることが多い、という話だった。また筋肉の病気のため、数年まえから車椅子の生活となり、話すことさえ自由にできない。片手だけが僅かに動かせるので、それで意思の疎通を行なっている。おそらく、何らかの装置が車椅子の肘掛けのところに仕込まれていたのだろう。その信号を後ろにいた女性が読み取って代弁していたのである。どれも聞いていたことだったので、驚

きはしなかった。しかしやはり、目前にして見ると、重苦しさを感じないわけにはいかない。少なくとも、日常的によく見かける状況ではない。自然に、普通に応対できるかどうかは、きっと慣れの問題だろう、と練無は考えた。

　もう一度、魔方陣の一番上に描かれた顔を確かめる。さきほどよりも、それはずっと鮮明な情報として、練無の頭に飛び込んできた。

7

　祖父江七夏はアスファルトの坂道を歩いていた。上り坂。しかもカーブの連続。車が後ろからは絶対に来ないことがわかっていたので、道路の真ん中を歩くことができた。

　辺《あた》りはすっかり暗くなった。まだ僅かに、空がどこにあるのかがわかる程度には明るい。照明がほとんどなく、忘れた頃にぽつんと現れるだけだった。それ以外のところは本当に暗い。気温も下がっている。早めに出発して正解だった。もう、かれこれ一時間ほども歩いているだろうか。

　橋が爆破され、偶然にも彼女だけが反対側に取り残されてしまった。渓谷は深く、近くには下りていく道さえない。上流方向へ上り、どうにか川を渡れるところまで行くと、二時間以上かかるうえ、道が不確かだ、という話だった。山岳救助隊の出動を要請して、ロープを渡してもらう手もあるが、もちろん、それも時間がかかる。

　無線で本部を呼び出し、山の上にある研究所へ電話をかけてもらったところ、どうやら、電話が通じないらしい。おそらく、橋の部分を電話線が通っていて、崩壊とともに切断された、というのが科学班の見解だった。

　ヘリを研究所へ向かわせる手がある。着陸するようなスペースがあるだろうか、という話もした。そうこうしているうちに日が暮れ始める。

「上までどれくらいなの？」七夏は渓谷越しに尋ねた。

「五キロくらいです」地図を手にしている警官が答える。「直線距離なら二キロもありません」

「じゃあ、私、そこまで歩くから……。なんとか、電話とか復旧してもらえる？　ヘリはどっちみち、明日の朝だよね」

「そうですね。上の研究所では、このことに気づいているでしょうかね？」

「電気は通じているの？」

「電気は大丈夫みたいです」立松が上を指さす。

　確かに、高いところを送電線が渡っている。

「五キロっていったら、早足で歩いたら一時間ってとこか。どっちみち、ちょっと調べてみなくちゃって思ってたし」七夏はそう言って、片手を挙げた。

「警部にちゃんと事情を話しておいて」

「わかりました」立松は頷いた。警部というのは、捜査第一課の七夏や立松のボスである林のことである。

　というわけで、七夏は一人で上ってきた。山道というほどではない。舗装された道路だ。すぐに到着するだろう、と軽く考えていたが、とにかく行けども行けども、道は続いている。短いトンネルを幾度か潜《くぐ》り抜け、小さな橋も何度か渡った。だが。一度もそれらしい建物は見えない。先が見えないというのは、心細いものである。

　立松はちゃんと連絡してくれただろうか、自分が今夜は帰れない、という事情を。それには、二つの意味がある。一つは、七夏の幼い娘のことだ。娘と彼女は二人だけで暮している。もうそろそろ託児所へ迎えにいく時刻だった。迎えが来ない場合、自宅に電話があり、その電話が通じないときは、七夏の妹のところへ連絡が行く。そんなケースがこれまでに何度もあった。日常茶飯事なので、託児所も妹もすっかり慣れていることだろう。妹の愚痴を聞くことにも彼女は慣れてしまった。それが一つ。

もう一つは、今夜、林と会う約束になっていた、という事情だった。立松からの連絡を受けた林は、どう思うだろう。七夏と会えなくなったことを残念がってくれるだろうか……。あまり、ものごとを残念がるような男ではない。託児所にいる娘のことを心配してくれるような男でもない。たとえ、それが彼の実の娘であっても、である。

ヘリコプタが研究所まで迎えにきてくれる、という想像。そのヘリに林が乗っている、という妄想。だが、過去にそんな優しいことをしてもらった覚えは一度だってない。そう考えて、彼女はくすっと吹き出した。優しさなんて、その辺りに転がっている石ころと同じだ。どこにでもある。いつだって拾える。そんなものが欲しいわけではないのだ。生きていくために必要なものは、もっと別のもの……、もっと危うくて、もっと切ない、もっともっと苦いものだ。一度でも落としてしまったら、もう見つからないものだ。彼女はそう考えている。

多少紛《まが》いもののファイトを絞り出しながら、七夏は暗い坂道を上った。

8

パーティ会場の広間に案内され、テレビ局の朝永が撮影機器をセットするのを、保呂草と紫子は手伝った。もっとも、紫子はコンセントを探して、コードリールを繋いだくらい。あとはぼんやりと、二人の男の作業を眺めていた。すぐ近くのソファに、野々垣綾が腰掛け、ずっと鏡を見て、化粧を直している。

部屋は長方形ではない。入口がある壁も、その対面の壁も、いずれも曲面、緩《ゆる》やかにカーブしていた。残りの両サイドの壁は平面だったが。これらも平行ではない。かなり広いため、しっかりとした平面形状は把握しにくいけれど、おそらくバームクーヘンのように、中心部のない扇形であろう。

建物自体は奥に建った別館で、中心はどうやら実験施設のようだった。広間の曲面状の壁には、いずれの側も大きな窓が連続している。入口がある長い方の壁が庭に面していて、そちらから入ってきた。建物の外観をじっくりと見るような時間はなかった。外壁も曲面状だったはずで、もしかしたら、全体としては大きな円形なのかもしれない、と紫子は想像した。そちらの窓の外は、ライトアップされた中庭の樹木が作りもののように綺麗だった。

一方、反対側の窓からは、通路を挟んで広い雑然とした室内空間を望むことができる。そこは今、照明が落とされていて、ちょうど、作業が終了した夜の工場みたいな不気味な雰囲気だった。つまり、そちら方向が円形の中心部になる。実験室のようであるが、いったいどんなことを実験するのか、紫子には想像もできない。

広間の中央部にはテーブルが細長く並べられ、白いテーブルクロスがかけられていた。床は艶のあるクリーム色のピータイル。あちらこちらに大きな観葉植物の鉢が置かれ、人の背丈の倍近い高さまで葉が生い茂っている。また、高い天井では黒い羽根の扇風機がゆったりとした速度で回転し、空気を攪拌《かくはん》しているようだった。どことなくトロピカルなムードである。ソファや椅子が方々に置かれていて、座席数は全部で三十人分ほどもあるだろう。パーティ自体は立食形式のようだ。小さなステージが片側にあり、そのすぐ横の一角で、テレビカメラの準備が行われていた。

窓のない側面の壁には衝立《ついたて》に隠れたところに出入口があった。エプロン姿の女性が二人、そことテーブルの間を往復し、料理を運んでいた。しかし、まだ他には誰もいない。テレビ局の二人と保呂草と紫子の四人だけだ。パーティはいつ始まるのだろう、と思い、彼女は時計を見た。そろそろ七時に近い時刻である。

「あ、ちょっと、彼女！」朝永が呼んだ。紫子がそちらへ近づくと、彼はコードを片手に持って示す。

「これ、電源に繋いでもらえる？」

「はい」紫子はそれを受け取り、言われたとおり、ドラムのコンセントまで引っ張っていき、そこに差し入れる。

「ＯＫ」彼は頷く。ライト・スタンドをソファの周りに立て、位置を調整しているところだった。「あとね、今のうちに、コード類を目立たないように、隠してもらえるかな。ここってテープ、大丈夫だよね。うん、テープで貼って……、できたら、テーブルの下を通した方が邪魔にならないね」

紫子は電源のコードを目で追った。確かに、今のままでは誰かが足を引っかけそうである。

「コードを抜かないように、気をつけて」保呂草が言った。彼は、ビデオ・レコーダの接続をしているようだ。

コードの様子を見て、紫子は考える。壁際を回すには距離が遠過ぎる。テーブルの中へ隠すのが一番簡単だろう、と判断した。紙袋から太い布テープを取り出し、それをちぎって、コードを床に固定していく作業に取りかかる。そして、料理が並びつつあるテーブルの方へコードを導いた。白いクロスを捲《めく》り上げ、テーブルの下に潜り込んで、彼女は作業を続ける。

中に入ると、周囲はテーブルから垂れ下がった白い布で囲まれて、ぼんやりと光っていた。テーブルの細い脚がいくつも並んでいる。子供の頃に、これに似た場所に隠れたことを、ふと思い出した。大人の脚が沢山見えた。あれは、結婚式だっただろうか、よくは憶えていない。

コードをテープで床に固定しながら、四つん這いで進む。その作業を続けている途中で、人の話し声が聞こえた。部屋に何人か入ってきたようだった。パーティがもう始まるのだろうか。急がなければいけない。

紫子は、テーブルの反対側から顔を出した。

五メートルほど離れたところに、紅子と練無の姿を見つける。非常に目立つ白と赤だ。紫子は溜息をつく。幸い、他の人々はずっと遠い場所だった。

「れんちゃん」彼女は小声で呼んだ。

練無がきょろきょろと見回し、ようやくこちらを向く。彼が驚いて目を丸くする仕草が、紫子は可笑《おか》しかった。練無が紅子に知らせて、二人で紫子の方へ歩いてくる。

「しこさん、何しているの？　そんなとこで」

「えへ」紫子は舌を出す。

「あのね……」練無は機敏にしゃがんで紫子に顔を近づけた。「スパイごっこ？　怒られるよ」

「ちゃうって。なんちゅうか……、うん、バッテリィが上がってもうて、ほいでもって、テレビ局の人に見込まれてんね。ま、そんな感じで、なんや知らんうちに……」

「わかんないこと言って……」押し殺した声で練無が言う。

「保呂草さんは？」紅子がきいた。彼女も膝を折って屈んだ。「もしかして、彼もテーブルの下？　いけないお仕事をするつもりかしら」

「いいえ、保呂草さんは……、向こうの……」紫子はやっとテーブルの下から這い出し、立ち上がって、部屋の反対側を見た。「そこにいてる……、あら？　おっかしいなぁ、どこ行きはったんやろ」

カメラのそばには、朝永と綾の二人しか見当たらなかった。入口の近くの一角には、四人の紳士の姿が見える。身なりが立派だ。外国人もいる。パーティの出席者だろう。

「あそこの二人がテレビ局の人ね？」紅子がカメラの方を見ながら尋ねた。

「ええそう、あの人らのお手伝いを……、ああ、そやそや、やりかけやったわ」紫子は思い出して、また床にしゃがみ込んだ。そして、コードをテープで固定する作業を再開する。

「どうして、そんなこと引き受けたの？」練無がきいた。

「保呂草さんやも、引き受けたん」

「バッテリィが上がったって、言ったわね」紅子が呟くのが聞こえた。「以前にも同じようなこと、なかったっけ？　困るなあ。手口なんだよなあ、保呂草さんの」

「いえ、本当みたいでしたよ」紫子は作業をしながら言った。保呂草のことを弁解しているな、と自覚しつつ。

「どうだかね……」というのが紅子の反応だった。

「怪《あや》しい」

「どういうこと？」練無がきく。

「うん、ま……、気にしない気にしない」

9

保呂草は、くしゃみをした。

朝永に頼まれて彼の車まで忘れものを取りに向かっている途中だった。録音関係の機器が一つ後部の荷物スペースに載っているはずだ、とキーを渡されたのである。

パーティ会場の入口は、中庭を横断する通路に連結している。両側がガラス張りで、途中で庭に出られるドアがやはり両側にあった。彼はそのドアから外に出た。玄関の方角がだいたいわかっていたので、建物の中を通っていくよりも近道だろう、と踏んだのだ。しばらく歩いてから振り返ると、明るいガラスの通路の中を幾人かの人々が歩いていくのが見えた。パーティ会場へ向かっている。白いドレスと赤いドレスの二人が少し遅れてついていく。瀬在丸紅子と小鳥遊練無だとすぐにわかった。視認性に優れた二人である。会場にいる紫子と出会ってびっくりすることだろう、と彼は想像した。

顔に水が当たる。雨が降り始めたようだ。

彼は小走りに庭を横断し、コンクリートの階段を駆け下りた。ライトアップされているところを除けば、周辺はとても暗い。しかし不思議なことに、暗いところほど道に迷わないのが、保呂草の特性だった。嫌光性といっても良いだろう。

　正面玄関のすぐ近くに出る。それから、緩やかなスロープを下りていくとゲートに辿《たど》り着いた。鉄格子の扉は簡単に開く。彼は駐車場へ出たところで煙草に火をつけた。そして、深呼吸するように煙を吐き出しながら、朝永のワゴン車の方へ歩いた。

　ワゴン車のリア・ドアの鍵穴にキーを差し入れたとき、暗闇を近づいてくる人影に気づく。

　保呂草は振り返り、車を背にして待った。一番近い照明は保呂草の背後だったので、相手の姿が比較的よく見える。

「すみません」五メートルほどの距離になって、相手は頭を下げた。短いスカートの女性だった。この場所に不似合いである。「私は、愛知県警の者なのですが、この研究所の方ですか？」

　祖父江七夏だ。保呂草はそれを察知して、小さく舌打ちした。

　しかし、約一秒後には雑念を振り払い、さらにその一秒後には、この場に相応しいシールドを身に纏《まと》っていた。防災訓練のような迅速さである。

「祖父江さん、僕ですよ」彼は微笑みながらジェントルな声で答えた。

「え？」七夏は近づいてくる。

「どうしたんです？　車は？　歩いて上ってきたんですか？　アウトドア派ですね」

「保呂草……さん？」七夏は一瞬固まって、動かなくなった。「何をしている、こんなところで……」次の瞬間には、彼女は上着の中に素早く片手を差し入れた。「動くな！」

「撃たないで下さいよ」保呂草は両手を軽く持ち上げて微笑む。

「橋を爆破したのも、お前だろ！」

「ちょっと、お願いだから、落ち着いて」

「手を挙げて……、後ろを向いて！　脚を開け！」

「何もしてませんって」保呂草は頭の後ろに両手を当て、彼女に背を向けた。

「脚を開いて！」

「橋を爆破って言いませんでした？」

七夏は保呂草の背中に立ち、叩くようにボディ・チェックを始めた。

「何をしていた？　ここで」

「瀬在丸さんと小鳥遊君を、送ってきたんです。運転手ですよ」

「へえ……、これ、貴方《あなた》の車？」

「違います。う〜ん、話が長くなるなあ。そっちを向いて話しても良いですか？」

「どうして？」

「女性と話すときは、相手の目を見るのが礼儀だって、そう教えられたんで……、その、お袋に、ですけど。彼女、その当時は、結構な女性運動家っていうんですか、いわゆる、ウーマンリブの走りっていうか……」

「ＯＫ」七夏は、そう言うと、飛び退くように保呂草から離れた。「よし、じゃあ、こっちを向いて」

保呂草は振り返った。三メートルほどの位置に七夏が銃を構えている。雨で髪が濡《ぬ》れているのか、と思ったが、そうではない、汗をかいているようだ。

「どうしたんです？　本当に歩いてきたんですか？」

「いいから……」七夏は顎を引く。睨みつけた顔はなかなかセクシィだ、と保呂草は思う。「そっちがさきだ。説明して」

「え、お袋のことを？」

「ここにいる正当な理由は？」

「えっと、僕の車はあそこです」保呂草は少し離れたところに駐車されているビートルを指さした。

七夏は横目で一瞬そちらを見る。

「ここまで、この土井研究所まで、瀬在丸さんと小鳥遊君を乗せてきたんですよ。香具山さんも一緒です」

「嫌な予感がするな」七夏は片目を細くした。

「そりゃ、なかなか鋭い予感ですね」

「彼女たちは、ここに何の用？」

「パーティ。二人ともドレスアップしていますよ」

「ふうん、それで？」

「それだけ」

「貴方は、ここで何をぐずぐずしているわけ？」

「あの……」保呂草はまだ煙草をくわえている。両手は挙げたままだった。「煙草を手に持って良いですか？　煙くて……」

七夏は頷いた。

保呂草は煙草を摘み、煙を勢い良く吹き出す。

「銃を持っているってことは、勤務中？」

「質問に答えなさい」

「こういうのって、行き過ぎじゃないかなあ」

「貴方から言われたくないね」

もっともである。

相変わらずだな、と保呂草は思い、息を短く吐き出した。

彼は事情を説明することにした。パーティに紅子と練無が招待されたこと、紫子と二人で帰ろうとしたが、車のバッテリィが上がってしまった、困っているところへテレビ局の車が来た、それがこの車だ。ちょうど人員が不足していたので、撮影のためのセッティングをパーティ会場で紫子と二人で手伝っている。今は、録音の付属機器を取りにきたところ。

「他の三人は中にいるわけね？」七夏が尋ねる。

「ええ。もうすぐ、パーティが始まるみたいでしたね」

「そう……」彼女は一瞬空を見上げて溜息をついた。

「信じました？」

「ええ、作り話にしては凝《こ》り過ぎてる」

「ご感想は？」

「最低」

「お祭ししますよ」

「泣きたいくらい」

「なんなら、後ろ向いていましょうか？」

七夏はまた溜息をついた。疲れている表情でもある。おそらくは紅子が近くにいることが彼女の憂鬱《ゆううつ》の元なのだろう。なにしろ、七夏の愛人が、紅子と離婚した男なのである。それだけでは、充分な説明にはなっていないかもしれない。もちろん、そんな単純な関係ではなかった。ただ、少なくとも、七夏と紅子は天敵どうしといえる。それは誰の目にも確かな観察だった。

「橋の爆破の話は、きいても良い？」保呂草は尋ねる。

七夏は二メートルほどさらに後退し、保呂草から離れた。そして、拳銃をホルダに仕舞った。彼女はバッグから煙草を取り出す。何度かこちらに目を向けた。まだ警戒しているようだ。本気で襲うなら今がチャンスで、おそらく三秒もあれば倒すことができる、と保呂草は予測したが、そんな動機が彼にはなかった。

彼も煙草を口へ運ぶ。煙が目に染《し》みて痛かった。雨で湿《しめ》っているせいだろうか。

七夏は煙草に火をつけてから、顔を上げて言った。

「説明はあとで。とにかく、私も中に入らないと……」

「どうして？」

「いろいろ調べたいことがある」

「車はどうしたんです？　故障でもしたんですか？」

雨がさきほどよりも大粒になっていた。七夏はまた大きく深呼吸をしたが、保呂草の質問には答えない。

「荷物を出しても良い？」

「ええ」

七夏が頷くのを見てから、保呂草はワゴンの荷物室を探して、目的の器具を探し出した。

どうやら、七夏一人らしい。刑事が一人で行動することは滅多にないことだ。彼女の憔悴《しょうすい》した表情からも、アクシデントがあったことは明らかだった。

一人で、車もない。

橋の爆破とは？

保呂草はいろいろな可能性を思い浮かべていた。

第2章　研究室には死体があった

現在のいろいろな生命の科学は、みなこの公理を土台にしているので、それがほんとうであるから、罐詰などというものもできるわけである。一ぺん殺してしまいさえすれば、いつまでも腐らない。変質はするけれども、普通いうような意味での腐ることはない。いろいろな実験をしてみても、今までのところでは、一ぺん殺菌してしまったものからは、再びバクテリアがわいてこないのである。この方からいえば、無生物から生物はできないことになる。

1

祖父江七夏はゲートのチャイムを押して待った。

保呂草は荷物を抱えて、庭の小径《こみち》を歩いていってしまった。暗闇の中へ彼の後ろ姿が消えた頃、インターフォンの返答があり、男の声で「玄関までお進み下さい」と指示された。

ゲートの鉄格子の扉はフリーだった。いくらなんでもセキュリティが甘い、と彼女は感じた。こんな山奥なので、侵入者の心配がない、といえばそうなのかもしれないが……。

緩やかなスロープを真っ直ぐに上っていき、玄関のドアの前まで来て立ち止まる。雨はまだそれほど酷くはないが、確実に激しさを増している。突き出した庇《ひさし》の下に入って待っていると、もの音が聞こえ、ドアが開いた。

古風なファッションの老人が現れる。映画に出てきそうな、いかにも、というタイプだった。

「こんばんは、こんな時間に突然申し訳ありません。私は、愛知県警の祖父江といいます」彼女は手帳を見せながら話す。「実は、ここへ来る道路の途中で事故がありまして、その関係で捜査を行っています。こちらで、少しお話を伺いたいのですが」

「事故といいますと、どのような？」上品な発声で老人が尋ねる。

「いいえ、申し訳ありませんが、詳しい説明はできません。まず、どなたか、ここの代表の方に会わせていただけませんでしょうか？」

「承知いたしました。どうぞ、中へお入り下さい」

「電話が使えないと思いますけれど……」歩きながら七夏は話す。

「あ、ええ……」老人は一瞬立ち止まり、驚いた表情で彼女を見た。「それが、その……、事故と関係があるのでございますね？」

「ええ、そうです」

「なるほど。ついさきほど、所用で電話を使おうと思いましたら、繋がらないので、おかしいとは思っておりました。すぐに直るものでしょうか？」

「復旧するのは、たぶん、明日以降になると思います」

「そうですか、それは困りました」

映画のセットかと思われるほど突飛なデコレーションのホールを老人について歩き、途中で左の階段を上がって、さらに通路を進んだ。コーナを曲がると、普通の質素な内装に急変し、そのギャップに七夏は驚かされた。

案内されたのは会議室のような、どこの事務所ビルにでもありそうな小部屋である。そこで待つように言われたので、彼女は大人しく椅子に腰掛ける。老人は通路を去っていった。

歩き疲れていたので、靴を脱ぎたかった。だが、いつ人が入ってくるか知れないので我慢することにする。運動のため、躰はまだ温かい。テーブルの上に灰皿があり、吸殻《すいがら》が数本だけ残っていた。つい最近、使われたもののようだ。窓は玄関側の庭に面しているると思われるが、暗くて何も見えなかった。

足音が近づいてきて、ドアが開く。中年の男が顔を覗かせてから、入ってきた。一人である。背は低く小太りで、茶色のバックスキンのジャケットを着ていた。丸い顔に四角いメガネをかけている。四十よりは手前だろうか。しかし、頭髪は平均よりも少ないだろう。

「警察の方……、ですよね？」ドアを閉めてから彼はきいた。

「はい。突然お邪魔をして、申し訳ありません」七夏は立ち上がり、手帳を見せる。相手はそれを一瞥《いちべつ》しただけだった。「愛知県警の祖父江といいます。あの……、失礼ですが、こちらの代表の方でしょうか？」

「ええ……、まあ、代表者の末席の一人、ということで」男は子供のように歯を見せて微笑んだ。「僕は雷田《らいだ》といいます。カミナリのライです。そうだ、名刺を……」ポケットからカード入れを取り出し、彼は名刺を一枚抜き取って差し出した。

土井超音波研究所・主任研究員・工学博士・雷田貴《たかし》とある。

「で、ご用件は、どんな？」彼はきいた。

「はい、実は、今日の午後三時頃なのですが、県警の方に電話がありまして……」七夏は説明を始めた。橋を爆破するという予告電話、そして現場に駆けつけたところ、調査を開始する直前に橋が本当に爆破されてしまったこと、などを手短に話す。「私だけが一人、たまたま、橋のこちら側にいました。それで、ここまで歩いて上ってきたのです」

「橋ね、橋か……」雷田は首を捻《ひね》った。「爆破って、つまり、橋が落っこちたってことですか？」

「ええ、そうです」そう言っているだろう、という言葉が喉まで上がってきたが、七夏は微笑んで大人しい口調を保持する。「ですから、今現在、ここは孤立した状態なのです。電話も通じないみたいですし。私も、実は署へ戻ることができません。ヘリコプタが救援にきてくれるかもしれませんけれど」

「そんな大袈裟な……」雷田は鼻から息をもらす。しかし、七夏が睨みつけていると、すぐに真面目な顔に戻った。「いや、失礼……、うーん、橋っていうのが、どうも思い出せないなあ、ありましたっけね、橋なんか……」

「五キロほど下です」

「五キロね……。え、そこから、どうやって、ここへ？」

「歩いてきました」何度言ったらわかるんだ、と思いながら七夏は答える。

「ほう……、それは凄い」雷田の視線が七夏の全身をスキャンした。

「お心当たりは？」彼女は質問を続ける。

「いいえ、そんなの……、全然」雷田は顔を上げて、大きく首を左右にふった。


「つまり、こちらへは、そういった予告なり、警告なり、何もなかったのですね？」

「ありませんよ。少なくとも、僕は知りませんね。でもどうして、ここへそんなものが来るんです？」

「その橋を爆破して、困るのはこの研究所だけだからです。他に被害が及ぶようなところはありません、結局のところ……」

「うーん、しかし、別にここだって、何も被害は受けていませんよね。その橋は研究所の私物ではないわけでしょう？　公共物なんだから、県が直してくれるわけだし」

「しばらく、出られません」

「ああ、そういうことか。しかし、それこそ、ヘリを呼べば良いし、森の中を抜けていけば、どこへだって行けます。孤島じゃないんですから」

まあ、そう言われてみれば、そうだ、と七夏も思った。

「しかし、脅しとかではなくて、本当に爆破したんです。つまりその、悪戯ではないわけです」彼女は考えながら話した。自分の意見も、まだ頭の中で完全に整理がついていなかった。「もし、悪戯だったら……」

「もっと目立つ場所でやりますよね」言葉を雷田が引き継ぐ。頭の回転が速そうだ。「すると、何が目的だろう？」

「そこなんです」七夏は頷く。

沈黙。

雷田は彼女よりも背が低い。多少俯《うつむ》き気味だったので、上目遣いにこちらを見据《みす》えていた。じっと数秒間、見つめ合っていたことに気づいて、七夏は視線を逸らせた。落ち着き払った雷田の物腰のためか、なんとなく馬鹿にされているようで気分が悪い。けれど、それは疲労している自分の状態が原因かもしれなかった。

「お客様がいらっしゃっているようですね？」七夏は質問を再開する。「その方の車が橋を渡った直後でした、爆発があったのが」

「ああ……、えっと、じゃあ、奥村先生のことかな」

「お二人でした」

「ええ、もう一人は学会の事務の人です」

「お名前は？　どんな学会ですか？」七夏はバッグから手帳を取り出した。

「へえ、なんか、本格的じゃないですか、て……、そうか、本ものなんだから当たり前なのか……、失礼、えっとですね、日本超音波学会の会長の奥村先生と、そこの事務長の竹本さんです」

「パーティに出席されるために？」

「ええ、もちろん。でも、パーティといっても、まあ、ちょっとした内輪のお祝い程度のものですけど」

「何のお祝いですか？」

「土井先生の喜寿のお祝いです」

「キジュ？」

「ええ、先生は今日で七十七歳になられました」

　その単語は知らなかったが、還暦とか米寿《べいじゅ》の類だな、と七夏は理解する。

「パーティの出席者は、何人くらいですか？」駐車場にあった車の台数からして、それほど沢山の人間がこの研究所にいるようには思えなかった。

「そうですね、十人くらいですか」雷田は答える。

「少ないですね」

「そうですね、十一人よりは少ないし、九人よりは多い」彼は笑った。ジョークを言ったつもりのようだ。七夏は遅れて無理に一瞬だけ微笑んでみせる。日常ではこういった慈善的な微笑みは絶対に見せない彼女であるが、今は仕事だからしかたがない。

「こちらの研究員の方は何名ですか？」七夏は尋ねる。

「土井先生を含めて六人」今度は歯切れの良い返答だった。「バイトで、実験補助員を三人ほど雇っていますが、今日の午後は休暇なので、全員ここにはいません」

「六人の名前を教えて下さい」

「え、必要なんですか？」

「お願いします」

「えっとじゃあ、年齢順で……、土井先生、レンドル博士、宮下博士、ファラディ博士、あと、園山《そのやま》さん、それに僕です」

　七夏はペンを走らせる。

「他に、ここにいるのは？」

「パーティの準備をするために、職員が三人だけ残っているはずです。うち一人は、貴女をここへご案内した、あの年寄りの……」

「ああ……」七夏は老人のことを思い出す。「彼、名前は？」

「田賀《たが》さんです。ちょっと変わっているでしょう？」

「他の二名は？」

「さあ、名前を知りませんね。おばさんが二人。厨房にいます」

「すると、全員で九人」

「そうですね、そうなりますね。それが何か？」雷田はきいた。

「いえ、何人の人たちにこれから話をきくことになるか、と思いまして……」

「え、全員に？」

「もちろん」七夏は頷く。

「へえ……、そりゃ大変だ。他にまだ、お客様がいるわけだし」

「何名ですか？」

「さあ、よくは知りませんけれど……、五人くらいかな。その辺は、園山さんが把握しているはずです。もう、向こうの会場に集まっていましたよ、さっき」

「えっと、学会長の奥村さん、それから事務の竹本さん、その他には？」七夏はそう言ってから、相手の目を見据え、瀬在丸紅子の名前が語られることに対して身構えた。彼がそれをどう答えるのか多少の興味があった。

「えっとね……、若い女性が二人いましたね。名前は知りません」雷田の答はそっけなかった。「そうそう、あと、テレビ局の人が、えっと、三人……、いや、四人いたかな……」

「テレビを呼んだのですか？」

「ええ、土井先生がね。その……、何か発表したいことがある、と言われたみたいです」

「発表したいこと？　どんな？」

「さあ、何でしょうか……」雷田はおどけて微笑んだ。自分には無関係の話だ、と言いたげな態度だった。

2

パーティ会場では、ジョージ・レンドル博士による非常に短いスピーチと乾杯のあと、静かな雰囲気のなか、テーブルの周囲に三つのグループが自然に形成されつつあった。

一つは、朝永と綾のテレビ局二人組が待ちかまえている一帯で、カメラ撮りのためにライトアップされていた。保呂草もその近くに立っている。朝永の助手として何かを手伝っている様子だった。車椅子の仮面の博士がそのグループの中心に位置し、彼の後ろには園山由香《ゆか》博士が立っている。また、すぐ横のソファには宮下宏昌博士が、ピンクの衣裳の綾と並んで腰掛け、彼女が向けるマイクに、にこやかな表情のまま応えていた。

中央のテーブルで、料理を食べることに専念しているのが、小鳥遊練無と香具山紫子。そのグループには、超音波学会の竹本行伸《ゆきのぶ》、そして雷田貴博士が一緒だったが、さきほど、執事の田賀が雷田を呼びに来たため、今は三人だけだった。

残りは、テーブルの反対側の窓際に近い位置のソファと椅子に腰掛け、寛《くつろ》いだ雰囲気だった。ガラスのテーブルに飲みもののグラスを並べている。二人掛けのソファの真ん中に座り、背もたれに両腕をのせてのけ反っているのが、超音波学会会長の奥村聊爾《りょうじ》博士。その左の肘掛け椅子に、瀬在丸紅子が、さらに、その後ろの窓のサッシに腰を預けて立っているのが、ジョージ・レンドル博士である。こちらのグループは、どことなくハイソサエティな空気を醸《かも》し出しているように見えたが、それは白人のレンドル博士の仕草によるものか、あるいは、紅子の上品な笑顔によるものか、いずれかであって、奥村博士に起因したものではなかった。

そちらの様子を眺めながら、練無は食べることに忙しい。

「美味《おい》しいね」皿と箸を両手に、練無が目を大きくする。

「ホンマ」横に立っている紫子が頷く。

「しこさん、ラッキィだったよね」

「うん、もう、なんていうか……」紫子は頷き、赤身のにぎり寿司を口の中に入れたため、あとの言葉はとぎれてしまった。彼女は顔を左右に振り、機嫌が良いことを表現してみせる。

「香具山さんは、どちらです？」竹本が愛想の良い口調で尋ねてくる。頭に毛が少ないものの、近くで見ると若そうである。ただ、頬が痩《こ》けているし、目は陥没しているので、健康的ではない。ムンクの絵に似ているな、と紫子は内心思った。

「どちらって？　右利《き》きですけど」彼女は口を手で隠して答える。

「いえ、ご出身」

「神戸」

「芦屋《あしや》のお嬢様なんだよ」横から練無が言った。

「信じられないでしょう？」

「へえ……、お仕事は？」

「レスラだよね」練無が言う。

「まさか……」竹本が口を開ける。二割くらい信じたかもしれない。

「今はこんな格好して、こんな横柄なしゃべくりしてますけど、これは世を忍ぶ仮の姿なんですよ」紫子は竹本に言った。彼女だけが、パーティに相応しくないカジュアルなファッションだった。

「まだ、学生さん？」

「ええ、二人とも」

「ああ、そうですか……」竹本がくすくすと笑う。さきほどから、彼がよく笑ってくれるので紫子は話しやすかった。

「この子かて……、これ、仮の姿なんですから」紫子は練無を指さす。「皆さん、ご存じなんですか？」

「え、いえ……、何がです？」竹本は片方の眉を上げ、わざとらしい顔をつくって、練無を見る。「小鳥遊さん、何かとんでもない秘密があるの？」

「うふふ」練無はにっこり微笑んだ。「な・い・しょ」

「うわぁ……」竹本がまた笑う。「なんか、もったいぶって、まさか、男だとかっていうんじゃないでしょうね、あはは……」

練無が一瞬むっとする。

紫子は吹き出しそうになる口もとを押さえて、なんとか口の中のものを飲み込んだ。

「あれでしょう？」竹本はまだ笑っている。「纐纈さんのところの苑子さんに似ているっていう、ええ、ええ……、それとなく、聞いていますけどね。噂だけなら……」

「あ、そやそや……」紫子は皿と箸をテーブルに戻し、代わりにそこに置かれていたバインダとペンを手に取った。「私、インタヴューするんやったわ」

会場にいる人間から面白い話を聞き出してこい、と野々垣綾に指示されて、メモ用紙を渡されていたのだ。バイト料は払うからその分の仕事をしろ、というわけである。

「えっと、どうですか？」紫子は竹本を見つめて尋ねた。

「何きいてるの？　それ」練無が横から言う。

「途中や、まだ。もう煩いな、君は。横からごっちゃごっちゃ言いないな」紫子は再び、竹本の方を向いてインスタントの笑顔を見せる。「つまり、このパーティは、どうですか？」

「どうですかって、何が？」竹本も笑いを堪《こら》えている表情だった。

「だから、パーティですよ」紫子がきき直す。

「ま、いいんじゃないですか」辺りを眺めながら、竹本が答えた。彼は小さく首を竦《すく》める。「そこそこに楽しいですよ」

「はい、ありがとうございました」紫子はメモを書きながら頷いた。メモ用紙には、《竹本、楽しい》と書いた。

「あのさ、もっと有益なことをきかなくちゃだよ？」練無が言う。「気を悪くしないでね、これ、友人としての親切、単なるアドバイスだからね」

「たとえば、どんな？」紫子は首を傾げる。

「ここって、何の研究をしているの、とか」

「ここって、何の研究をしてはるんですか？」紫子はすぐに竹本にマイクを向けた。もちろん、マイクはないので、片手に持ったペンを見立てて使っている。

「超音波だと思うけど」竹本が答える。「そういうのは、僕にきいてもね……、ここの人間じゃないんだし。僕、そもそも文系なんだから」

「そや、超音波に決まってるやん」紫子は振り返って練無を睨む。「超音波研究所いうたら、超音波を研究せんでどないするん？」

「超音波で何をするの？」練無が竹本にきいた。

「そうそう、何に使うんです？　超音波を」紫子もくるりと竹本の方に向き直る。

「さあ……、そりゃ、いろいろでしょう。たとえば、断層や人体の内部を調べたりっていう非破壊測定技術が、このところ注目されているけれどね」

「いろいろやわさ」紫子は練無に答える。

「しこさん、超音波ってどんなものか、知ってる？」

「ガラスに爪を立てたときに出る音やろ。あと、黒板にチョークで字書いてるときに、滑ったりして、すっごい音が出るやん」

「当たらずといえども、近からず」練無がゆっくりと言う。

「ホンマに？　アホちゃう？　私」

「まあまあ、しこさん、落ち着いて」練無がテーブルのグラスを指で示す。「シャンパンでも飲んでさ」

「そやね」素直にグラスに手を伸ばし、紫子は一気にそれを飲み干した。「ああ、美味しい……、くうぅ、幸せ！」

「ねえ、六人いるんでしょう？　さっきいた部屋に絵があったから、六人の博士たちの」練無は竹本に質問する。「でも、今、ここにいるのって、えっと、土井博士でしょう、あの女の人が園山博士で、座っているのが宮下博士だよね、で……」練無は紅子が話をしている方へ視線を向ける。「あれは、レンドル博士でしょう……」

「そうそう」竹本が頷く。「あの瀬在丸さんって、綺麗な人だね、君たちのお友達なんだって？」

「そうだよ」練無は頷く。「僕らの間では、プリンセス・ベニコって呼ばれているんだよ」

「へえ、ホント」また口を丸くして、竹本が首を縦に揺すった。

「嘘だけど」練無はすぐに言う。

「ああ、これ美味しいわぁ」紫子がまた別のグラスを飲み干して呟いた。

「ねえ、四人しかいないんじゃない？」練無が尋ねる。

「え？　ああ……」竹本が部屋を見回す。新しいグラスを運んで部屋に入ってきた田賀の姿が目に留まったようだが、すぐに練無の方へ視線を戻した。

「えっと、あとね、さっきここにいた雷田博士と、それから……」

「うん、もう一人いるんでしょう？」

「えっと……、あ、そうかそうか」竹本は頷いた。

「そう、ファラディ博士がいないね、ドクタ・スコット・ファラディが」

「最初からいないよね」

「そうだね……、うん、まあ、ちょっと変わり者だから、一人で実験でもしているんじゃないかな。あとで来るよ、きっと」

近づいてきた田賀から、新しいグラスを手にして、紫子がにこにこ顔を練無の方へ向ける。

「やあ、気持ちええ……、お酒がめっちゃ美味しい」紫子がうっとりとした表情で言った。

「気をつけた方が良いよ」練無は忠告する。「シャンパンって、強いんだから」

「ままま」紫子は頷いた。「そやけど、向こうから来たもん、拒むわけにもいかへんと思うし、うーん、あーぁ」彼女は小さな欠伸をする。「さあて、どうするんやろ、いつ頃終わるんかしら、パーティ。私にはまだ、保呂草さんと二人っきりで帰るっちゅう非常に大切なプロセスが残っているのだからして。今のうちに、飲むもんは飲んどかなあかんわけで……、あーぁ。れんちゃんは、お泊まりやもんね。しっかり、がんばりーや」

「何を？」

「ままま、そんな、きつい目をしてどうするん？あかんやん、そんなことでは。ふう……」グラスを傾けて溜息をつく紫子。「ああ、それにしても美味《うま》いなあ、これ。れんちゃん、いい？　そんなことでは、君、お嫁に行かれへんで。もっと素直にならな、うん、もっとな、あーぁ、冷たいな、これ、ぐっと喉越し爽快。もっと気持ち良くならな、一度きりの人生やないの。思わへん？」

「うわぁ、酔ってるじゃん……、しこさん」練無は小声で呟いた。「危ないなあ、もう」

3

「私は、どうもね、あの数値解析というやつが、今一つ信用できんのだ」奥村が喉を鳴らしながら話した。まるで機嫌の良い閻魔大王のようだ、と紅子は思った。「何百元、何千元という方程式をだよ、力ずくで解いて、その誤差が積もって何をやっているのかわからなくなるんじゃないかって……、そうは、思わないかね？」

「いえ、それは誤解です」レンドルが微笑んだままゆっくりと首を振った。「解の精度、すなわち誤差範囲は明確に把握できます。要素を細かくして、分解能さえ上げていけば、解は真値に限りなく近づくでしょう。ただ、それよりも……、境界条件の取り扱い、あるいは材料特性をいかにモデル化するのか、そちらにかかっているのです」

「面倒な計算に金をかける価値があるというのか

ね？」奥村はグラスを手に取って、氷を鳴らした。「実験をした方が早くないか？　断然その方が説得力もあるだろう。そんな計算結果がこうなりました、なんて見せられてもね、誰も納得しないよ」

「実験にしても正解ではありません。必ず、その実験に固有の不特定な条件が介入します」

紅子は片手を頰に当てて、小さく頷いた。レンドルが彼女の方を見たので、少しだけ目を大きくして、軽く首を傾げてみせた。紅子にしてみれば、面白いお話ですね、というくらいの意思表示のつもりだった。

「瀬在丸さん、つまらない話ですみませんね」レンドルが両手を広げて指を反らせる。

「いいえ、その反対」紅子は微笑んだ。「大変興味深い話題ですわ」

「いや、本当だ……」飲みものを一口飲んでから、奥村も笑った。「まあ、ご婦人を退屈させるようじゃ、歳をとったと言われてもしかたがない」

「しかも、こんな……」レンドルは片手を紅子の方へ振った。

「こんな？」紅子は口もとを上げる。

「続きを言いましょうか？」

「お聞きしたいわ。でも、ハードの進展をあと十年は待たないと、今のお話の決着を見ることはできない、という私の個人的意見を少しだけ申し上げておきます。こんな、何でしたかしら？」

「お美しい……」レンドルは答える。「ハードの進展？　たったの十年で？」

「そんなことが、あちこちに書かれているがね」奥村が言う。

「はい」紅子は微笑んだまま頷いた。どこかに書かれたものを読んだ、と奥村に思われたようだ。多少弁明しておこう、と彼女は思った。「計算容量そのものが、現時点では明らかに解析の限界を決めています。しかし、これは当然ながら、真の技術的な限界ではありません。主として生産技術の限界、あるいは経済的な……

いは単に経済的な収支のバランスに起因したものです。したがって、今後、確実に取り除かれていくでしょう。利益に直結しそうな合理化ほど早いものはありません。そして、そのあとに来るものは……」

紅子は片手を広げてみせ、指を一本ずつ折り曲げた。久しぶりに飲んだ上等なアルコールのおかげで、彼女は気持ちが良かった。話しているうちに、さらに気持ちが高揚する。もう少しだけ話そうか、と思った。「第一に非線型解析。これには、ご承知のとおり、幾何学的非線型だけでなく、材料・力学的非線型が含まれます。第二に、時間経過に伴う方程式の再構成、すなわち非定常あるいは大変形のダイナミック・シミュレーション。この実現には、要素の再分割が不可欠であり、現在、均質な連続体と仮定して行なわれている計算の大部分は、離散化した非連続体モデルへと移行するはずです。この場合もまた障害は計算容量だけだといえます。第三に、微細な粒子レベルにまで及ぶ運動方程式が取り扱われるようになるはずです。そのときには、たとえば粘性も摩擦も、おそらくは同一のモデルで表現されることになるでしょう。ただ、私たちが避けて通れないジレンマとは……」

「待った！」レンドルが片手を広げた。彼は目を細めて紅子を睨む。さきほどまでの穏やかな笑顔はすっかり消えていた。

「よろしい？　もう一言だけ」紅子は微笑んだ。

「研究者の哲学ですか？」

「ええ」紅子は頷く。「ジレンマとは、知りたいものと、計算できるものを、天秤にかけることの意義です」

「ちょっと待って下さいね……」レンドルは紅子のすぐ横に立っていた。「さっきの、解析の話、誰から聞いたのですか？」

「私です」紅子は答える。「私に聞きました」

「後半は、ちょっと理解できなかったが……」奥村が呟いた。「少々、飲み過ぎたかな……」

「本当に?」レンドルはまだ紅子をじっと見つめている。「貴女……、いったい……。何をしていらっしゃるんです?」

「ご質問の意味がわかりかねますわ」

「失礼ですが、ご職業は? いえ、ご専門は?」

「私は、現在、無職です」紅子は肩を竦める。「もちろん、職に就いた経験はありません。私、大学を卒業していませんの。早くに結婚したものですから」

「しかし……」レンドルが眉を顰《ひそ》める。

「結婚?」奥村の口から言葉がこぼれた。

「もちろん、勉強はいたしましたわ。知りたいことのほとんどは書物で学びました。書かれていないことは、実験もいたしました。この頃、最も興味を持っているのは、電子工学と情報工学ですけれど、残念ながら、ハードの研究を個人で行うには設備面で困難なレベルに現在の技術は達しています。ですから、最近は、モデル化したごく単純な実験か、あとは理論的なものしか手掛けておりません」

「いやあ……、驚いたなあ……」レンドルは口を開けたまま片手を頭の後ろにやった。「信じられない。もしかして、さきほどの続きがありますか? 四つ目は何ですか?」

「自信がありませんけれど、おそらく、複数モデルを統合した解析を、複数の演算回路で同時に、ネットワークを保ちながら計算するシステムの構築が課題です。おぼろげにしか想像できませんが、実現象の因果関係が複相である以上、シミュレーションの進む道もまた、このハイブリッドな方向にならざるをえません」

「凄い! そう……、そうなんです。僕の友人が、その、アメリカにいるのですが、そいつが同じことを言っている。そいつの構造理論が、まさにそれです」レンドルは目を見開いたままだった。言葉が上《うわ》擦《ず》っている。「しかし、マルチ・プロセッサに至るには、まだ二十年はかかる、と彼は話している」

「お気づきの人がいるのでしたら、もう少し早いかもしれませんわ」

「いやぁ、なんとも……」レンドルがじろじろと紅子を見た。

「なんとも、何ですか?」紅子は見上げてきく。

「驚きました。ええ、大変驚きました」

「何故かしら? 私が女だからでしょうか? もしそうでしたら、それは、貴方のものの見方に起因した単なる誤認です」

「あ、ええ……、おっしゃるとおり」レンドルが鼻息をもらして、苦笑した。「まいりました。どうか失礼をお許し下さい」

「失礼は受けておりません」

「瀬在丸さん、もしよろしければ、ファーストネームを教えていただけませんか?」

「紅子です。スカーレットの子と書きますが、綴りは、V・E・N・I・C・Oです」

「Venicoさん、ですね、OK」

「でも、ファーストネームで呼ぶのはご遠慮下さいね」

「いえいえ、とんでもない」

「しかし、不思議な人ですな、貴女」ソファの奥村が脚を組み直して言った。「確かに、小田原博士に見込まれただけのことはある」

「私、見込まれたのでしょうか?」紅子はくすっと笑う。「小田原先生とは、そうですね、よく温室でお会いしました。大変面白い方です。植物のことにとてもお詳しいの。私、生物は全然駄目ですから、いろいろと教えていただきましたわ」

「しかし、彼は数学者でしょう?」

「数学のことでしたら」紅子は答える。「ほとんどご本に書かれていますし、博士の論文が公表されています。そちらを読めば理解できることですから、よほどのことがないかぎり、お会いしたときの貴重な時間を、数学の話題に使うことはありません」

レンドルと奥村は顔を見合わせる。数秒間の沈黙があった。

「彼は、この研究所の出資者の一人ですよ。今日のパーティにもご招待したのですが、代わりに、瀬在丸さんを呼ぶと良い、とおっしゃって……」レンドルが言葉を続けたが、会話はそこで途切れた。もちろん、その話なら紅子は承知している。レンドルは、奥村に事情を説明したのである。

テレビカメラの前でインタヴューを受けていた土井博士が、部屋から出ていこうとしていた。車椅子を押しているのは園山である。彼女が紅子の方を見て微笑んだので、紅子は軽く頭を下げて応えた。入口とは反対側の壁にガラスのドアがあり、そこから二人は出ていった。実験室と思われる広い空間が、ガラス越し、通路の向こうに見える。その通路を右手の方向へ、園山は車椅子を押していった。

「奥村先生、それにレンドル先生」ソファに座っていた宮下が立ち上がって呼んだ。「こっちへ来て下さいよ。そろそろ交代しましょう」

宮下はテレビカメラの前でずっとインタヴューを受けていたので、その役割を交代しようという意味だろう。あるいは、今度は自分が紅子と話をしたい、と言いたかったのかもしれない。宮下は、途中で新しいグラスを手に取り、嬉しそうな顔つきで紅子の方へ近づいてきた。入れ替わりに、レンドルと奥村が立ち上がり、保呂草たちがいる撮影セットの一角へ向かった。

4

祖父江七夏は会議室で一人、煙草を吸っていた。雷田という男が部屋を出ていって、もう十分ほどになるだろうか。パーティが始まっているから様子を見てくる、誰か話をする者を呼んでこよう、と言ったきり、彼は戻ってこなかった。特に事情をききたかったのは、研究所の所長である土井博士である。だが、彼は病気のため、応対は無理だろう、という話を雷田がしていった。

七夏は窓際へ移動し、会議テーブルの椅子の一つに腰掛け、靴を脱いだ。誰かが突然部屋に入ってきても、テーブルに隠れて見えないように、と考えたのである。

時刻は八時を回っていた。窓の外は雨が激しく降り続いている。おそらく、橋のところにいた連中も、こんな天候ではろくな作業もできないことだろう。大半は引き上げたのではないか。ヘリも絶望的だ、と彼女は思う。

溜息。

足をマッサージしてから、靴を履き直す。口にくわえていた煙草の煙が目に染みた。

どうも、ついていない。

自分はずっとついていないように思える。

もしかして、これが普通の状態、つまり、ついていないのが、定常なのかもしれない。特に苦しいとは感じないのが、その証拠である。

橋の爆破事件のことよりも、この同じ建物の中にいる瀬在丸紅子のことが気になった。頭の上にテトラポットを載せているような重苦しい気分である。

パーティ会場へ足を運び、積極的に話をきく手もあったのだが、そこに紅子がいると考えるだけで消極的になってしまう。鉛のベルトをしているようだ。立つのも億劫《おっくう》である。頭も重い。頭痛がしたし、喉も少し引っかかる。ずっと坂道を歩いてきて、汗をかいたせいだろうか。おまけに途中から小雨が降りだし、躰が冷えた。風邪をひいたかもしれない。

額に片手を当てて、目を瞑《つむ》ってみる。とにかく、自分が疲れていることはわかった。もう若くはない、という認識が躰全体に、ぼんやりと鈍く拡散していき、元気のない自分を説得しようとしている。そもそも元気という概念自体が幻想ではないだろうか。麻痺しつつある躰の感覚と、眠ろうとしている頭脳を、どうにか騙《だま》し騙し動かしている、そんな終業間際の工場みたいな自分……。

何を弱っているのか……。

こんなことでは駄目だ。

林の顔を思い出す。元気を出そう。

部屋の外から足音が聞こえたので、七夏は現実に集中した。煙草を灰皿に押しつけて、待った。しかし、誰も入ってこない。耳を澄ませると、まだ何か擦れ合うような小さな音が廊下から聞こえた。

彼女は静かに席を立ち、ドアまで近づく。ノブに手をかけ、そっとドアを押して通路を覗き見た。

五メートルほど離れたところに、赤いものが動いていた。鞠《まり》のように弾んでいて、一瞬、それは大きな花の怪物のように見えた。すぐに小鳥遊練無の後ろ姿だと認識。彼は飛び跳《は》ねながら、脚を蹴《け》り上げたり、腕を素早く伸ばしたり、瞬時に止まり、また躰を回転させ、まるで壊れたおもちゃみたいに動いていた。踊っているようにも見える。どうやら、手持ちぶさたで拳法の練習をしているところのようだった。他には誰もいない。

「小鳥遊君」ドアをもう少し開けて、七夏は呼んだ。

練無は動きを止めて、素早く振り返った。最初は腰を落とし、片手を前に伸ばした体勢だったが、すぐに驚いた表情に変わり、次は、にっこりと微笑んで、両手を頰に当てて、飛び跳ねた。

「うわぁ、祖父江さんじゃないですか」高い声である。練無は七夏の近くに駆け寄ってくる。「どうしたんです？　どうしてここにいるの？」

「貴方は何をしていたの？」

「うぅ、恥ずかしいなぁ……。見ていたんだ。どうしようどうしよう、ちょっと、運動をしていただけ。お腹がいっぱいになったから」

「不思議な人間だね、貴方」

「いえ、本当は、少し冒険してて、トイレを探し当てたのはいいんだけど、ちょっと、迷ってしまって……。だって、近くのトイレは入れないじゃないですか。誰か来たら困るから。そうでしょう？」

「私に疑問をぶつけないでほしいな」

「あれ？　一人ですか？　もしかしてもしかして、何か事件なの？」会議室を覗き込みながら練無は尋ねる。「だよねぇ、こんな時間に、祖父江さんがここにいるってことは、絶対それしかないもん。ねえ、なになに？」

「パーティをやっているんでしょう？」七夏は練無を部屋の中に招き入れて、ドアを閉めた。

「そうだよ。あ、お腹空いてない？　まだね、料理がいっぱい残ってるんだから、あっちに」

「いえ、それはいい」七夏は片手を広げる。「勤務中なの」

「お酒さえ飲まなければ良いんじゃない？」

「今夜は、ここに泊まるつもり？」

「わかんない。最初はその予定だったけれど、だって、保呂草さんがいてくれて……、てことは、パーティ終わったら帰れちゃうんだよね」

「どんな感じ、パーティは？」部屋の奥の椅子に座りながら七夏は尋ねる。

「どんなって？」練無は窓際に立って外を眺めていた。

「土井博士は？」

「和《なご》やかなムード？」

「うん、お面被ってて、ちょっと恐い感じ」

「うん、まあね、よくわからないけど」

「貴方は何なの？　コンパニオン？」

「わ、酷い！」練無は躰を左右に揺する。

「ごめんごめん。でも、どうして、ここに？」

「うーん、どうしてかな……」

「あ、テレビで何を発表したの？」

「えっと、何だろう」彼は首を捻った。「そっちはあまり気にしていなかったから……。研究上のことなんじゃないのかな」

「そんなことのために、わざわざテレビを呼ぶかしら、しかも、こんな時間に」

「きいてみたら良いじゃん」

「うん、そうね……」

「ねえ、何してるの、祖父江さんは、ここで」練無は唇を噛《か》んで目を大きくした。「どんな事件？　教えてくれても良いでしょう？」

「いえ、別に……、その、大した……」

「怪しいよう」

「誰か、変な人物を見かけたり……」

七夏が話しかけたとき、遠くで悲鳴のような声が聞こえた。とても小さかった。

「今の……、聞こえた？」七夏はきく。

「声、だよね」練無も気づいたようだ。

七夏は立ち上がって、テーブルを回り、ドアのノブを摑む。

「ちょっと案内してもらえる？」

「え、どこへ？」そう言うと、練無はテーブルに片手をついて、身軽にそれを飛び越えた。バネ仕掛けみたいな瞬発的な動作だった。スカートが音を立てて広がり、やがて萎《しぼ》む。テーブルを飛び越えることくらい難しくないが、この衣裳でそれができる人間は少ないだろう。少なくとも自分には無理だ、と七夏は感心する。

「パーティの部屋じゃない？」七夏はドアを開ける。

「違うと思う」

「どうして？」

「なんとなく……」

二人は通路に出た。

「どっちかな？」

「たぶん、こっち」

練無がスカートを持って走りだす。頭の上のリボンも揺れていた。彼自身が大きなリボンみたいでもある。七夏は、その真っ赤な彼に続いて走った。

5

パーティ会場。

カメラ撮りが順調に進行し、手伝いをしていた保呂草も多少手が離れた。彼は紅子の方へ話をしにいこうと思ったが、さきほどまでインタヴューを受けていた宮下という男が、彼女と話し込んでいた。どんな話題なのかはわからない。宮下は真面目な表情で一方的に話している様子だ。紅子はいつものとおり微笑みを浮かべている。保呂草は、そちらへ行くのを遠慮すべきか迷った。

彼女は一度だけ保呂草の方を見た。魔法をかけるときの魔女のように一度瞬《また》き、すぐに視線を逸らせる。「悪いことはしないでね、少なくとも私の前では」という信号を保呂草は解読した。当然ながら、そんなつもりは毛頭ない。

はっきりいって、これまでの人生において、悪いことなどしたことがない……、とはいえないけれど、しかし、思いつくことといえば、少年時代の数々の悪戯くらいのもので、自分でも微笑ましいくらいである。つまり、大人になって、悪いか悪くないかというセンサが壊れてしまったのだろう。あまりにもその判断が難し過ぎたので、子供の単純なセンサでは役に立たなくなった、ともいえる。

冷たいビールをグラス一杯飲み干した。

テーブルに近いところでは、香具山紫子が中年の男と二人で話をしている。学会の事務長、と紹介された竹本という名の男である。ときどき笑い声を上げている。楽しそうだった。意気投合しているようにも見えるが、これは明らかに、紫子が相当に酔っているせいであろう。ようするに、いつものことだ。限界に近いのではないか、と少し心配になり、保呂草は紫子に近づくことにした。

「どう、調子は?」

「うわぁ、何がぁ? 何がぁ? もっとどーんときいて。しこさん、あまり飲んじゃ駄目だよう、僕のためにぃ、ちゃんと残しておいてねぇ、とかって、くうぅ！　この色男がぁ！」

紫子が保呂草の背中を叩いた。

「面白い人ですね」竹本が保呂草に小声で言った。

「面白いですか？」保呂草は真面目な顔で応える。

「いやん、もおう、保呂草さんったらぁシャイなんだからぁ。私はとってもシャイが好き〜、かあさん呼ぶのもシャイで呼ぶ〜、てな」

一応、紫子の歌を聴いてやってから、二、三言葉を交《か》わし、それとなく、あまり酒を飲まないようにアドバイスした。彼は、テーブルのサンドイッチを口に放り込んだ。

「ちょっと、あっちで煙草を吸ってくるよ」

「浮気しちゃ駄目よ」紫子が笑った。

「え？」保呂草はちらりと紫子を見る。

「あら、ごめんなさーい」紫子が頭を下げる。「冗談でーす、怒らないでぇ」

「いや、別に……」

「そんな恐い顔せんと……」

しかたがないので、保呂草は笑ってみせた。そんなに恐い顔をしていただろうか……。

部屋の隅へ歩いていき、紅子たちがいるさらに後ろ側、実験室風の室内が通路越しに眺められる位置まで移動した。すぐ近くのテーブルに大きなガラス製の灰皿が置かれていたからだ。一人だけでゆっくりと煙草を吸おう、と思った。

ここの研究施設がどの程度の規模なのか、保呂草にはまったく予備知識がなかった。そういった方面には彼の興味は比較的浅い。途中で通った悪趣味な玄関ホールや、この会場の壁を飾っている絵画を見れば、だいたいオーナの趣味がわかる。非常に安易な選択だ。おそらくは、自分で価値を決められない、だから何も考えないで値段だけで選んだ、と断言できる。残念ながら、この建物には彼が見たい品があるとは思えなかった。

煙草に火をつけて、久しぶりに煙を吸い込む。ガラスに反射して映る自分の顔、そして、その背後に瀬在丸紅子の横顔が見えた。彼女は肘掛け椅子に腰掛けている。今夜のドレスはとてもシックで似合っている、と煙を吐き出す一瞬だけ思った。

悲鳴が聞こえた。

保呂草は息を止めて、耳を澄《す》ませる。

ガラスを透過し、通路や、その向こうの実験室に目の焦点が合った。

だが、もう何も聞こえない。

振り返ったが、紅子は宮下と話をしている。誰も気づいていないようだ。

「聞こえました？」保呂草は少しだけ大きな声で、離れている紅子を見て尋ねた。

「何が？」彼女がこちらを向き、きき返す。

部屋の反対側のテレビ撮影の一角を、保呂草は見た。

朝永と綾の他に、レンドル博士がいる。もう一人いた老紳士、確か学会の会長という男の姿は今はなかった。

「何ですか？」紅子の手前のソファに座っていた宮下が振り向いて保呂草にきいた。

「なんか、悲鳴のような声が聞こえたんですけど」保呂草は煙草を灰皿で消しながら答える。

紅子が立ち上がって近づいてきた。保呂草は、ガラスのドアを開けて外の様子を窺った。左右にカーブした通路が続いている。また、反対側の壁もガラス張りで、その中は、幾《いく》つかのパーティションに区切られたスペースが見える。そこが実験室だ。通路との境界は曲線だが、一つのガラスは平面で、それが少しずつ角度を変えて連なっていた。正確には多角形である。

多少冷たい空気が停滞している。通路は照明が明るい。実験室内は反対に薄暗かった。

保呂草の横に紅子が立つ。そこへ、宮下がやってきた。

そのとき、また悲鳴が聞こえた。

今度ははっきりと、それだとわかった。女性の声だ。明らかに助けを求めている。

「あっちですね」保呂草は宮下の顔を見たが、既にそちらへ向かって歩きだしていた。

招かれた客でもなく、当然ながら許可された区域でもない。勝手に足を踏み入れて良いものか、と遠慮をして、保呂草はわざと歩調を落とし、宮下を先に行かせることにした。

しばらく進むと、T字路があった。カーブした通路はそのまま前方に続いているが、右手に分岐する通路がある。保呂草たちよりも僅かに早く、その右手から二人が飛び出してきた。黒の上着に短いスカート、長身の祖父江七夏、それに、真っ赤なスカートを広げている小鳥遊練無である。

「あ、保呂草さん、悲鳴、聞こえた?」練無が言った。

祖父江七夏が瀬在丸紅子を一瞥した。保呂草は振り返って紅子の顔を覗き見る。彼女は表情を変えなかったが、人形のように瞳を静止させていた。七夏の突然の出現に、驚いたことは確かだろう。

「誰か来て!」という女性の声。さきほどよりもずっと近い。

宮下が通路を先へ進む。他の者はその後に従った。通路は、ずっと同じ曲率で左にカーブをしている。大きな円形の周囲を回っているのであろう。したがって、前も後ろも十メートルほど先までしか見通しは利かない。円の中心角でどれくらい進んだのかは見当がつかないが、感覚として、三十メートル近くは歩いてきたはずである。しかし円の反対側までは達していないだろう、と保呂草は想像した。

通路の先に園山由香の姿が見えた。白衣を羽織《はお》っていたが、その下はパーティ会場で見た服装と同じだった。

「どうかしましたか?」先頭の宮下が尋ねる。

「あ、あの……、大変です」苦しそうに一度頷き、園山は部屋の中を指さした。アルミのドアが開いたままで、通路よりもさらに明るい室内の白い照明が見えた。

6

その部屋の中に異状があることは、青ざめた園山由香の表情から想像が容易だった。

彼女は後退し、宮下が戸口で一度立ち止まってから、黙って部屋の中へ足を踏み入れた。

保呂草と祖父江七夏がその後に続く。

幅が八メートルくらい、奥行きは五メートルほどの小さな部屋である。ドアがある壁以外の三面が書棚で、天井の近くまでぎっしりと書物が詰まっていた。ほとんどが薄い雑誌のようだったが、背表紙が見えるものはすべて英文のようだ。

右手にはソファと小さなテーブルのセット。左手には大きなデスク。向こう側に椅子がある。そのデスクの横、向かって右側、書棚との間に、白衣の男が仰向けに倒れていた。頭は奥に、手前に脚を投げ出している。

一見老人に見えた。だが、それは異様な形相《ぎょうそう》のせいか、あるいはデスクの影のためだったかもしれない。どう見ても健康な人間には見えなかった。歪《ゆが》んだ表情、そして顔色からも判断できる。保呂草はその男の顔に見覚えがなかった。

宮下が近づき、しゃがみ込んで、躰に触れようとした。

「待って下さい」七夏が声を上げる。

「すぐ、救急車を呼んで」宮下が振り返った。「これは……」

「愛知県警の者です」七夏が進み出る。彼女はデスクを左手から向こう側へ迂回《うかい》し、倒れている男の頭の方へ近づいた。彼女はそれを数秒間見たあと、こちらを向いた。「保呂草さんも、部屋から出ていって」

「もう遅いですよ」保呂草は部屋のほぼ中央に立っている。両手を軽く挙げ、口を斜めにした。

「何も触らないように」七夏が指示する。

「あの……」宮下が何か言いたそうに彼女を見上げた。「貴女、誰ですか？」

「だから、警察だって言ったでしょう！」七夏が睨みつける。

戸口からは、紅子と練無が覗き込んでいた。紅子は目を細めている。練無は逆に目を丸くして、小さく口を開けている。紫子がここにいなくて良かった、と保呂草は思った。彼らの後ろ、通路の中央には、園山由香がまだ同じ位置に立っていた。鼻と口を片手で隠し、俯《うつむ》き気味である。気分が悪そうだ。

「警察って……」宮下が立ち上がりながら呟いた。「どうして、ここに？　君、警察手帳は？」

「あとで見せます。捜査第一課の巡査部長で祖父江といいます」七夏は屈みながら、宮下を見ないで答えた。倒れている男の首に彼女は軽く触れる。そして、やはり顔を上げずに呼んだ。「瀬在丸さん！」

「はい」紅子が返事をする。「何です？」

「ちょっとお願いします。こちらへ来てもらえないかしら」七夏は下を見たまま言った。

紅子が部屋の中に入ってくる。彼女もデスクを左から迂回し、七夏の方へ歩み寄った。

「触ってみて」七夏が言う。

保呂草にはそれが、とても挑戦的な口調に聞こえた。まるで、七夏が紅子を試しているように。しかし、もちろんそうではない。そんな余裕があるはずもない。

紅子は、倒れている男の首もとに手を伸ばす。

「少し温かいでしょう？」七夏が言う。

「そうね」紅子は頷いた。「私を証人にするつもり？」

「お願いします。貴女が一番頼りになると思ったから」七夏は顔を上げて保呂草を一瞥し、次に宮下を見た。「これは、どなたですか？」

「え？」宮下が上擦った声を出す。「あの……、もしかして、彼……」

「死んでいます」紅子が答える。彼女は男の目の辺りを触っていた。「駄目ね、これは絶望」

「誰なんです？　亡くなられている、この人は」七夏は立ち上がった。「研究所の人ですか？」

「スコット・ファラディ博士です」通路にいた園山が戸口で答えた。

そう言われてみれば、日本人ではない、と保呂草は思う。しかし、それに気がつかないほど、顔色が普通ではなかった。

小柄で痩せ型。髪は少なく、金髪かもしれないが、ほとんど白髪といって良い。メガネが斜めになり、片方は耳から外《はず》れていた。しかし、レンズは割れていない。血を流している様子もなかった。両手には半透明の薄い手袋をしている。実験で使うものだろうか。ただ、この部屋には実験設備があるようには思えない。ここへ戻ってきたところだった、ということか。白衣の襟もとから、黄色と紺の縞模様のネクタイが覗き見えた。ズボンは灰色。靴ではなく、安物のサンダルを履いている。部屋履きだろう。保呂草の立っている位置からは、この男の靴らしいものは見当たらなかった。七夏は、ファラディ博士の白衣やズボンのポケットを探った。最後に、デスクの下を覗いて、そこに靴があることを確認した。

「心臓発作ですか？」宮下が呻くようにきいた。

「困ったなあ……、どうしよう。電話が今、通じないんだ」七夏は言葉を吐き捨てるように呟く。

「どうして？」紅子が尋ねた。彼女はまだ死体の横に跪《ひざまず》いている。下を向いたままだった。

「それは、あとで」七夏は答える。「えっと、部屋から出て下さい、皆さん」

保呂草と宮下は後ろに下がり、ドアから通路へ出た。七夏が歩いてきて、戸口に立つ。その結果、部屋の中にいるのは紅子だけになった。もう一人は死んでいる。

「手袋を外しても良い？」紅子がきいた。

「どうして？」七夏が振り向いてきき返す。

「ちょっと、この人の手相を見てみたいの」紅子が言う。「爪の形が細長くて、綺麗だわ」

「遊びじゃないんですよ」七夏は、多少音量を増し、多少速度を落として発音した。言葉を強調したのである。「駄目です。さあ、もう出ていって下さい。ご協力には感謝します」

紅子は立ち上がり、戸口の保呂草のところまで来て、目をわざとらしくぐるりと回してみせた。それが、実に可笑しくて、そして可愛らしかった。彼は思わず吹き出してしまう。

「え？」七夏が振り返った。「どうかした？」

「いえ、すみません」保呂草は首をふる。

彼は部屋の中を注意深く観察した。デスクの上には灰皿がのっていたが、吸殻はなかった。綺麗に掃除したばかりのようだ。ペンも書類もファイルも、何も出ていない。また、右手の応接セットのテーブルにも何一つのっていなかった。ファラディ博士は整理魔だったのだろうか。

「えっと、貴女ですね？　発見者は」七夏が通路の園山由香を見据えて言った。

「あ、ええ……、そうです」園山が一歩だけ進み出た。片手を口に当てたままだった。「パーティにいらっしゃらなかったので、どうされたのか……、と思いまして……」

「土井博士は？」保呂草はきいた。園山は、ずっと土井の車椅子を押していた。二人がパーティ会場から出ていったところを保呂草も見ていた。

「あ、はい……。先生は、その、少しお疲れのご様子でしたので、お部屋へお連れして、そして、その帰りに、ここを通りかかったんです。私は、その、パーティに戻ろうと思いまして。それで、この前まで来て、ふと思いついて、ファラディ博士の部屋の、ええ……、このドアをノックしました。すると、ドアが少し開いていたんです」

「開いていた？　どれくらい？」七夏はきいた。

「いいえ、そういう意味ではありません。閉まってはいたんですけど、完全には閉じていなかった、という意味です。ですから、最初は閉まっていましたけれど、ノックをしたら、自然に少し開いてしまいました。十センチくらいです。私、中を覗いてみました。それで、もうびっくりして、ええ、博士のところへ駆け寄って……、その、もちろん、すぐに博士が死んでいることがわかりました」

「照明は？　貴女がつけたの？」

「いいえ。電気はついていました」

「あのままの、仰向けの姿勢でしたか？」

「動かしていません」園山は歯切れの良い口調で答えた。動揺はしているようだが、完全に感情はコントロールされている、理路整然とした返答だ。

「それで、通路に出て悲鳴を上げた」七夏が言った。

「いいえ、悲鳴なんて上げておりません。誰かに来てもらおうと思って呼んだだけです」

「デスクに電話がありますけれど、何故、これを使われなかったのですか？」部屋の中から紅子がゆったりとした口調で質問した。

「そう……、それを私もきこうと思っていたところ」七夏が振り向いて紅子を睨む。「瀬在丸さん、私に任せていただけないかしら」

「あの、触らない方が良いと思いましたから」園山は答える。

「素敵なご返答ね」紅子が微笑む。

「それはつまり……」七夏が今度は園山を睨んだ。「ファラディ博士がどうして亡くなったのか、わかったわけですね？」

「ええ」園山は頷く。

「何なんです？」宮下が横からきいた。

「首のところが……」園山は答える。「違いますか？」

「ふう……」音を立てて七夏は短い溜息をついた。その音が全員を黙らせるサインだと言いたげに。

「とにかく、ええ……、ひとまず……」彼女は一度舌打ちする。「しかし、連絡が取れないのは、困ったな……、どうしよう。待つしかないか」

「貴女、どうしてここに？」紅子が小声できいた。

「この部屋は、とにかく閉鎖して下さい」七夏は紅子を無視して言う。「鍵がかけられますね？」

「いえ」園山が首をふる。「鍵は、ファラディ博士がお持ちだと思いますけれど」

七夏は振り返って、室内の死体を見た。しかし既にそれは確認済みだった。鍵はポケットにはない。

「まあいいや。このままにしておくしか、ないわけですね。皆さん、向こうの部屋へ戻っていただけますか？　そこでご説明いたします」

「何を説明するっていうの？」紅子がまた囁く。彼女が最後に部屋から出た。

七夏はドアを閉める。

「えっと、救急車とかは？」宮下が尋ねた。

「とにかく、あちらへ。お願いします」

七夏は通路をさっさと歩いていく。他の者は黙ってその後を追った。

一番後ろを歩いている保呂草のところへ、紅子が近づいてきた。

「どうして、あの女が？」保呂草の耳もとで紅子が囁く。

「何か、事故があったみたいですね」保呂草も小声で答えた。「橋が爆破された、とか言ってましたけれど、よくわかりません。しっかりとは教えてくれないんですよ、僕、信用されてないから」

紅子は無言で頷く。

「絞殺ですか？」今度は保呂草がきいた。

「うん」紅子は頷く。「間違いない。どうだろう、三十分も経《た》っていないと思う」

保呂草は舌打ちする。

「何か気に入らないことでも？」紅子は横目で彼を

見た。

「いえ……」保呂草は一度だけ首をふった。「またかって……」彼は口もとを上げて、肩を一瞬だけ竦める。「思いません？」

「素晴らしい人生ですこと」紅子は微笑んだ。

前を歩いていた小鳥遊練無が一度立ち止まり、彼ら二人と並んで歩く。

「殺人事件だよね？」練無は両手を口に当てて言った。「どうしよう……、今夜は帰れないってこと？」

「帰りたい？」紅子がきいた。

「ううん」彼は首をふった。「みんなが一緒なら大丈夫だし。うーん、でもなあ、しこさんが可哀想だよね」

「あらあら」紅子が無表情で言う。

「どうせ、帰れないみたいなんだ」保呂草は言った。「橋が落ちたってことは、つまりそういうこと」

「ここへ来る道の？」

「うん、そうらしい」


「いろいろなものが意図的だ」紅子が呟いた。

「え？」保呂草は彼女を見る。

紅子は前を向いていた。ずっと遠くを見つめるような目つきで、保呂草の方を見向きもしなかった。

第3章　とりあえず現状を把握する

ここで重要なことは、原子の出生率あるいは死亡率はわかっているが、どの原子が死ぬかということは、全然わからないという点である。ラジウムAについていえば、ラドンからどんどん原子が供給しつづけられているので、現在いる原子の中には、大分前にできたものもあれば、瞬間前にできたものもある。老幼さまざまの原子がまじっているが、それらをひっくるめて、一分間に、一万個について二三一〇個の割合で死んでいる、ということだけしかわからない。

1

パーティ会場の広間に戻り、七夏はそこにいた人間を確認した。ジョージ・レンドル博士と学会事務長の竹本行伸、そして香具山紫子の三人。他には田賀という名の執事。そして、厨房に年配の女性が二人いることを田賀から聞いた。

死体を見て戻ってきたのが、園山由香と宮下宏昌の二人。それに、保呂草、紅子、練無の三人である。

紫子が練無のところに歩いてくる。ぼんやりとした表情だった。

「あれって、祖父江さんと違う？」

「うん、そうだよ」

「へえ、やっぱ祖父江さんかぁ……、あーあぁ」欠伸《あくび》をする紫子。「眠〜。そろそろ帰らな」

「ここにいないのは？」七夏は全員を見回して尋ね

た。

「土井博士と、えっと……、雷田さん」園山が答えた。

「全員をここに集めて下さい」七夏は言う。「内線電話は通じますね？」

「あ、ええ」園山は頷く。「でも、土井先生は……」

「私がお呼びして参ります」田賀が頭を下げながら言った。

「いえ……」七夏は片手を挙げて制する。「一人で行動しないで下さい。あそこの電話を使って、呼び出してもらえませんか」厨房へ通じる出入口の付近に、壁掛けタイプの電話が見えた。

園山がそちらへ歩いていった。

「あれ、テレビの人たちは？」練無が言う。「ねえ、しこさん」

「あ……、うん、えっと」紫子が眠そうに顔を上げる。「荷物を車に運ぶ言うて……」

「呼んできましょうか？」保呂草が七夏を見て言った。

「貴方じゃなくて、えっと、小鳥遊君」七夏が練無に目で指示する。

「え〜、外、雨だから、服が濡《ぬ》れちゃうよう」練無が口を尖らせる。「人使いが荒いんだから」

「玄関の右の棚に傘がございます」田賀が言った。

練無は正面のドアを開けて通路に出た。両側のガラスが雨に濡れている。中庭は暗くはない。ところどころに光る常夜灯がぼんやりと白かった。途中で事務棟を抜け、しばらく進むと話し声が聞こえてきた。玄関ホールの明かりが先に見え、そこにいる男と女の話し声だ。テレビ局の朝永と野々垣綾の二人である。

「もう、帰るからね、私」綾が声を上げている。

「わかってるって、だから、ちょっと待ってくれよ、とにかく、片づけないといけないしさ」

「さっさと片づけなさいよ」

「だから、雨がさ……、機材が濡れちゃうだろ。

あ、それに、保呂草さんの車にバッテリィを貸してあげなくちゃ」

「ああ、もう気が遠くなりそう、私。もしか、間に合わなかったら、どうすんの？」

「そんなこと言ったって、電話が通じないんだから、しかたがないじゃないか。連絡のしようがない」

「レギュラ外されたら、あんたのせいだからね」

「大したもんじゃないだろ、あんなの……」

「なんですって！」

練無は二人の方へ近づいて、向こうが気づくまで待っていた。

「あ……、君」朝永がさきに彼を見つける。

「あ、えっと、小鳥遊さんね」綾が人工的な表情と声をつくった。

「向こうの会場に戻ってくれって言ってるよ」練無は話した。

「誰が？」ピンクの衣裳の綾がきく。

「えっとね、警察の人」練無はさらに近づき、明るい玄関ホールに立つ。ここだけが宮殿のように豪華だ。「びっくりしないでね。ファラディ博士っていう人が、研究室で死んでいたんだ。それで、愛知県警の刑事さんが、みんなを集めているわけ。だから、ちょっと、しばらくは帰れないと思うよ」

「死んだ？」綾が目を大きくする。「どうして？」

「うん……、殺されたみたい」

「どこで？」今度は朝永がきいた。「ファラディなんて人、いたっけ、あそこに」

「ううん、ずっと研究室の方にいたみたい。パーティには参加していなかったから」

「殺された？」口を開けたまま眉を顰《ひそ》め、綾が言った。

「誰が？」朝永がきく。「えっと、その……ファラディ博士は、誰に殺されたわけ？」

「知らないけど、とにかくさ、事件でしょう？　早く向こうに戻って取材した方が良くない？　凄い特ダネかもしれないじゃん」

朝永と綾は一度顔を見合わせたが、やがて無言のまま、練無を見て頷いた。

2

紅子と保呂草は通路を二人で歩いている。

雷田博士に内線電話が通じない、と園山が言い、それを聞いた祖父江七夏が、探しにいってほしいと紅子に頼んだ。

「僕が一緒に行きます」保呂草が申し出た。「もしかして、危ないかも」彼はそう言って七夏を見る。

「ええ……、じゃあ、二人でお願いします」七夏は頷いた。「私はここを離れるわけにいかないから」

研究所の人間を七夏は疑っているようだ。だからこそ、無関係の練無や紅子に行かせようとしている。しかし、その場にいなかった雷田は、普通に考えても不審な人物の筆頭である。紅子を一人で行かせることは問題だ。保呂草が申し出たのも当然だった。

「どうして、祖父江さんは、貴方に行けって言わないのかな？」紅子が歩きながらきいた。

「信用されてないんですよ」

「それは明らかに私情だと思うけれど」紅子は大きな瞳を天井に向けて言う。「たとえ貴方が大泥棒だったとしても、今はそんなことを言っている事態ではない、それくらい計算できないもの？　どうも、客観的な判断ができているとは思えない」

「厳しいですね、彼女には」保呂草は苦笑する。

雷田の居場所は、園山に教えてもらった。さきほどと同じ道順で、左へカーブした通路を二人は進んでいた。もうすぐ、スコット・ファラディが死んでいた部屋の前を通る。今は右手の高い位置に、つまりそちらが円の外側だが、小さな窓が並んでいる。その先は、左右の壁に、ほぼ等しいインターバルでアルミのドアがあった。

「橋を爆破したというのが、もし本当なら、それも殺人犯の仕業」紅子が歩きながら話す。「ここに警察が来られないようにした、連絡が取れないようにした、と見るべきね」

「どうして？」

「それが一番危険側の予測だから」紅子は保呂草を横目で見た。「これ以上に、悪い予測ができる？」

「いえ、たぶん……、そのとおりでしょう」保呂草は頷いた。「ということは、つまり、殺人犯は、もっと何かを企《たくら》んでいる。まだ他にやり残していることがある。だから、それまでは邪魔をされたくない」

「そう」紅子は目を細め、唇を噛んだ。

ちょうどファラディ博士の研究室の前に差しかかった。紅子が足を止めたので、保呂草も立ち止まる。

「もう一度、中を調べましょう」紅子が言った。

「気が進まないなあ」保呂草は首を横にふった。「ただでさえ疑われているのに、下手《へた》なことはしない方が、身のためってことは？」

「警察が今夜にでもここへ乗り込んでくるなら、そのとおりだと思う」

「来るかもしれない」

「その可能性があるなら、あんな虚勢を張るものですか」紅子が言う。七夏のことを言っているようだ。「命懸けっていう感じだったでしょう。見ていて可哀想なくらい」

「わかりました」

保呂草はポケットからハンカチを出して、慎重にドアの把手《とって》を回した。

照明は消されていない。さきほどのままの殺人現場が、二人の前に再び展開する。

紅子が数歩中に入り、部屋の中央に立つ。保呂草は死体の方へ行き、屈んで顔を近づけた。さきほどは、祖父江七夏に阻《はば》まれてよく見えなかったのだ。首もとに確かに特徴的な痣《あざ》がある。しかし、どうやらロープ状のものが使われた様子ではない。人間が正面から両手を使って首を絞めた。おそらく間違いないだろう。

「綺麗だわ」紅子が呟いた。

「何がです？」保呂草は顔を上げる。

「部屋が綺麗」前髪を掻き上げるように、彼女は額に片手を当て、小さな溜息をついた。「床には何も落ちていない。本の一冊も出ていない。争った形跡がまったくない。首を絞められて、暴れなかったのかしら？　突然だったの？　でも、その場所で横になって眠っていたとは考えられない。手袋をしている。白衣を着ている。部屋に入ってきたのは、もちろん顔見知り。博士はデスクにいたのかしら？　でも何をしていたと思う？　デスクの上には何一つ出ていない」

「犯人が片づけたんでしょうね」保呂草は言う。彼は死体の手袋を見ていた。実験に使うゴム手袋のようだった。両腕はいずれも真っ直ぐに伸び、手は腰のすぐ横にある。姿勢はほとんど乱れていない。本当に寝ているような格好だ。顔さえ見えなければ、ここで居眠りをしているように見えただろう。

保呂草が立ち上がったとき、紅子は本棚を眺めていた。保呂草はハンカチを使ってデスクの引出を開けて中を調べた。特に変わったものはない。デスクの上の電話のそばにメモ帳があったが、何も書かれていなかった。

「凄い……」紅子が呟く。

「何がです？」

「タイトルのアルファベット順に並んでいるの。こんな並べ方をしたら、しょっちゅう本を移動させなくてはいけないわ」

「整理が好きな人もいます」

「この人、いくつくらいかしら？」

「さあ……」保呂草は死体をもう一度見る。「五十は越えているかな」

「この歳で、こんな整理ができるなんて、とても信じられない」

「どういうことです?」

「まるで、もうすぐ死ぬ人間がしたみたい」紅子は部屋の中央で目を瞑っていた。何かを考えている様子だ。

「そろそろ行きませんか。あまり長くはまずいでしょう」

「そうね」

紅子がさきに廊下へ出る。保呂草はもう一度室内を確かめてから、ハンカチを使ってドアを閉めた。

通路をさらに進む。相変わらず、同じ曲率で左にカーブしている。パーティのあった広間に対して、円周の反対側に近い位置ではないか、と保呂草は目算した。右手のドアの前に紅子が立ち、保呂草を見た。ドアの横のプレートに、Dr. Raida と記されている。彼女はノックした。

返事はない。

再びノック。

「雷田博士?」紅子が呼ぶ。

部屋の中から微《かす》かな物音が聞こえた。

「誰かいる」保呂草は小声で言い、紅子の前に出て、ドアのノブに手をかける。

彼は静かにそれを開けた。

部屋の左手がまず視界に入る。テーブルがあって、白衣の男の後ろ姿が見えた。背は高くない。その向こう側にはスチール製のラックが並び、メータやツマミのついた機械がぎっしりと隙間《すきま》なく置かれていた。そこから、無数のコードがテーブルに垂れ下がっている。

「雷田さん」紅子が呼んだ。

男は振り向かない。ヘッドフォンをかけていた。音が聞こえないようだ。

紅子が部屋の中に入った。保呂草は右手を覗き込む。壁際にデスク、その手前に椅子があった。周囲の書棚には、ほとんどの本が平積みに置かれている。デスクの上も雑然とした状態で、書類や書籍、ファイル類が積まれていた。

紅子が雷田の肩を軽く叩く。

「わ！」跳び上がるように驚き、声を上げて、雷田が振り返った。「ああ、びっくりした。あれ……、え、どうしました？　えっと、瀬在丸さんと……、えっと」

「保呂草です」

「テレビ局の人ですよね？」

「いえ、違います」保呂草は首をふる。

「電話をかけたのですけれど、お出にならなかったので」紅子が説明した。「ずっと、こちらに？」

「すみません。ええ、ヘッドフォンをしていたので」雷田は、機械のパネルに手を伸ばして、二、三のスイッチを手早く操作した。「で、ご用件は？」

「向こうの広間に戻っていただきたいのです」紅子が言った。

「戻りますよ。これが終わったらね」

「いえ、なるべく、その、早く……」紅子は微笑んだ。「これは私ではなくて、警察の刑事さんのご指示なのです」

「ああ、あの女の？」

「お会いになったのですか？」

「ええ、そうそう……」雷田は苦笑する。「そうだ、すっかり忘れていました。会議室に待たせたままでしたね。誰か他の人に行ってもらおうと思ってたんですけど、急に思いついたことがあって、それを確かめていたところなんです」

「上手《うま》くいきましたか？」

「いいえ」雷田は首をふった。「そうか、そうか、じゃあ、刑事さん怒っていたでしょう？」

「いえ、そんなご心配は無用だと思います。ただ、ファラディ博士が突然、お亡くなりになったのです。そのことについて、あちらで、皆さんにお集まりいただいたうえで事情をききたい、と刑事さんがおっしゃっています」

「本当ですか、それ」雷田は眉を寄せて紅子を見据える。「ファラディ先生が？」

「はい」

「死んだ？」雷田は保呂草の方を一瞥する。

「ええ」紅子が頷いた。

「いつのことですか？」

「ついさきほど、発見されました」

「救急車は……、あっと、そうか……」雷田は口を大きく開けた。「橋が落ちたんだっけ……」

「刑事さんから聞かれたのですね？」

「あ、ええ、そう、あの人、それで、一人でここまで歩いてきたんですよ。その橋が通れなくなったんで……」

「どうして、他の人は来なかったのでしょう？」

「たまたま、彼女だけ、橋のこちら側にいた、と話していましたけど」雷田は溜息をついた。「しかし、悪いときに悪いことが重なったもんだなあ」

「え？　どうして？」

「だって、救急車が呼べなくて、亡くなったのでしょう？」雷田が紅子を見る。

「いいえ、そういうわけでは……」彼女は首をふった。「どうして、そう思われたのです？」

保呂草はずっと戸口に立って、二人のやり取りを聞いていた。雷田がまた彼の方をちらりと見る。

「ファラディ先生、ずっと具合が悪そうでしたからね。たぶん、心臓じゃないかな……」

「ああ、それで……」紅子は頷く。

「ああ、何てことだ……」雷田は顔をしかめる。

「お察しします」

「とにかく、行きましょうか」雷田は白衣を脱ぎ、椅子に掛けられていた茶色のジャケットを替わりに着た。彼は保呂草の方に近づいて言う。「ところで、貴方は？」

「僕ですか？」

「テレビ局の人じゃない？」

「あ、ええ、単に成り行きで手伝っていただけです。僕は、瀬在丸さんの友達で、保呂草といいます」

「ああ、そうなんだ……」雷田が紅子の顔を見た。

「恋人どうし？」

「まさか」紅子が僅かに眉を上げて答える。保呂草の顔を見ようともしなかった。「雷田さん、ご研究は、発振端子の関係ですね？」

「え？」ドアを閉め、鍵をかけようとしている雷田が振り返る。「どうして、それが？」

「お部屋を拝見しましたから」紅子は微笑んだ。

「よくわかりましたね」彼は鍵をかけた。「へえ、じゃあけっこうこちら側の人なんですね。ええ、センサばかり、ずっとやってます。もう、研究というよりは職人の世界ですよ」

「発振端子って？」保呂草は歩きながら尋ねる。

「センサ」紅子が答える。

「超音波の？」保呂草には、どうもイメージできない。つまり、マイクと同じ機能を持つ部品のことだろうか。

「あ、そうそう……」紅子が立ち止まる。「土井博士も呼んだ方が良いのでは？」

「それは無理でしょう」保呂草は雷田を見て言う。

「パーティ会場なのでは？」雷田がきいた。

「いえ、もうお部屋に戻られているんです」紅子が答える。

「うん、となると……」雷田が目を細める。「たぶん、もうお休みだと思いますけどね」

「一応、事態をお伝えした方が……」紅子は通路の奥を見てから、雷田に尋ねた。「どちらですか？」

「すぐそこですけど」彼は困った顔を隠さなかった。

3

雷田の案内で、通路を奥へ進んだ。十メートルほど行ったところで右手に折れ、そこからは真っ直ぐだった。円形部を周回している通路から、直角に延びている通路である。突き当たりに幅の広いスペースがあった。そこは、正方形で四メートル四方ほどの広さだ。正面のドアがどうやら目的地らしい。

雷田は、そのドアのすぐ右にあるボタンを押した。インターフォンのようだ。音は聞こえない。

しばらく待つと、ボタンの上にあった小さなパイロットランプが二回だけ青く光った。

「雷田です。申し訳ありません。ファラディ博士がお亡くなりになったそうです。それをお伝えに参りました」

青いランプが二回点滅する。

「警察が、広間にみんなを集めています。先生は、いかがなさいますか?」

ここで、ランプがまた明滅する。長く光り、また短く光った。それが何度か繰り返される。紅子は、モールス信号だと気づいた。長短短、長短、最後に長。アルファベットで、D、N、Tである。

「行かれない、とおっしゃっています」雷田が振り返って紅子に言った。

「しかたがありません」紅子は頷いた。「どちらにしても、全員があそこに集まれば、博士は安全ですから」

「安全?」雷田は首を傾げたが、インターフォンに向き直って話した。「わかりました。では、また明日の朝にでも、ご報告に参ります。失礼しました」

三人は通路を戻る。

「安全って、どういう意味ですか?」歩きながら雷田がきいた。

「どうして、僕が瀬在丸さんについてきたと思います?」保呂草がきき返す。

「えっと……、どうしてですか?」雷田は保呂草の顔を見た。

「ファラディ博士は殺されたのです」保呂草が説明する。「つまり、この研究所に、危険な人物が少なくとも一人いる、ということになりますね。それで、一箇所に全員が集まって、誰が殺人者かを考えようっていうわけです」

「殺された?」雷田は眉間に皺《しわ》を寄せる。「どうやって?」

「そういうことは、お話しできません」保呂草は滑らかに答えた。

「どうして?」

「それを知っていることが、殺人者の一つの条件だからです」

「しかし、君たち……」雷田は紅子の方へも目を向ける。「いや、何人かは、その、死んでいるところを見た……、わけでしょう?」

「ええ」紅子が頷く。「保呂草さんは、探偵さんだから、そういう規則上のことをおっしゃっているだけです。そんなことよりも、一箇所に集まれば、少なくとも、全員の目で殺人者を見張ることができます。逃げ出すこともできないし、不審な行動も取りにくい。つまり、他の人の生命が危険に曝《さら》されない」

「ああ、そうか……、となると……、では、土井先生は」雷田が後ろを心配そうに振り返った。

「土井博士以外が全員、集まれば、問題がありません」紅子は真面目な表情だった。「土井博士も、他の全員も、一応は安全です。ただ、それが全員だという保証があれば、の話ですけれどね」

「全員だという、保証……」雷田は言葉を繰り返す。

これだけ広い研究所では、おそらくそれは無理だろう、と紅子は考えた。人の出入りが正確に把握されているとは思えない。テレビ局の手伝いとして、保呂草や紫子が簡単にパーティに紛れ込むことができたのだ。この研究所のセキュリティ・システムは、ほとんどないも同然といえる。

「一つだけ確かなことは」保呂草は紅子を見て小声で言った。「物取りの犯行ではない、ということですね」

「ええ」紅子は頷く。「でも、どうしてそれが?」

「ファラディ博士のズボンのポケットに財布らしきものがありました。中身までは確かめていませんが、少なくとも犯人はそれを抜き取ろうともしなかった。デスクの一番上の引出にキーがあって、たぶん、その下の引出のものです。それも開けられていません」

「物色したみたい」紅子は笑って言う。

「僕が？」保呂草は口を斜めにした。

「しかし、困ったことになったなあ」雷田が呟く。

「テレビで発表した直後に、殺人なんて……」

「あ、そう……」紅子は、雷田の言葉を聞いて思い出す。彼女は保呂草に尋ねた。「テレビで何を発表したの？　聞いていたのでしょう？」

「ああ、あれですか……」保呂草は頷く。「いろいろあったけど、肝心な部分だけ要約すると、結局、土井博士がここの所長を引退して、あとの五人に全権を任せる、という内容でしたね」

「そう……」雷田が頷く。「土井先生は、もうお年ですし、それに、残念なことですが、病気も進行しています」

「何か変化があったのですか？　今までも、それは同じだったのでは？」紅子がきいた。

「ええ、まあ、それに近い態勢ではありました。だけど、研究所は、あくまでも土井先生個人が所有されているものです。ここを運営していく予算も、一部の外部資金を除けば、ほとんどが土井先生の資産から支出されているんです」

「お金持ちなのですね」紅子は頷く。「ああ、ということは、生前の財産分けみたいな感じかしら？」

「そうですね。事実上の遺言に当たると思います。つまり、先生がそれを発表されずに、万が一亡くなられたりした場合、土井先生の資産は、先生のご遺族に引き継がれることになったはずです。それが、今回の発表で、少なくとも、資産の大半がこの研究所に引き継がれることになった。もちろん、先生の遺族の方々は、そんなことは、とっくに納得されているはずです。これだけの研究所を作ったのですから、先生が亡くなったからといって、はい研究は終わりです、というわけにはいきませんでしょう」

「五人の誰が、次のリーダに？」紅子は首を傾げる。

「そんな話し合いは行われていません」雷田は首をふって苦笑する。「レンドル先生が一番、年齢的には上ですけどね。次が宮下先生かな」

「ファラディ博士は？」保呂草がきいた。

「まだ、五十まえだったはずです」雷田はそう言うと、小さく左右に首をふった。「早いですよね……」

「いえ、殺されたのですよ」紅子はすぐに言う。

「まるで、病気で亡くなられたような言い方をなさいましたけれど」

「ああ、そうか……」雷田は苦笑しようとして、ひきつった表情になる。「そうか、殺されたのか……、うん、なんだか、どうも……、気が動転してしまって。ファラディ先生、このところ体調を崩されていましたからね、そのことが、オーバラップしてしまって……」

「雷田さんが、一番お若いのかしら？」

「ええ、そうです。園山女史が、僕の二つ上ですね」雷田は頷いた。「僕は今年で三十七です。あっと、園山女史の歳のことは、どうか御内密に」彼はそこで少し微笑んだ。

身近の人間が殺されたばかりだというのに、こういった話が冷静にできる。可笑しいことを言って人を笑わせようともする。これが、普通の人間の自然な行動である。人間の精神は、船の復元力のように常にバランスを保とうとする。自己防衛行為の一環と考えて良い。紅子は、雷田の様子を観察して、そんなことを考えていた。

自分が、このような客観的な思考をしているのも、実は自分の感情の核心から、そっと手を引っ込めるような行為と同類なのだ。それがわかる。それがよく理解できる。

子供の頃から、自分の感情の凄まじさを彼女は何度も体験した。暴れ出したら、とても抑えることができない。それだから、そんな自分から離れていようと思った。自分の感情からなるべく遠くへ。そうして、遠く離れた位置から自分を観察する癖がついてしまったのだ。

今、自分は微笑んでいる。

今、自分は考えている。

それを、展望台から眺めている自分。

カーブした通路に三人の足音が響く。靴と床の摩擦係数はどれくらいだろう、と別の紅子が空想する。目はときどき天井に並んでいる照明器具を見つめていた。

何だろう?

別の紅子が耳もとで囁いた。

「憶えておくと良い」

そう言った。

何を?

足音がこつこつと続く。

黙って、三人はパーティ会場へ戻った。

4

小鳥遊練無はテレビ局の二人を連れ戻したあと、テーブルの周囲を白熊のようにゆっくりと歩いて、残っていた料理を幾つか食べた。別のテーブルに並んでいた飲みものは片づけられてしまったようだ。それが少し残念だった。せめてソフト・ドリンクくらいあっても良いのに、こんな緊迫した状況では喉も渇《かわ》くはずだ、と思う。ただ、彼自身はさほど緊迫を感じていない。

部屋の片隅に、ほとんどの人間が集まっていた。その近辺に、ソファや椅子が比較的多かったためである。一緒に戻ってきた朝永と綾の二人が、やはりテーブルの料理を食べるために、練無の近くに立っていた。

「お腹空いちゃったよね」綾が話す声が聞こえた。

「こりゃ、局の弁当よりずっと美味《うま》いよな。当たり前か」朝永は苦笑しながら自分でつっこんでいる。彼ら二人にも重苦しい雰囲気は微塵もなさそうだった。

祖父江七夏は難しい顔をして、煙草を吸っていた。コーナに集まっている人々の中では、彼女だけが座っていない。歩いては立ち止まり、窓の外を眺めたり、腕組みをしたり、いかにも落ち着かない様子である。ときどき練無の方をちらりと見たけれど、「君はいいよな、気楽で」とでも言いたげな冷たい視線だった。

ソファには、奥村と竹本が腰掛けている。奥村は、さきほどは姿が見えなかったが、戻ってきたようだ。

また、窓際の椅子には、レンドル、宮下、そして園山の三人の博士が並んで座っていた。前屈みになり、何か小声で話し合っている様子だ。三人から椅子を三つ開けて、田賀が姿勢良く腰掛けて、一人黙っていた。彼らがいる場所は、入口を正面に見て右手、つまり、パーティのときにはテレビカメラや照明がセットされていたところであるが、既に撮影機器は片づけられていた。

練無は、海老フライを口に入れながら、テーブル越しに全員の様子を眺めた。皆の表情が暗い。こういうのは当たり前か、と考える。

振り返ると、後ろのソファに香具山紫子が一人で座っていた。脚を真っ直ぐに伸ばし、のけ反った姿勢で、背もたれに頭をのせ、天井を仰いで口を開けている。雨漏りの水滴を口で受け止めようとしているのではない。眠っているのだ。練無はちょうど、デザートの苺《いちご》を食べかけていたので、その一つを紫子の口の中に入れてやりたくなったが、なんとか思いとどまった。親しき仲にも礼儀あり、というではないか……。

「ね、ね、小鳥遊さん……」朝永が近づいてきた。

彼は帽子をずっとかぶっている。もう頭に接着して取れないのかもしれない「君、テレビに出たくない？」

「出たことあるよ」練無は苺を食べながら答える。

「あそう。そうだよね。ね、何か得意なことはない？　歌とか、踊りとか、それともしゃべるのが好きかな？」

「こらこら」野々垣綾が朝永の後ろから腕を摑んで引っ張った。ピンクの衣裳の艶がなかなか素敵だ、と練無は思う。彼女は練無に微笑んだ。「あのね、この人の口車にのって、どんだけ女の子が泣いたか、教えてほしくない？」

「まあまあ、緊張感のない奴だなあ、殺人現場だぞ」朝永が押し殺した声で言った。

「何言ってんのよ、そっちこそじゃんか」声が大きくなったことに自分で気づき、綾は横目で七夏たちの方を見ながら、口に片手を当てる。「やっだぁ、湿っぽいのぉ……」

「しかたがないだろ。人が死んでんだぞ」さらに声を潜《ひそ》めて朝永が言う。彼は再び練無に微笑みかけた。「ね、あそこで寝てる彼女、お友達なんだって？」

「うん、同じアパートだよ」練無は答える。「お酒が入ると、すぐああなの。一気にぐーすか。でもあれが彼女の幸せだから、ほっといてあげて」

「君、面白いなあ」

「重いんだよう。いっつも、僕が運ぶ役になるんだ。やんなっちゃうよね」

「いいな、いいな、それ……」

「保呂草さんってさ、彼女とできてんの？」綾が顎を突き出してきいた。「あの人、もてそうだよね」

「保呂草さんも同じアパート。僕の隣」

「可笑しいなあ、どうして、僕って言うの？」綾が笑う。「意識して？」

「別に……」

「そうそう、ほら、あの白いドレスの美人、あの人とは、どんな関係？」朝永がきいた。

「紅子さんのこと？　うーん、僕たち、四人でよく麻雀をするんだけど……。紅子さんだけはね、少し離れたとこに住んでて、えっと……」

「どうして、パーティに招待されたわけ？」朝永が質問する。

「紅子さんは科学者だからで……。僕は、えっと、ちょっとした関係かな」

「どんなご関係？」綾が片方の眉をつり上げる。

「うーん、ご関係っていうほどの関係じゃないよ」

「ごが付かない関係？　触《さわ》りの関係くらい？」綾の眉がもう五ミリほど上がる。

「意味わかんないけど……」

「ね、誰と？」朝永が博士たちの方を見てきいた。

「けっこう、ロリ入ってるよなあ」

「え？　何が入ってるって？」練無はきき返す。

「その服とか、誰に買ってもらったの？」綾が尋ねる。


練無はその質問に答えるまえに、大きな苺を口の中に入れた。苺は大きくなるほど甘さが薄くなる、という法則を彼は体験的に学んでいたが、それでもついつい粒の大きいものを手に取ってしまう。習性は、理屈だけではなかなか変革できないものだ。

そのとき、通路側の入口から雷田、保呂草、紅子の三人が入ってきた。その物音で、椅子で眠っていた香具山紫子が目を覚ます。彼女は顔をしかめ、頭を振ってから練無を見た。

保呂草たち三人は、テーブルを迂回して、七夏や研究所のメンバが待っている方へ歩いていき、集団に加わった。

練無はそのまま苺を食べ続ける。大きな銀色の皿に、まだ半分以上も残っていた。手つかずのメロンもあった。どれも特上のフルーツだ。全部食べたらお腹が痛くなるだろうか。しかし、こういった場合、どこで食べるのを諦めるのかは、F1のピットインのタイミングと同じくらい判断が難しい。

紫子がぼうっとした表情で立ち上がり、歩み寄ってきた。

「おはよう」練無は彼女に言う。「苺がめちゃくちゃ美味しいよ。しこさんも食べたら？」

「ああ、あかん。まいったわ……」額に片手を当てて紫子が溜息をつく。「ふう……、ちょっと待って。あん……、えっと、何やった？　ふう、ああ、そうかそうか、だんだん記憶が……、記憶が蘇《よみがえ》ってきたぞう」

「殺人事件があったんだよ」

「まったぁ」紫子が鼻で笑う。「あんがと。目が覚めた。君のサービス精神には感心するわ」

「本当だってば。ほら、向こう見て」練無はテーブルの反対側のコーナへ一瞬だけ目を向ける。「祖父江さんがいて、みんな集まっているでしょう？　紅子さんも真剣な顔してるし、ほらね、保呂草さんだって、渋いんだ。格好いい！」

「あれ、祖父江さん？　いつ来はったん？」

「さっき、見てたじゃん」

「うーん、そやったかいなぁ」紫子は紅子たちの方をじっと観察してから、再び練無に顔を近づけた。

「事件て、ホンマに？」

「もち」練無は頷く。

「もちって？」

「もちろん、のことなり」

「そんなことわかってるがな。言うか？　大学生のいい歳した男が、もち、なんて……、ああ、あかん、背中に蕁麻疹《じんましん》が出そうやわ」

紫子は背中を掻こうとして、後ろを振り返った。数メートル離れたところで、朝永と綾の二人が立ち話をしていた。彼女は再びこちらを向いて、口の横に片手を立て、練無の耳もとに近づく。

「殺人事件？」眉を顰めて紫子はきいた。「ここでかいな？」

「うん、研究所のね、向こうの方の部屋」練無は通路の右手を指さす。「見てきたもんね」

「嘘、自分見たん？」

「だよ」

「もしかして、死体を？」

「そだよん」練無はこっくりと頷くと、また苺を口に入れる。

「誰の死体？」

「死体は誰のものでもないんだよ」

「あほ！　つまらんこと言うてんと。誰が死んどったん？」

「さあ……、なんか知らない人。ここの博士の一人だって」

「六人のうちの一人？　どんな人？　男？　いくつくらいの人？　何して死んだん？」

「えっとね、ファラディ博士だったかな。ファラディって、静電容量の単位じゃなかったたっけ？」

「むむ……」

「何？　むむって」

「いや、引いた音やん。ま、気にせんと」紫子は溜息をつく。

「男の人で、うんと……、どうかな、もうお爺さん、とまではいかないかな」

「外国人？」

「ファラディなんて名前の日本人いる？」

「ナイフでぶすうって？」紫子が顔をしかめる。

「ううん、外傷なし。絞殺だって、紅子さんが言ってた」

「そっか……、そりゃ大変やったんね。ちょうどええとこ見損なった感じやわ」

「しこさん、見ないで良かったたって」

「なんで？」

「だって、もう凄かったもん」

「何が、どんなふうに？」

「もうね、こう、顔なんかぐっちゃぐっちゃでさ、首が三回くらい捻《ねじ》れてたかな。内臓が飛び散って、頭も爆発しててさ、脳味噌が麻婆豆腐《マーボーどうふ》みたいにばらばら」

「かぁ……、君なぁ、ようそういうこと、苺食べながら言えるな」

「目玉も飛び出してて、転がってたよ」

「ホンマに？」

「嘘」

「ほう……」紫子は腕組みをした。「どこまであっぱらぱぁなら気が済むん？　真剣に教えて」

「静かな絞殺死体」

「ふうん」紫子は頷く。「犯人は？」

「わかんない。これから、祖父江さんが調べるんじゃない」

「ああ……」紫子は、コーナで腕組みをしている七夏を見る。「そいでか。いつもにもまして難しい顔してはるから。で、他の警察の人は？」

「来ないみたい」練無はいよいよメロンに手を出した。「なんかね、ここへ来る途中の橋が壊れて、通れなくなっちゃったんだって」

「え、ほいじゃあ、なに？　祖父江さんはどうやってここへ来たん？」

「歩いて」

「ふうん……」紫子はもう一度七夏を見る。「え？」彼女は練無に顔を近づけた。「近くに橋なんてあったか？」

「ずっと下だよね」

「そこから、ここまで？　歩いて？」

「そうみたい」

「すっげ根性」紫子は片目を細める。「なんちゅう女」

「偉いじゃん」

「私はそんな真似はでけんね」

「坂道に弱いから？」

「なんで私が坂道に弱いん？」

「たぶん、明日まで警察が来られないって」練無はメロンを食べながら話す。「あ、これもすっごく美味しい。しこさんも食べていいよ。ま、でもさ、特に難しそうな事件でもないみたいだから、すぐに解決するんじゃないかな。いろいろ限定されているし」

「れんちゃん、探偵みたいなこと言うて」紫子が微笑んだ。「余裕やん」

「だって、ほとんどの人が、この部屋にいたんだからさ、犯行が可能な人間は限られていると思うよ。その辺、これから、詰めていくことになると思うけどさ」

「お腹痛くなるで、もうやめときいな」

「え？」

「そんなに、冷たいもんばっか食べて……」

「ああ、うん……」練無はメロンの皿をテーブルに置いてにっこりと微笑んだ。「もう思い残すことはないなりね」

5

雨の音。その一定のノイズが、光のない空間を完全に支配していた。しかし、ヘッドライトが近づき、独特のエンジン音が辺りに響くと、それまでの均衡が崩れたかのように、あちこちで細かい動きがあった。

立松は傘を持って、シトロエンが停車したところまで駆け寄る。運転席から降りてきた上司に、彼は傘を差し出した。上司は、後部座席から自分の傘を取り出し、すぐにそれを広げる。

「ありがとう。酷い雨だな」林は低い声で言った。

「どんどん酷くなっていますね。もう、こんなんじゃ何もできませんよ。こんなところにいたら、土砂崩れとか、心配です」

「祖父江君は？」

「はい、たぶん、研究所まで辿り着いた、とは思いますけれど」

「なんだ、まだ連絡が取れないのか？」

「ええ……、電話線については、今のところ復旧の見込みもありません」

「違う、そういう意味じゃない。どうして、彼女は研究所の車を借りて、ここへ戻ってこないんだ？」

「ああ、そうか……。いえ、だって、橋が渡れないわけですから」

「いや、話はできるんだろう？　向こう側へ声くらいは届くんだろう？」

「ええ、それは実際に話しました」

「車でここまで下りてきて、報告をするのが、普通の行動じゃないか？」

「まあ、そうですね、そう言われてみれば、ええ」

立松は頷いた。

「上で何をしているんだ？」

「うーん、そう、何かな。案外、ゆっくりご馳走でも食べてるとか……、いや、祖父江さんに限って、それはないすね」

「ないな」

「僕じゃないんだから」

「この辺の道に詳しい者は？」林は別の質問をする。

「ええ、ついさっきですけど、一人来てもらいました。迂回路は、かなり上流まで行かないと駄目なんだそうです。研究所までとなると、徒歩で三時間以上はかかるだろう、ということです。夜ですしね、この雨ですから……」

「朝になるのを待った方が良いな」林はそう言って歩きだす。「誰か、この道を上がってきたか？　爆破のあとに」

「えっと、二台来ました。どちらも乗っていたのは若い男女のカップルです。単なるドライブで、この道の行き先を知らずに上ってきたようでした。一応、ナンバと運転免許は確認して控えてあります。三台目が、警部の車です」

「向こう側へも現れないんだな？」

「ええ、少なくとも、ライトとかは見えません。たぶん、上の研究所へは、橋が落ちたことを祖父江さんが伝えたから、誰も来ないんだと思います。何も知らずに下りて来たら、けっこう危険です。一応、こちらからライトで照らしてはいるんですけど」

　ワゴン車が集まっている近辺に幾人か集まっていた。傘をさしている者、合羽《カッパ》を着て木の下に腰を掛けている者、車のハッチバックのドアを開けて、その下で雨を凌《しの》いでいる者もいる。立松が小走りに先へ行き、ワゴン車の横のドアをスライドさせて開けた。林は傘を広げたまま地面に置いて、その車の中へ素早く乗り込んだ。

「何をしにきた？」中で煙草を吸っていた男が笑いながら言った。「シャンプーさえあれば、頭が洗えるぞ」

「何かわかりましたか？」空いていた座席に腰掛けて林はきいた。

「わかるもんか。今、ここの下の谷底に落ちている塊が、もともとは、ちゃんと架かっていた橋らしい、ということ……。それだけだ」

「ダイナマイトですか？」

「たぶん」

「どうやってやったと思います？　時限装置でしょうか？」

「いや、コードを引っ張って、近くのどこかでスイッチを押したんだろう。その確率が高いな。そっちの方がはるかに簡単だし、確実だ」

「直前に車が通ったそうですね。その車を狙った、というわけではないのですか？」

「知らんよ、そんなこと。ほら、君んとこの、あの子……、彼女も渡ったぞ。いいのか？　迎えにいかなくて」

「ヘリは無理です、少なくとも夜は」

「ま、そうだろうな。着陸できるような場所が、上にあるのかね？」

「場所はあるようですが、照明設備なんてないでしょうし、第一、連絡ができないのが痛いですね。電話線の復旧は？」

「それも雨が上がるか、明るくなるか……。今はとにかく無理だね。どこで切れたのかもわからない」

「手際が良い感じですか？」

「え、何が？」

「爆破の手際です」

「さあ、どうかな……、こんなの目の当たりにしたのは初めてだからね。そうそうないぞ、爆破の瞬間が見られる機会なんてな。まあ、綺麗に落ちたように見えるね。無駄のないやり方だったかもしれん。しかし、そんなこと、偶然かもしれんし、断定できることは何もない」

「どうして、警察が来てから爆破したのかな……。来るまえにしなかった理由って何でしょう？」

「来るまえにする気なら、わざわざ呼んだりせんだろ？」

「まあ、そうですね」林は頷いた。「先生、灰が落ちますよ」

「おっと……」男は、シートの横にあった灰皿に煙草を入れて蓋をした。「まさか、仲間割れで内部告発があったとも思えんしな。それならば、もっと多くの情報提供があるだろう」

「つまり、橋は落としたかったけれど、人は通したかった。しかも、橋を落としたあとは、ここが通れなくて危険だから、警察には見張っていてほしい。知らない車が上がってきて、谷底へ転落、なんて事故があっては困る、という配慮でしょうかね」

鼻から息をもらして男は笑った。「そんなところまで考えるのか……。そりゃ妄想に近い。うん、一課の刑事は違うな。しかしだね、橋を壊すような不届きな人間にしては、少々出来過ぎの、行き届いた配慮じゃないかね？」

「いえ、テロでも悪戯でもない、という点が、そもそも珍しくて」

「うん、まあ、そうだ」

「もう少し雨が弱まったら、誰か、迂回路で上らせようと思います」

「上が心配かね？」

「少し」林は溜息をついてから頷いた。「どうも、ここを壊した理由が今一つわからないし、つまりは、この先に理由がある、としか思えませんから」

「うん、そうだな……、君の言うとおりかもしれん」

6

パーティ会場だった広間のコーナに集合したのは、全部で十四人だった。

ジョージ・レンドル博士、宮下宏昌博士、園山由香博士、雷田貴博士、それに執事の田賀嘉信《よしのぶ》、この五人が研究所の人間である。また、超音波学会会長の奥村聊爾博士と事務長の竹本行伸の二人がアカデミックな招待客。さらに、テレビ局の帽子の朝永良太とピンク衣裳の野々垣綾の二人、あとは、愛知県警の祖父江七夏、そして保呂草潤平、瀬在丸紅子、小鳥遊練無、香具山紫子の四人組である。

博士たちの話では、ここにいないのは、土井忠雄博士と、厨房で後片づけをしている二人の家政婦だけ、ということだった。つまり、研究所内には合計十七人の人間がいる計算になる。もちろん、死んだスコット・ファラディ博士は勘定に入っていなかった。それに、彼を殺した人間が、認知されていない人物である可能性もあるので、確かな数字ではない。

まず、祖父江七夏が簡単に事情を説明した。要点は二つである。

一つは、八時十分頃、ファラディ博士の絞殺死体が発見されたこと。場所はファラディ博士の研究室で、発見者は園山由香である。おそらく、犯行は発見の直前であっただろう。あくまでも個人的な意見だと断って、七時半から八時くらいの範囲ではないか、と七夏は説明した。彼女はそこで全員を見回し、しばらく黙った。その時刻に、誰がどこにいたのか、ということが重要になる、と強調したかったようだ。

また、もう一つは、研究所と麓の町を結んでいる唯一の道路に架かっていた橋が爆破されたことだった。こちらは五時二十分頃の出来事である。同時に電話回線も切断された。研究所には無線などの設備はないため、現在、外部とは連絡が取れない。車の行き来もできない状態が続いている。

その後、七夏の質問に対して全員がランダムに答える形で簡単な事情聴取が行なわれ、パーティのときの様子が、非常に曖昧ながら再現された。

少なくとも、ファラディ博士は一度もこの会場へは姿を見せていない（最後にファラディが目撃されたのは、お昼頃で、園山由香が通路ですれ違い、挨拶を交わしていた。変わった様子はなかったという）。また、パーティ出席者の多くは、トイレなどへ行くために広間から出ている。手前の通路へ出ても、奥の通路へ出ても、また、厨房の中を通っても、いずれもファラディ博士の研究室へ行くことが可能だった。パーティの間（というよりも犯行時刻である七時半から八時までの間、という意味合いが強いのだが）、自分は一度もこの広間から出ていない、と主張する人間もいた。たとえば、ジョージ・レンドルが自分からそう口にしたし、竹本が頷きながら七夏の顔を見つめたので、おそらく自分もそうだと言いたかったのだろう。しかし、それらを確実に証明することはできない。他人がどこにいるのかを常に気にしている人間がいたら、その方が不自然で、よほど怪しいだろう。

八時頃、園山由香は土井博士の車椅子を押して、広間から出ていった。土井博士を部屋まで送り届けたその帰りに、倒れているファラディ博士を発見した、と彼女は話している。

死因に関しては、七夏は、はっきりとは断言できない、としながらも、「病死や自殺ではない。不審な人為的行為が原因であることは間違いない」と述べた。

「で、これから、どうするんです？」宮下が尋ねた。軟らかい口調であったが、目は攻撃的に七夏を睨みつけていた。「ここへ、みんなを集めて、まさか、このままずっと一晩中ディスカッションってわけじゃないでしょうね。こんなところで、じっと無駄に時間を過ごしたくない」

「できれば、そうしたいのですけれど」七夏は簡単に答えた。「殺人者がこの建物の中にいる以上、可能なかぎり、皆さんの危険を最小限にしたい、というのが私の意見です。ご理解いただけませんか？」

「建物の中にいるっていう保証は？」宮下がきき返す。

「ありません」七夏は首をふった。「確固たるものは何もない。ただ可能性が大きい、というだけです」

「そう……」宮下は小さく頷いた。「結局のところ、どこにいたって、危険性に大した差異は認められない。自分の部屋に鍵をかけて閉じ籠《こ》もっていれば、たいていの危険からは身を守れるんじゃありませんか？　今夜中にしなければならない仕事をかかえている人間だっている。スケジュールは、できたら乱したくない。ファラディさんには、大変申し訳ないが、死んだ人は死んだ人、生きている者は生きている故に、しなければならないことがある。明日か、明後日は、おそらく葬式の準備とかで、もっと時間を取られることになるでしょう。だから、今のうちにいろいろと片づけておかないと……」

「まあまあ、そんなことを言ったら、刑事さんだって困るだろう。そこまで言うのは可哀想だよ」レンドルが微笑みながら発言する。「彼女が疑っているのはだね、我々の中の誰かが殺人者だ、という可能性なのだ。そうでしょう？」レンドルは横目で七夏を見る。彼女は小さく頷いた。「その場合、いくら自分の部屋に閉じ籠もっていても、そこへ顔見知りの人間が訪ねていって、ちょっと話でもしましょう、お酒でも飲み直しましょう、という具合に近づき、相手の隙をついて第二の殺人を実行するかもしれない。つまり、その可能性だ。で、これを防ぐためには、やはり、他の者が監視している場所にいた方が安全だ、という理屈になる。実に合理的な意見だと僕は思うね。刑事さん、そういうことですね？」

「いえ、そこまでは……」七夏は目を細めて首をふった。

「自己責任の範疇《はんちゅう》だと思うが……」宮下が苦笑する。

「どうして、第二の殺人なんか……」園山由香が呟くような口調で言う。「いったい、何が目的だというのですか？」

「うん、それを今ここで考えることに価値があるとは思えないが……」レンドルが答える。「たとえば、そうだね、この研究所の財産を独り占めしようとして、僕らのうちの誰かが、他の者を次々に殺していくっていう……」彼はそこでくすっと小さく笑った。「まあ、なんというのか……、そんな他愛もないストーリィなんでしょうね。いやあ、身近でこんなことがあるとはね……、いや、失礼、不謹慎な発言だったかな」

「馬鹿馬鹿しい、そんなことをしたら、最後に残った奴が犯人だと、疑われるに決まっているじゃないか」宮下が鼻で笑う。「だいたい、財産なんてものが欲しい奴が、この中にいると思うかね？　どうだろう、そんな俗物がいるとしたら、それだけで、けっこう驚異的だ。え、違うかい？　研究さえできるなら、飯を食うことも忘れてしまうような連中ばかりじゃないか」

「あの……、繰り返しになりますけれど、事件に関連することで、何かお心当たりはありませんか？」七夏はゆっくりとした口調で話した。「ファラディ博士が、誰かから、何か、個人的なことで恨みを買っていた、あるいは買うような可能性が、考えられませんか？　どんな些細《ささい》なことでも、あるいは空想でもけっこうです。気になること、思い当たることがあれば、是非お聞きしたいのですが……」

　博士たちは顔を見合わせる。宮下や園山は苦笑しながら首をふった。

「とにかく、こんなことをしていても埒《らち》があかない。明らかに時間の無駄だ。部屋に戻らせてもらいたいね」宮下が真面目な表情になって言った。「刑事さんだって、正式な任務で、つまり、事件の捜査でここへ来たわけではない。したがって、法的な権限はないはずだ。もちろん、貴女の正義感と職業倫理の意識には敬意を表します。忠告も尊重し、できることは従いましょう。我々の身を案じておっしゃっていることはよく理解できます。その点には素直に感謝していますよ。しかし、ここは我々の研究所であって、我々の私有地なのです。基本的に、自分の責任において、自由に行動する権利が保障されているはずです。この考え方に間違いがありますか？それを確認したいのです」

「間違いはありません。ただ……、私は今後の事件捜査のために、現場を保存する責任があります」七夏が言った。「私は警察官として、あれを発見しました。まずは外部に連絡する義務が皆さんにはあります。しかし、それができない以上……、極めて非常事態ですが、ある程度の権限が警官である私に認められるはずです。少なくとも、あの場の保存に関しては、法的な権限が私にはある」

「いや、そのことに文句を言うつもりはない」宮下が片手を振った。「全面的に協力したいと思っている。ただ、私は……」

「まず、ファラディ博士の部屋をロックしていただけませんか」七夏は言う。「私が鍵を管理します」

「田賀さん、鍵を刑事さんに」宮下がすぐに言った。

　ファラディの死体をあのまま放置するのか、という議論が少しだけなされたが、結局、七夏が押し切り、しばらくは移動させず、あのままにしておく、ということで収まった。身内とはいえ、全員が科学者である、こういった面には比較的ドライだった。

「明日になれば、警察が来るだろう」レンドルが言った。

「では、田賀さん、お願いします」七夏が言う。

「承知いたしました」田賀は軽く頭を下げて彼女を見た。「今すぐに、でしょうか？」

「いえ、あとで一緒に行きましょう」七夏は答える。「助かります、ご理解いただけて……。あとは、そうですね。建物から出ないように、お願いしたいと思います。もちろん、橋が落ちているので、どこへも行けませんけれど、もし万が一、何かの理由で出られるときには、私に一言お知らせ下さい」

「この雨ですからね。散歩もできませんよ」レンドルが微笑みながら言った。

「さて……、それじゃあ、私は部屋に戻ることにします」宮下が腰を上げた。「この時刻にはシャワーを浴びて一眠りすることにしているんでね。そうしないと、夜中に目を覚ましたとき、クリアな時間が過ごせなくなる。一日が台無しになってしまうんだ」彼は七夏に片手を挙げる。「本当に、どうか気を悪くしないで下さい。貴女がいてくれるおかげで、非常に心強い。安心していられます」

レンドル、園山、そして雷田も少し遅れて立ち上がった。四人の博士たちは、通路側の出口から出ていった。通路に出たところで一旦立ち止まり、二、三言葉を交わす光景がガラス越しに見えたが、園山と宮下が左手に、レンドルと雷田が右手に、それぞれ歩いていった。

「厨房の様子を見て参ります。すぐに戻りますので」田賀が言った。「よろしいでしょうか？」

「はい、どうぞ」七夏は頷く。「その二人の女性の方にも、あとでお話を伺いたいので、お伝え願えますか？」

「承知いたしました」

田賀も部屋から出ていったので、結果的に、残ったのは研究所外の人間ばかりになった。

「奥村さんは、今夜はどんなご予定だったのでしょうか？」七夏が質問する。

「パーティが終わったら、すぐ帰るつもりだった」

「東京まで戻られるおつもりで？」

「いや、市内にホテルが予約してある」奥村が答えた。「竹本君と一緒ですよ。しかし……、電話が通じないのでは、キャンセルすることもできない」

「空港で飛行機が遅れたときみたいですね」竹本が言う。

「あの……」帽子の庇を触りながら、朝永が発言した。「博士たちのお話によれば、いろいろ活発で、将来有望な研究ばかりみたいですけど、本当のところは、どうなんです？　失礼かもしれませんが、素人目には、この研究所、どう見たって採算が取れているようには見えませんよね。何か画期的な発明とか開発とかが行われていて、お金になっているんですか？　どうなんです、そこんところは？　さっきのインタヴューじゃあ、そんなこと、きけなかったから……」

「まあ、研究というのはそういうもんだよ」奥村がぶっきらぼうに答えた。

「ここの研究所は世界でもトップレベルです」竹本が説明する。「とにかく、当該分野では先導的な立場にあるといっても良いでしょう。一昨年だったか、ここでカンファレンスが行なわれたこともあります。世界中の超音波工学の研究者が集まったんですよ。あのときは、素晴らしい時間だったなあ。私がこの世界に入って、最も記念すべきイベントだったと思います」竹本は目を細めて恍惚《こうこつ》とした表情になった。

「あれは、確かに……、そうだったね」奥村が微笑む。

「いえ、あの、そういう研究上のことじゃなくて、ですね……」朝永は苦笑した。「運営的に、資金的に、大丈夫なんですか、という話ですよ。どこがバックアップをしているんですか？」

「沢山の企業と共同研究をしているから、資金面ではまったく問題ない」奥村が答える。「それに、土井先生の特許関係の資産がある。目先の開発研究で小銭を稼ぐ必要など全然ないんだよ」

「へえ、そういうもんですか……」朝永が肩を竦めた。

「ここの連中はみんな、純朴《じゅんぼく》な研究者だ。私腹を肥やそうなんて考えている奴はいない。それは私が保証する」

「そうか、そんな環境だから、金には興味がないみたいなこと言ってたんですね」朝永が頷く。「僕の知っている大学の先生とかって、けっこう研究費に困っている人が多いもんですから……」

「研究者も一流になれば、自然に資金も集まってくるものだ」奥村が言った。

「はい」高い声とともに、練無が手を挙げる。

「はい、小鳥遊君、何ですか？」小学校の先生のように祖父江七夏が自然な素振りで彼を当てた。

「車で橋のところまで行ったら？　反対側に誰かいるんでしょう？　連絡をした方が良いと思うけどなあ」

「そうなの。そのとおり」七夏は頷いた。「でもね、問題は誰が行くかってこと。誰が良いと思う？　私はここを離れるわけにいかないし」

「あ、僕が行きますよ。もし良かったら……」保呂草が低い声で言った。「僕の車はバッテリィが上がっているから、朝永さんかどなたかの車を借りてってことになりますけど」

「いや、そんなら、僕が行ってもいいよ」朝永が言う。

「ちょっと待って」七夏が片手を広げる。彼女は溜息をついた。「考えるから」

沈黙が三秒ほど。

「信じてもらえないってことかな」保呂草が言う。

「率直に教えてほしいんですけど、いったい、何ができるというんです？」

「証拠隠滅」七夏が即答した。「あるいは、逃亡」

「ああ、なるほど……」保呂草が頷いた。「そういえば、できないこともないか。うん、気づかなかったなあ。だけど、それって、気づいている人間なら、今頃とっくにどっちもやってませんか？　特に刑事さんと顔を合わせるまえにね」

「私が来ることは予測できなかったはずです」七夏は答える。しかし、眉を顰め、困っている表情だ。

「刑事さんが来たあとだって、いつだって逃げられたと思いますよ」保呂草は無表情のまま言った。「それより、小鳥遊君の言うとおり、まず、殺人があったことだけでも、知らせることは重要でしょう。それこそ、犯人が予測できなかった手を早く打つべきです」

「わかってます！」七夏の声が高くなる。「ちょっと黙ってて」

「はい」今度は紅子が手を挙げた。


「瀬在丸さん、何ですか？」七夏が投げやりな口調できいた。

「研究所内をパトロールすべきじゃないかしら？」紅子が上品な発声で話す。「あ、いえ……、別に貴女を困らせようと思って言ったんじゃなくてよ。もし既にお気づきのことだったら、聞き流して下さいね」

「パトロール？」七夏が紅子の方に顔を向ける。「あ、そうか……」

「ええ、とにかく、状況がまったくわからないの」紅子は目を細めて首を傾げる。「誰が何をしようとしているのか、見当がつきません。どこかで、何かとんでもないことが行なわれているかもしれない、そんな気がするわ。もしそうだとしたら、私たちの方から動いて、情報を探しにいくべきじゃないかしら。たとえば、保呂草さん、紫子さん、それに祖父江さんがここにいること、これは、犯罪を実行した人間には、予想外のことだったはずです。つまり、向こうの想定よりも、こちらはメンバに恵まれているのよ。この条件下では、先手を打つ方が得策だと思うわ」

「このみんなが、仲間ならね」七夏が言った。彼女は奥村や竹本の方を横目で睨む。腰に手を当てて、勢い良く溜息をついた。

「少なくとも、建物の戸締まりくらいは調べた方が良くない？」紅子がつけ加える。

「ああ、もう……、どうしよう、本当に」七夏は舌打ちして、独り言を呟いた。「とにかく、どこへも連絡ができないっていうのが……」唇を噛んで、彼女は言葉の途中で黙る。

「そうね、では、提案ですけれど、自動車で橋まで行くのは、保呂草さんと紫子さん、所内をパトロールするのは、私と小鳥遊君」

「それ、どういう基準なんです？」保呂草が笑いながらきいた。

「賛成」紫子が片手を挙げて小声で言う。「一人で行動したら、怪しまれるっちゅうわけですよね？」

「小鳥遊君に運転させたら、ちょっと危険だもの。だから、運転は保呂草さん」紅子が言う。「あとは、私と小鳥遊君が、戦闘能力から判断して、パトロールには向いているわ」

「だから、それ、どういう基準なんです？」保呂草が苦笑する。

「祖父江さんは、ここで、他の人を見張っていて」紅子が指示する。「そのうち、田賀さんが、家政婦さんたちを連れて戻ってくるでしょう？」

「わかった」七夏は頷いた。「瀬在丸さんの提案を採用します」

「よし、それじゃあ、行きましょう」紅子は立ち上がった。

保呂草は朝永のところへ行き、片手を差し出した。朝永が口を斜めにして、ポケットから車のキーを彼に手渡す。

「警察が橋の向こうにいるんですね？」保呂草は七

夏に尋ねる。

「ええ、いるはずです」

「何て言えば良いかな？」

「とりあえず、ここの状況を説明してきて」七夏は答える。「あとは……、救援がいつ来るのか、電話がいつ繋がるのか……」

「無線機とか、投げてもらえば？」練無が言った。

「受け取り損なったら、おじゃんやん」紫子が横から言う。

「トンネルを抜けたら、カーブがあってすぐだから、くれぐれも気をつけて」七夏は指を立て、保呂草に指示した。

保呂草と紫子が部屋から出て行った。

「無線機とか電話とか、あまり関係ないんだな」紅子がぼそぼそと呟く。「そういう感じじゃない」

「え、それ、どういうこと？」練無がきいた。

「行こう行こう」紅子はさっさと歩いていく。

「あぁん、待って」練無は靴紐を確かめてから、駆けだしていった。

「なんか……、どう考えても……」朝永が呟く。

「あの二人組がパトロールに向いているとは思えないけどなあ」

横で野々垣綾が無言で頷いた。

第4章　みんな眠ってしまう

一つ例をあげれば、天災だとか、あるいはいろいろな事故（アクシデント）とかいう問題も、科学だけでは、片のつかない問題である。隕石に打たれて死んだ人は、まだ記録がないが、時々隕石が地面まで落ちてくることは確かである。それで今後隕石に打たれて死ぬ人はあり得るといっても、ちっともおかしくはない。隕石は流星であるが、今後いくら流星の研究が進んでも、隕石に打たれて死ぬことを、完全に阻止することはできない。

1

静かな通路を、白いドレスと赤いドレスが前進している。上空から観察すると、水路を流れていく二輪の花にも見えるだろう。パーティ会場から出て、紅子と練無の二人は左手へ向かった。ファラディ博士の部屋とは反対方向である。大きな円形の空間の周囲をぐるりと巡る形で通路が周回していることは容易に想像できた。したがって、左手から回っていっても最終的には同じ場所に行き着くはずだ。

今、通路は緩《ゆる》やかに右方向へカーブしている。右側には透明のパーティション越しに実験室の広い空間が見える。左側には窓が並び、そちらは屋外である。近くの樹木が激しく風で揺れているのがわかった。しかし、窓は音を立てていない。開閉ができない嵌《は》め殺しタイプのようだ。非常に密閉度の高い立て付けのためか、ガラスに激しく雨が当たっているにもかかわらず、通路は静寂そのものだった。ガラスが二重になっているのかもしれない。静かなことが実験に必要な条件なのだろうか、と練無は想像した。

紅子は、何かを見つけようという目つきではなく、辺りを隈《くま》なく調べようといった様子も窺えない。ただ、普段よりもゆっくりと歩き、茫洋と前方を見つめているだけだった。何かを考えていることは間違いない。

前方の、中心角で九十度ほど進んだ近辺からは、左側の窓がなくなり、右側も壁になっていた。その先は両側にドアが並んでいる。通路はずっと同じ曲率で右へカーブしているので、床と天井は連続性を保っていた。

紅子の足音の方が鮮明だった。これは、歩き方の差ではない。練無の靴はスニーカに近いソフトなものだったからだ。

紅子が急に立ち止まった。右手の実験室をじっと眺めている。照明が灯っていないので全体に薄暗い。しかし、透明のパーティションで区切られているだけなので、通路の明かりが内部に届き、中央部に比べれば、周辺の通路に近い部分は、ものを識別するのに充分な照度だった。パーティ会場の広間からの出口の対面にもドアがあったが、今、紅子が立っている前にも、実験室に入るドアがある。そのドアも透明で、フレームはアルミ製のようだ。透明部はガラスではなく、もしかしたらアクリルかもしれない。

紅子はドアのノブに手を伸ばし、それを回そうとした。しかし、施錠されているようだ、ノブは回転しなかった。

「博士たちみんな、自分の部屋に閉じ籠もるつもりかなあ」練無は小声で言った。普通の声では、近くのドアの内側にいるかもしれない誰かに話を聞かれそうな気がしたからだ。

「私もそうだけれど、実験って夜が向いているんだよね。静かだし、振動も少ない。こんな山奥では無関係でしょうけれど、私のところなんか、昼間は交通の振動で実験が駄目になることがよくあるわ」

「へえ……」練無は口を尖らせた。

紅子の住まいである無言亭は、桜鳴六画邸の敷地内にある。道路からずいぶん離れたところに建っている。それに比べれば、練無たちのアパート、阿漕荘の振動は破格といって良いだろう。特に二階は、廊下を人が歩いただけで床も壁も揺れる。

「理論研究だって、この時間が一番向いていると思う」紅子は囁く。「人が一人死んだくらいで、大切な自分の時間を取られたくない、というのは、わかるなぁ」

「凄いよね、そういうの……」練無はアクリルに顔を近づけて、実験室の中を観察する。もちろん、内部に人の気配はない。「超音波ってさ、物体の中を伝わる速度で、その物体の密実さを測ったりするんでしょう?」

「うん、そうね」紅子は頷く。「あ、そうだ、面白い話があるよ」

「え、どんな?」

「えっとね、宇宙のずっと遠くの星から地球まで、長い長い一本の棒が繋がっているの。長さが何光年もある凄く長い棒ね。とても頑丈だから、ちぎれたり折れたりはしない。その棒を、地球で、押したり引いたりしたら、相手の星でも、棒の先が動くはずだよね。つまり、それで通信をしたら、光よりも速く情報が伝わらない? 電波や光でも、何年もかかるような遠いところなのに、長い棒を使ったら、すぐにできちゃうんじゃないのか、ということ。どう?」

「うーん」練無は唸る。

確かに、言われるとおりだ、と練無は思った。そんな棒が存在すること自体が非現実的ではあるけれど……、しかし、もし存在するとすれば、おかしなことになる。この世には光よりも速いものはない。

どんな方法を使っても、光よりも速くものを伝えることはできないはずだ。とすると、その長い棒が存在することによって、時間や空間が歪《ひず》んでしまうのだろうか。この種の問題は、結局のところ、そういった相対性理論の範疇に足を踏み入れることになるのだ。練無は理系なので、それくらいは理解していた。だからこそ身構える。

「わかんない。ねえ、答は？」練無は言った。「駄目だよ。そういうの苦手だもん、僕」

「そんなぶりっ子しても、私には通じませんよ」紅子は微笑んだ。「ようするに、それが弾性波なの。超音波と弾性波は、ほぼ同じ物理現象だと思って良いわ。物体が力によって伸び縮みをする。それが次々に隣へ隣へと伝わっていく、それが弾性波。私たちが耳で聞く音は、空気の体積弾性によって伝わってきたもの」

「地震もだよね」

「そう、あれは地盤を伝わる弾性波。どんな物質でも、力によって変形し、力が抜ければ元に戻ろうとする、この現象が、波になって伝わるわけ」

「あ、そうか……」練無は理解した。「じゃあ、その棒も、引っ張れば伸びるし、押せば縮むわけだから、向こうの先に瞬時に伝わるわけじゃないんだ。弾性波の速度でしか、動きが伝わらないってこと？」

「そう、それが正解。弾性波の伝播《でんぱ》速度って、せいぜい、一秒間に数キロメートルくらい。その程度でしか伝わらない。光は一秒間に三十万キロも進むわけだから、その数十万分の一の速度しか出ないってことになるわ。それに、弾性波はエネルギィ損失がとても大きいから、すぐに減衰してしまう。そんなに遠くまで伝わるまえに消えてしまうでしょうね」

「そういう面白い話って、物理の教科書には出てこないね」

「これは、へっ君が言いだしたことなの」紅子は目を細める。へっ君というのは、彼女の息子のことだ。「あの子ったらね……」

「紅子さん、こんなところで……」練無は両手を広げて彼女の話を遮った。

「そうだそうだ」紅子は頷いた。「この話は、またあとで……」

二人は再び歩き始める。

ひっそりと静まり返った通路に、紅子の靴音が響いた。

2

保呂草は運転席で前のめりになっている。

朝永から借りたワゴン車は、激しい雨の中、暗い山道をゆっくりと下っていた。助手席には紫子が座っている。彼女は、前方と保呂草を交互に見た。他に見るものはない。話したいことは沢山あったが、邪魔になってはいけない、と思って黙っていたのである。

「トンネルっていっても、どれのことかな……」保呂草が静かに呟いた。落ち着いた口調だった。「幾つかあったような気がするけど」

「私、全然気つかへんかった」紫子は答える。

「あ、あった。トンネルだ」保呂草が前を向いて言った。

短いトンネルを抜けると、車は減速し、歩くほどの速度になった。恐々《こわごわ》進んでいる感じである。素早くワイパが往復するフロントガラスに、二人の顔が自然に近づいた。道の先をじっと見る。白いガードレールが続いている。路面自体は黒いので、本当に地面がそこにあるのかよくわからない。

「ここじゃないね」保呂草は呟く。

橋らしいものは見当たらない。もっとも、谷底へ落ちてしまっているのだから、それはないのである。

「警察がいるから、たぶんわかるとは思うけどね」保呂草は言う。

「ゆっくり……」紫子も思わず口にする。

緊張して躰が固くなっていた。左手は、フロントガラスの横にある把手を握り締めている。いくらそこをしっかり摑んでいても、車ごと落下したらどうしようもない。シートベルトを一応は締めていたが、もしかしたら、咄嗟《とっさ》に逃げられないのではないか、と考えてしまう。

「もうちょっと先だな」保呂草が言った。少し車の速度が上がった。

ヘッドライトは、前方のごく限られた範囲を照らし出している。雨は相変わらず激しく、車のボディを叩《たた》く雨音が煩い。道の上にまで伸びた樹の枝が風で動いている。まるで、大蛇の腸の中を進んでいるようだ。遠くはまったく見えなかった。

3

通路をゆっくりと進む。自分たちの足音以外は聞こえなかった。壁に窓もなくなったので、外が雨だということも忘れてしまいそうだ。それどころか、今が夜なのか昼なのかもわからない。

ドアの横に名前のプレートがある。最初は右側に宮下の部屋があった。次に左側に園山の名が記されたプレートがあり、その部屋のすぐ横から、通路が分岐して、真っ直ぐ奥へ延びていた。既に円周の半分を歩いたことになる。

「この奥が土井博士の部屋」紅子が小声で言った。

練無は無言で頷く。土井博士のあの仮面が頭に過《よぎ》る。通路の奥のドアが開いて、車椅子に乗った博士が出てくるシーンを思い浮かべる。ちょっとぞっとする光景ではないか……。

そのT字路に近い右側にレンドルの部屋があった。ちょうど園山の部屋の斜め向かいの位置になる。さらに反対側の先が雷田の部屋だ。

「さっき、ここは入った」紅子が小声で言った。保呂草と来たときのことだろう。

どの部屋からも音は漏れてこない。防音効果が高いようだ。また、照明が灯っているかどうかも、通路からは判別できない。

通路の反対方向から、祖父江七夏と執事の田賀が近づいてきて、右手のドアの前で立ち止まった。そこはファラディ博士の部屋である。施錠をするためにに来たのだろう。もう、円周の四分の三を歩いてきたことになる。

「パトロールご苦労さま」七夏が無表情でドライに言った。

彼女は、ファラディの部屋のドアを開けた。室内は照明が灯《とも》ったままだった。七夏のすぐ後ろに練無と紅子が立ち、デスクの横に倒れている死体を見た。部屋の右手も覗き見る。さきほどとまったく同じ光景がそこにあった。

練無は最後にもう一度、仰向けになっているファラディの顔を観察した。口が開いているので前歯が見えた。練無は医学部の学生であるが、それでも長く見続けたいとは思わない。特に、今自分が着ているドレスと、この雰囲気は正反対の相容《あいい》れないものだ、という絶対的な違和感があって、そう考えるとなおのこと、背筋が寒くなるような、気持ち悪さを感じる。容易に納得できるはずなのに、何故か理解が困難な、見えない小さなものが、どこかで引っかかっているような、そんな不愉快さだ。

七夏が練無と紅子に目配せしたあと、ドアを閉めた。

「鍵をお願いします」

田賀が無言で進み出て、ドアに鍵をかける。彼は、キーを引き抜き、ノブが回らないことを確認してから、七夏にキーを手渡した。

「ノブの指紋はもう良いのね?」紅子が言う。

「多少不鮮明になるだけ」七夏が答えた。「もっとも、初めから期待はしていませんけど」彼女は田賀を見る。「鍵はこの一つだけですか?」

「私が持っているものは、その一つです」田賀は上品な物腰で答えた。

　七夏は頷いて、キーを上着のポケットに入れる。それから、ハンカチを使ってドアのノブを握り、施錠を確認した。

「あの、もう戻ってもよろしいでしょうか？」田賀が七夏を見つめて尋ねた。「予定外のことで、宿泊されるお客様が増えました。そのためのご用意をしなければなりません。家政婦の二人も、その仕事を一緒にいたします」

「ええ、わかりました」七夏が頷いた。「終わったら、みんなで広間へ集まって下さい」

「実は、大変申し上げにくいことでございますが、その……、部屋が全員の方にはご用意できません。奥村様や竹本様が宿泊されることになりましたものですから……」

「そんなこと気にしないで」七夏は簡単に言う。

「毛布の一枚でもあれば、どこでも寝られます」

「しかし、その、ご婦人方には……」田賀が、紅子と練無に視線を向ける。「ご用意しておりましたお部屋を、急遽《きゅうきょ》、奥村様のために回さなければならない、と……、私は、そう仰《おお》せつかりましたものですから」

「なんだ、そんなこと」紅子が微笑んだ。「どうか気になさらないで。私もソファで充分です」

「大変申し訳ございません」田賀は深々と頭を下げた。「では、失礼をいたします」

　田賀が通路を戻っていった。

「ちぇ……、お風呂に入って、大きなベッドで寝られると思って期待してたのになあ」練無が笑いながら呟いた。「もともと泊まるのは、僕ら二人だけだったんだよね」

「それが……」七夏は指を折って数えている。「私も入れたら、九人になったってことか、うん、まあ、広間だけでも、ソファがそれくらいはあったから、大丈夫でしょう。さてと、じゃあ、私は戻ります」

「あれ？」練無は振り返る。「何の音」

三人は黙った。

どこかで小さな音が鳴っていた。電子音のような、高い断続的な音だった。何かの機械が発しているアラームかもしれない。

「こっち？」紅子が耳に片手を当て、もう片方の手で方角を示した。

紅子と練無が歩いてきた通路、つまり、土井博士の部屋のあるT字路の方向である。

「何の音かしら」紅子は歩きながら言った。

「電子レンジのタイマみたいな感じだけど」七夏が言う。

「目覚まし時計じゃないかな」練無が一番最後を歩いた。

4

「もしかして、橋なんか落ちてへんのと違う？」紫子は助手席で呟いた。突然、そんなことを思いついたのだった。

「だとすると、どうなる？」保呂草はハンドルを握り、前方を見たままだ。

「祖父江さんが嘘をついているか、それとも、祖父江さんも騙されているか……」

「でも、橋の近くに彼女、いたわけだから、見てないはずはないだろ？　しかも、自分だけは渡った。いや、彼女のまえに奥村さんと竹本さんの車が通っているわけだから、それまでは橋は本ものだったわけだし」

「うーん、そうか」紫子は唸る。「ちょっと考え過ぎかな」

「トリックとしては面白いけど」

「うん、それそれ、面白い展開やと思ったん。けど、やっぱ祖父江さんも、どう見ても本ものやったしね。あの祖父江さんが偽ものだったら、どう？」

「誰かの変装とかで？」

「べりって顔を剥《は》がすんよ」

「うん、よくあるね、それ、映画で」

「どっか、いつもと違うとこ、なかった?」

「本ものだと思うよ。しこちゃん、まだ酔ってる?」

「ん?」紫子は保呂草を見る。「いえ、もう大丈夫。これからが私の時間やも」

「あそう……」前を向いたまま微笑む保呂草。「僕の車のせいで、つき合わせて……、いや違うな、巻《ま》き添《ぞ》えになったみたいで、悪かったと思ってる」

「何言うてるんです?」紫子の声が少し大きくなる。「私、めっちゃ楽しい、今」

「ふうん、あそう……」保呂草は口もとを僅かに上げた。

　車はゆっくりと坂道を下っている。両側は真っ暗な森のようだ。崖《がけ》っ縁《ぷち》に出ると白いガードレールが現れるので、それとわかる。雨は一向に弱まる気配がない。ときどき、道路の一部に水が溜まっていて、車が突っ込むと水飛沫《みずしぶき》が跳ねる。

「ねえ、保呂草さん……」

「何?」

「うーん、あのお……」

「何?」

「あかん」紫子は保呂草から視線を逸らし、シートにもたれて前を見た。

「何が?」

「あかんわぁ、こんなこと考えてる場合とちゃうもなぁ」

「だから、何が?」

「でも、言うてみよ!」再び紫子は保呂草を見る。彼に顔を近づけた。「私のこと、保呂草さんどない思うてるん?」

「あ、トンネルだ」保呂草が言った。

　紫子も前を見る。ヘッドライトにトンネルの入口付近が照らされていた。真っ暗な周囲に比べて、コンクリートのエッジが白く浮かび上がるように鮮明だった。黄色の道路標識も光を反射して眩《まぶ》しい。車は減速し、トンネルの中に入った。頭の上で鳴っていた雨の音が突然止んで、後方へと遠ざかる。代わって、今まで聞こえなかったエンジン音と、フロントガラスを往復するワイパの高い摩擦音。

車はゆっくりと前進する。

「あそこが出口だね」保呂草は呟いた。紫子にもそれを確認してほしい、というつもりだろうか。

「短いトンネル」紫子は答える。「あ、何か、向こう、明るい」

「うん」

出口の先がぼんやりと明るかった。トンネルを出たところにライトがあるのだろうか。

さらに前進。

トンネルの出口の直前で、保呂草は車を停めた。

雨の中へ道は消えている。出口の付近に照明はなく、明るく感じられたものは、もっと先にあるようだ。明るさは拡散し、光源自体はまったく見えない。

白いガードレールが少し先にある。左へカーブしているようだ。

ゆっくりと車を出す、歩くほどのスピードで。

ガードレールが近づいてきた。

「あ、ここ!」紫子が叫ぶ。

保呂草はさらに車の速度を落とした。

前方に眩しい光が見えてきた。

明る過ぎて、何があるのかわからない。

左手が切り立った崖、右手にはガードレール。

車は停まった。

「あれ、警察?」思わず目を細め、紫子は片手を翳《かざ》す。

「たぶんね」保呂草は後ろを振り返って傘を手に取る。「車の中にいる?」

「私も行きます」

保呂草がさきに降りて、フロントを回って、助手席のドアの外まで来る。紫子はドアを開けて、保呂草の傘の中に降り立った。

周囲は雨。

冷たい湿った空気。

保呂草は左手で傘を持ち、右手で紫子の肩に軽く触れる。彼女はそれで適度に緊張した。

「おーい」という声が聞こえる。

紫子たちは足もとを見ながら前進した。

前方のライトが動き、少しだけ下へ向けられた。紫子たちを真っ直ぐに照らしていたものが、今は、彼女たちの足もと、そして途切れている先の地面を照らし出す。

「本当だ……」紫子は思わず口にした。

車から十数メートルくらい歩いたところで、道路は途絶《とだ》えている。その先の空中に浮かんでいるように見えた。ライトは、谷を挟んで向こう側である。距離はさらに十数メートルありそうだった。雨は、その光の中を谷底へ真っ直ぐに落ちていく。

「おーい！　聞こえるか？」また声がした。姿はよく見えない。

「聞こえますよ！」保呂草が片手を口の横に立てて叫んだ。「眩しいから、そっちのライトを消して下さい」

話し声と人が歩く音のあと、ライトが幾つか消えた。残っている光は、こちらを向いているものではない。ようやく、向こう側の様子が見えるようになった。自動車がずっと奥に何台か駐まっているようだ。奥の方では、パトカーの赤い回転灯も動いていた。

「あ、立松さんだ」紫子は背広姿の彼に気づいた。

「立松さーん！」彼女は手を伸ばして振った。

一番近いところに立っていた立松刑事が、傘を片手にこちらを凝視《ぎょうし》している。

「誰です？」立松の高い声が届く。

「香具山でーす」

「え？　あ！　じゃあ、そっちは保呂草さん？」

「こんばんは」保呂草は大声で挨拶する。「酷い雨ですね」

「何をしてるんです、こんなところで」立松が叫んだ。「祖父江さんは？　彼女に会いましたか？　あの、研究所は……」

「祖父江さんは研究所にいます」

立松の後方からコートの男がこちらへ歩いてくる。煙草をくわえていた。

「どうして、君が来た？」その男の声は低かったがよく通った。

「あ、林さん！」紫子が躰を弾ませる。「こんばんは！　あのぉ、上に、紅子さんもいてはるんですよう」

林が驚いた顔になる。

「うわぁ、そりゃ危険地帯」立松が呟く声が聞こえてきた。

「電話はまだ復旧しないんですか？」保呂草がきく。

「駄目だ、明日の朝までは無理だと思う」林が答える。「祖父江君に、ゆっくりしてこい、と伝えてくれ。何か困ったことはないか？」

「ありますよ、大ありです」保呂草が言う。「祖父江さんが来なかった理由は、現場を離れられないからなんです。研究所で、殺人事件がありました」

「え？」立松が高い声を出す。「殺人って、誰が？」

「スコット・ファラディという研究所の博士です。首を絞められたみたいで……」

「助からないのか？」林がきいた。

「ええ、全然駄目です。だから、救急隊員とか、無理に急ぐ必要はありませんけれど……、とにかく、祖父江さんが他殺だと断定しています。僕も、それに瀬在丸さんも同意見です」

保呂草は簡単に状況を説明した。

絞殺死体の状態、死亡推定時刻、それに、研究所にいる人間たちのことを。話し終わったあと、数秒間の沈黙があり、林が「わかった」と一言応える。

そして、再び、雨の音だけになった。

「どうします?」保呂草はきいた。

「とにかく、早急に誰か、そちらへ向かわせる」林が言った。「うん、そうだな、三時間か四時間かかるかもしれないが、まず、数名が行く……、そう彼女に伝えてくれ」

「わかりました」保呂草は答える。

「パニック的な状況ではないのだな?」

「それは、大丈夫です。今のところ、平穏ですよ」

「瀬在丸さんは?」林がきいた。声の張りが僅かになくなり、籠もった発声になった。紅子と林は数年まえまで夫婦だったので、彼女のことを「瀬在丸さん」と呼ぶことに、多少の緊張を伴うのだろう。

質問の意味がわからないので、保呂草が黙っていると、林は言葉を続けた。

「彼女、何か言っていなかったか?」

「うーん、いえ、特には……」

「警察には協力するように、と彼女に伝えてくれ」林が保呂草を真っ直ぐに睨んだ。「頼む」

「わかりました」保呂草は頷いた。

5

練無、紅子、七夏の三人は、T字路で立ち止まり、音の方角を確かめた。高い断続的な電子音のため、どこで鳴っているのか、どちらから聞こえるのか、よくわからなかった。紅子は両耳に手を当てて首をレーダのようにゆっくりと振った。

「こっちだ」彼女が示したのは、T字路から右手に延びているまっすぐの通路、土井博士の部屋へ通じる道だった。

通路の先には幅が広くなったスペースがあり、そこで行き止まりである。電子音は少しだけ大きくなった。この近くのようだ。しかし、突き当たりのドア以外に行く先はない。

「土井博士の部屋の中だね」練無は言う。「目覚ましの消し忘れじゃない? どうしようか、こういうのって、余計なお世話だよね？」

「ちょっと待って……」紅子が進み出る。「祖父江さん、これを見て」

七夏が歩み寄った。練無も横から覗く。

ドアが僅かに奥へずれていた。つまり、完全に閉まっていない。もう一センチほど手前に引かなければロックしない状態である。紅子と七夏が顔を見合わせた。

七夏が軽くノックをする。

「インターフォンを鳴らす？」紅子が囁いた。

七夏はそれに答えず、ドアのノブを握り、そっとそれを押した。ドアは内側に開き、真っ暗な室内に光が射し込む。

「失礼します。土井博士？」七夏が隙間から呼んだ。

さらに扉が開く。殺風景な空間だった。思ったよりも小さな部屋で、まず左側に大きな金属製の扉が見えた。ドアが全開になると、右側にもドアがあることがわかる。控室のような場所だった。スチール製のキャビネットが奥の壁際にあり、そのガラスが通路からの光を反射した。戸口に立つ七夏のシルエットが床から壁へ伸びている。

電子音はかなり近い。

右のドアは、普通の居室の出入口のようだ。反対側の左の扉は、半分ほど開いたままで、とてつもなく厚い。アルミ製の断面が三十センチほどもある。さらに、内側に何かが取り付けられている。白いクッションのような突起物だった。

高い電子音が鳴り続いている。左の部屋の中から漏れているようだ。

「土井博士、いらっしゃいませんか？」紅子が小声で尋ねながら、七夏の横から部屋の中に足を踏み入れる。照明が灯っていないので、薄暗い。しかし、左手の分厚い扉の隙間からは、光が漏れている。その部屋の中は明るかった。

「こっちだね。実験室？」練無も部屋に入り、左の扉へ行く。彼はその中を覗いた。「この中で鳴っているよ」

「何の音？」七夏がきいた。

「無響室ね」紅子が呟く。「誰かいる？」

練無が扉を引く。冷凍庫の扉よりもずっと厚みがあったが、思ったほど重くなかった。

室内は真っ白だ。

床は、目の粗い金網で、さらにその一メートルほど下に、白い突起物が並んでいた。扉の内側にあったクッションと同じものである。部屋の大きさは五メートル四方ほどで、ほぼ正方形。壁にも突起が一面に取り付けられ、見上げると天井も同様だった。

「何、これ？」練無はきいた。

「だから、無響室」紅子がもう一度同じことを言う。

「ムキョーシツ？」

「音の実験に使う部屋」

電子音はずっと鳴っていた。耳を塞ぎたくなる。音の大きさというよりも、その周波数の不快さによるものだろうか、とにかく気に障る音だった。

練無は無響室の中に入っていく。床が金網なので、どうも落ち着かない感じである。

「うわぁ」部屋の真ん中で練無が振り返った。「何なの、これ、気持ち悪いよぅ」

「音はどこ？」紅子も入ってきた。

「あぁ、本当だ」最後に七夏が入る。「あ、あ、あ」彼女は声を出して、周囲を見回す。「変な感じ。夢の中みたい」

「周囲の壁が音をほとんど吸収してしまうの」紅子が言った。「反響しないから、無響室。自分の声も、躰の中を伝わってくるものが主になるわ。もちろん、完全ではないけれど」

布製の四角い物体が部屋の奥の床、つまり金網の上に置かれていた。大きさは三十センチ立方。サイコロの形をしたクッションみたいなものだ。模様はなく、部屋の周囲と同じ白い布で覆われている。

「これみたい」練無はその近くで屈み込み、耳を近づける。「目覚ましじゃなかったね」

「何かな?」七夏も近づいてきた。

練無はそっと持ち上げる。立方体は思ったよりも軽かった。本当にクッションのようだ。裏側にジッパがあったので、彼はそれを開けて、中を広げてみる。小さな目覚まし時計が入っていた。練無はそれを取り出す。

「なんだ、やっぱり……」

一瞬、空気が流れ、次に軽い圧力を感じた。今まで聞いたことのない、不思議な音を立てて、ドアが閉まった。

「あ……」練無が立ち上がる。

紅子も七夏も振り返った。

たった今入ってきた扉が閉まっている。

「ちょっと……」七夏がそちらへ歩く。

その途中で、照明が消えた。

「あれ、停電?」練無は呟く。

「誰なの、変な悪戯はやめなさい!」七夏が叫ぶ。

ドアの方で音がした。

練無が手探りでそちらへ向かうと、七夏の背中にぶつかった。

「どうやって開けるの、これ」彼女が言った。

「ちょっと、やらせて」

「おーい!」七夏が大声を出す。「中にいるのよぉ!」

練無はドアを手探りする。布製のクッションが突き出している。把手のある辺りを探ってみたが、レバーがあるだけ。それが、動かない。力いっぱい押してみたが、びくともしなかった。

「くそ!」七夏が叫んだ。しかし、その声も現実感がない。遠くから聞こえてくる声のようだった。

「紅子さん?」練無は部屋の奥を向いて呼んだ。

返事がない。

「閉じ込められた」七夏が舌打ちする。「私が目的なんだ」

「警察だから？」

「ええ、たぶんね……。困ったなあ。いったい誰が……」

「紅子さん？　どうしたの？」

「おーい！」七夏がまた大声で叫ぶ。

部屋の中にまったく反響しないので、とても不思議な感覚だった。宇宙空間に投げ出されたような虚無感とでもいうのだろうか。狭い場所にいる感じがまったくしない。

練無は部屋の中央へゆっくりと戻った。

「紅子さん、どこにいるの？」

前方に差し出した手には何も当たらない。照明が消えたとき、紅子が立っていた辺りにも、誰もいなかった。

練無はさらに前進する。足にさきほどの四角いクッションが当たる。もうすぐ奥の壁ではないか、という辺りで、スカートが何かに触れた。練無は伸ばしていた両腕をもっと低い位置に下げた。

手探りで紅子を見つける。

彼女の髪だった。

「紅子さん、大丈夫？」練無はそこに屈み込む。

彼女は壁際に座り込んでいるみたいだった。練無は紅子の肩に触れ、それから彼女の手を探して握った。

練無は驚いた。紅子の手が震えていたからだ。

「どうしたの？」

「大丈夫……」か細い声がようやく返ってきた。

「ありがとう」

「転んだの？　怪我をしたの？」

「違う」練無の手を、彼女の手が握り返した。「ちょっと、びっくりしただけ。もう大丈夫よ」

「どうした？」七夏が近づいてくる気配。「何をしているの？」

「何でもないわ」紅子の声がようやく普通になった。彼女は、練無の手を振りほどいた。

「ああ、まったく……」七夏がまた舌打ちする。

「なんてこと、次から次に……」

「いくら叫んでも、絶対に声は外へは漏れない」紅子が急に冷静な口調になった。「保呂草さんたちが戻るまで、待つしかないと思う。私たちがいなかったら、探してくれるでしょう」

「いざとなったら、拳銃をぶっ放してやる」七夏が言う。

「そんなことをしても、たぶん無駄だと思うわ」

「気持ち悪いなあ、ここ」練無は言った。「酔いそうだよ」

「しかし、誰だろう？」七夏が言う。「誰がやったと思う？」

「誰でもできる」紅子はすぐに答えた。「そもそも、最初から、ここへ誘《おび》き寄せるために目覚ましを鳴らしたんだから」

「あ、そっか……」練無は溜息をつく。

「どうして、土井博士の部屋を？」

「さあね」紅子も小さな溜息をついたようだ。「しまった……、もっと警戒すべきだった」

「保呂草さんたち、早く戻ってきてくれないかな」練無が言う。「だけどさ、どうやってこの位置を知らせるの？」

紅子も七夏も黙ってしまう。

自分の手も見えない。何も音が聞こえない。

夢の中のような、息苦しい圧迫感。

耳鳴りがした。

自分の頭の中の音かもしれない。

高い一定の周波数。

これも超音波だろうか。それがだんだん喧《やかま》しくなる。

耳を塞《ふさ》いでも聞こえた。

6

対向車の心配はないので、上りは比較的スピードを出すことができた。紫子と保呂草は、行きの半分以下の時間で、研究所の駐車場まで戻ってきた。

「少しは小降りになったかな」玄関まで歩く途中で保呂草が言う。

そんな気もする。しかし、相変わらず雨は降り続いていた。

玄関のドアを開けて中に入り、豪華なホールの途中で左手へ階段を上がる。

「あっちは何だろう?」保呂草が呟くように言った。彼は後ろを振り返っている。反対側にある階段を見ているようだ。

この研究所の敷地はかなり広い。幾つかの独立した建物が、渡り廊下で連結されている。一番大きいのが、パーティ会場の広間や実験室、研究室などがある研究棟らしい。しかし、どこに何があるのか、詳しいことは紫子にはまったくわからない。簡単な配置図が玄関の壁にあったが、ちょっと見たくらいで頭に入る単純な配置ではなかった。もし一人だったら、たちまち迷子になるだろう。


事務棟と呼ばれている建物の通路を通り抜け、中庭を横切る通路を渡って広間まで戻ってきた。ドアを開けると、室内の空気が多少暖かい。けれど、見渡したところ、人の気配がなかった。

「あれ、どこへ行ったんだろう、みんな」保呂草が言う。彼はポケットから煙草を取り出し、金属製の大きなライタで火をつけた。

紫子は部屋の隅まで歩く。ソファの背で隠れて見えなかったが、朝永と綾の二人が別々のソファで居眠りをしていた。朝永は、足だけは床についていたものの、上半身はほとんど倒れ、ソファに仰向けになっている。綾の方は、座ったまま片方の肘掛けに俯せていた。

時刻はもうすぐ十一時。警察に連絡をするために、二人が研究所を離れていた時間は、一時間十分ほどである。思ったよりも時間がかかってしまった。

広間には他に誰もいないようだ。

紫子は隣の厨房を覗きにいく。保呂草は、灰皿の近くで煙を勢い良く吹き出していた。

厨房は既に綺麗に片づいている。反対側にドアがあり、そこを開けて外に顔を出すと、左右に通路が延びていて、いずれも先にT字路が見える。この通路は、通ったことがない。右にいけば、玄関ホールの方角。左は、もちろん、研究棟の実験室や研究室へ出られるのだろう。

結局、誰もいなかった。紫子は、諦めて広間へ戻り、保呂草のところまで歩く。

「誰かいた？」保呂草が尋ねた。

「ううん」紫子は首をふる。「どうかしたんかしら、これ」

「うん」煙を吐き出しながら、保呂草は小さく頷いた。「どこか、別の場所へ移動したみたいだね」

「それ当たり前違います？」紫子は笑った。「そやけど、そうなると、朝永さんと綾さんがそこで寝てるんが変やと思う」

「じゃあ、奥村さんたちを部屋へ案内しているのかな」

「田賀さんが？」

「うん、たぶん」

「そっか、VIPやもんね」紫子はテーブルの方に近づいた。料理はすっかり片づけられていたが、トレィにグラスが並べられ、ワインとジンジャエールらしき液体を湛《たた》えたものが幾つかあった。「保呂草さん、どっち？」

「え、あぁ、そうか、セルフサービスなのかな。僕はビールが良いな」

「ワインとジンジャエール、オンリィみたい」

「じゃあ、いいや」彼は煙をまた吐き出す。

「私ももう、アルコールはやめとこ」紫子はジンジャエールのグラスを手に取る。注ぎ入れられたばかりなのか、かなり冷えているようだ。彼女はグラスに口をつけ、一口飲んだ。「あぁ、気持ちええわ。ようう冷えてんな。美味いぞ、これは」

「あれ？」保呂草がこちらを見た。「冷えてる？」

「え？」紫子はさらに何口か飲む。「何？」

「気が抜けてない？」

「うーん、ちょっと抜けてるかも。それにしても、これ……」サービスが良い、と言葉を続けようとしたが、そこで一瞬、眩暈《めまい》がした。「あれれ？」

保呂草が灰皿で素早く煙草を消している。

急に目が霞んで、紫子はふらついた。

保呂草が近づいてくる。なんだか、慌てている様子。

「どうか……、したん？　保呂草……、さん」紫子は尋ねた。

保呂草は両手を広げる。その胸の中へ……。

なんという、気持ちの良さ……。

なんという、希望……。

幸せだ、と彼女は一瞬思ったものの、
たちまち意識はなくなった。

紫子は倒れ、保呂草が彼女の躰を受け止めた。

7

紅子は、普通の口調で話すことに全神経を使わなければならなかった。すぐ近くに祖父江七夏がいたからである。彼女にだけは、自分の弱みを見せたくなかったのだ。

突然消えた照明。以前にも一度同じことがあった。そのときは紅子のすぐ近く、体温や吐息が感じられるほどの距離で、人が死んだ。自分が殺したのではないか、と思えたほど、身近だった。

もう一つ……。

忘れていた幼い頃の映像が突然、彼女を襲ったのだ。

今になって思うと、それはこの無響室が作った偶然だった。夢のような、現実から乖離《かいり》した、遠い異国との無線交信みたいな、不思議な距離感、大草原の中央にただ一人残され、しかも、もの音一つ聞こえない、耳もとで揺れている草の擦《こす》れる音が、何故か聞こえてこない、自分の声が体内の振動としてしか、伝わってこない、しかし、そこから抽象されるものは、恐ろしいほど魅惑的な冷たさなのだ、まるで、耳の中に氷を入れられたような。

　あ、何か、思い、出せる……。

真空を感じる一瞬。

何だろう?

どこだろう?

草原ではない。

そう……、夜の……、庭先。

ああ、そうだ。

躰が震える。

犬が、死んだ、夜だ。

そう……。

紅子は、その犬の死骸を、自分のベッドの中に入れて、隠していた。

それが、眠っている間に、見つかってしまったらしい。

彼女が目覚めたときには、犬の死骸がなくなっていた。

代わりに、芳香剤の匂い。

そのときから、大嫌いになった、あの人工的な香。

　なんてことを!

「どこへ行ったの?」彼女は、目の前にいる大人たちに尋ねた。

母の顔。

そして、父の顔。

何か話をしていたけれど、声が聞こえなかった。

紅子を見据えて、恐い顔をしている。二人とも、口を動かしているだけで、声を出さない。声を伝えるための空気がなくなってしまったのだ、宇宙みたいに。

「死んだことは知っています」紅子は答えた。「だけど、お願い、もう少し、一緒にいたいの」

母と父が首をふった。
駄目だ、という意味。
どうして？
何故？
声が聞こえないからだろうか。
何故、自分の希望がきいてもらえないのだろう？
どこが間違っている？
私は、誰にも迷惑をかけていない。
いったい、何が悪い？
私は悪いことをしていますか？
大人たちは首をふった。
悲しい。
とても、情けない。
ただ……。
そのときの紅子は、涙を流さなかった。
それなのに……、
それだからこそ、
たった今、

急に涙が流れ出たのだった。

犬の名？

憶えていない。

犬が死んだことも、ずっと忘れていたくらい。

あのとき泣かなかったせいだ、と彼女は思った。

悲しみだけが、ずっと凍っていたのだ。

暗闇の中、紅子は自分の涙を手で触って確かめた。

躰は震え、鼓動は速い。

蹲《うずくま》って、後退した。

壁のクッションの突起の間に、自分の頭を押しつけ、床の金網に力いっぱいしがみついた。とにかく躰を固定しなければ、と何故か感じたからだ。

宇宙だから、真空だから？

なんとか、自分を支えなくては……。

しかし、呼吸ができるようになると、しだいに落ち着いた。

この涙は、なくなるまで流した方が良い、と考えた。

　けれども、そうもいかないだろう。

　なるほど、こうして、人間の頭脳に皺が寄るのだな、と思う。

　練無や七夏に気づかれないように、慎重に、深呼吸を繰り返した。

　ゆっくりと、肺に空気を入れる。

　良かった、真空じゃなくて。

「もう、どれくらいになるかな？」七夏の声である。

「十分くらい？」練無が答えた。

「こういう部屋は、中に人が閉じ込められないように、必ずエマージェンシィのボタンか、レバーが備えつけられているはず」紅子はようやく冷静に話せるようになった。彼女は立ち上がる。「ちょっと調べてみるわ。見込みはあまりないけれど……。おそらく、相手もそれなりの対処をしているでしょうから」

「祖父江さん、ライタ持ってなかった？」練無がきいた。

「駄目。バッグは広間に置いてきた」七夏が答える。「今、持っているのは、拳銃くらい。ねえ、これを撃ったら、外に聞こえるんじゃない？」

「無理」紅子は素っ気なく言った。

　扉の内側を手探りで調べた。思ったとおり、金属のレバーの下に、丸い突起があった。その大きなボタンを押すとロックが外れる仕掛けだ。紅子はそれを押してみる。何度か挑戦してみたものの、びくとも動かない。やはり、バネが利《き》かないように外側で何かを挟んだのだろう。

「小鳥遊君、ちょっと、こっちへ来て」紅子は練無を呼んだ。

「来たよ」近くで彼の声がする。

「ドアの把手の下を触ってみて」

　練無の手が、紅子の手に触れる。彼女は、彼の手を導いて、その丸いボタンの位置を教えた。

「これを押すとロックが外れるはずなんだけど、何かが引っかかっているみたいなの」

「これ？　うーん、動かないね。蹴っても良いかな？」

「壊してもいいから」奥で七夏が言う。「思いっ切りやって」

「紅子さん、どいてて」練無の手が紅子を軽く押した。

数回、音が鳴る。

「いてて！」練無の声。誰かが金網の床に倒れた。

「大丈夫？」紅子はきいた。

「うん、平気」練無が答える。床に倒れているようだ。「反動で飛ばされただけ。足が痺《しび》れるよ。全然駄目」

紅子は、問題のボタンを手探りで見つける。

「あ、折れてる」彼女は言った。丸いボタンの部分が斜めになっている。付け根のところで折れ曲がったようだ。しかし、ロックは解除されていない。

「やっぱり、駄目か……」

「それを銃で撃っても駄目？」七夏がきいた。

「万に一つの可能性もない」紅子は答える。「銃は、扉が開いたときのために温存した方が良いと思うわ」

「ああ……、ちくしょう」七夏の溜息。「どうなってるの、ホントに……、ドジ踏んじゃったなあ」

「あれ？　なんかさ、変な臭いしない？」練無が言った。

紅子も気がついた。

「何の臭い？」七夏が言う。

練無が咳き込んだ。

紅子はハンカチを取り出して鼻に当てる。そんなこと無意味だと思ったけれど、多少はましかもしれない。

催眠ガスだろうか。

換気口から注入したのだろう。それはどこだ？

まさか……、

殺しはしない、とは思うけれど。

倒れるまえに、蹲った方が安全か。

床に倒れていた練無が最初に気づいたということは、ガスの比重が空気よりも重いということだ。

紅子はまだ息を止めていた。奥の壁際まで下がる。壁のクッションを手で摑む。足を掛けられるか試してみた。

練無も七夏も静かになった。動いている様子もない。既に気を失ったのだろうか。

紅子は壁を上った。クッションが軟らかいので、彼女の体重でかなり変形する。体重のある者では上れなかっただろう。次々に足をかけ、両手で必死にしがみつきながら、少しずつ躰を持ち上げる。

頭にクッションがぶつかった。天井に到達したのだ。

息をする。

ハンカチは落としてしまった。

幸い、異臭はあまり酷くない。

天井の近くに、正常な空気が残っているせいだ。

ゆっくりと深呼吸をした。

紅子は考える。

このあと、きっとドアが開くだろう。

そのとき、どうすれば良いか。

七夏の拳銃を使う手がある。だが、今すぐに下りて取りにいく余裕はない。

上から襲いかかる手もある。しかし、相手がどんな人物なのか、何人なのかも、わからない。

少しだけ臭いが感じられた。

躰を持ち上げ、天井のクッションの間に頭を入れる。顔に布が密着した。クッションがフィルタ代わりになるはず。

右手は天井のクッションを摑み、腕を突っ張るようにして躰を押しつけている。左手は後ろの壁のクッションの端を握り、体重を支えていた。このままの姿勢では、いつまでももつとは思えない。かなり厳しい。

幸い、外からは中が見えないはず。

カメラの類はなかった、と思う。

照明がつくか、あるいは、扉のロックが外れる音か。

紅子はそれを待った。

8

「しこちゃん？」保呂草は紫子をソファに寝かせてから、彼女の頬を軽く叩いた。口を開けて彼女は眠ったままだ。酔っ払っているときとほぼ同じ状態である。

彼は諦めて躰を起こし、小さな溜息をついた。別のソファに、朝永と綾がいる。おそらく、同じワインかジンジャエールを飲んだ結果だったのだ。

広間を見回す。誰もいない。

しかし、誰かが監視しているはずである。

小さく舌打ちした。

煙草をもう一本吸いたくなったけれど、紅子や練無のことが急に心配になった。パトロールにいくと話していたが、どこまで行ったのだろうか。それに、七夏も……。彼女は明らかに持ち場を離れている。

彼の頭の中で緊急会議が開かれ、対策案をたちまち取りまとめた。とにかく、殺人があった現場を見にいくことにしよう。実際に一度頷いて、そう決心をした。もう一度紫子を見下ろす。大丈夫だろう。

保呂草は広間を横切り、実験室側のドアから通路へ出た。そして、右手に向かって駆けだした。

誰にも出会わないうちに、ファラディ博士の部屋の前まで来る。彼は躊躇なく、扉を開けた。

ノブは回り、ドアが開く。

室内は明るかった。

デスクと壁際の書棚の間に倒れている死体、そして、ファラディ博士の歪んだ顔。特に変化はない。

デスクの向こう側、そして、部屋の右手の応接セットも。保呂草はそれらを一瞬で確認した。異状はない。

彼は扉を閉める。

それから、さらに奥へ進むことにした。

左に緩やかにカーブした通路。両側にドアが並んでいる。

紅子の名を呼ぼうか、と思ったが、研究室にいる博士たちに聞こえてしまう、何かを企んでいる奴に、こちらの行動を気づかせることにもなるだろう。いずれにしてもメリットはない。

保呂草は黙って走った。

9

限界だった。

意識が朦朧《もうろう》として、断続的に途切れる。

両手の握力が抜けていく。

躰が痺れて、感覚が遠ざかる。

金属音がした。

それが、ドアのロックが外れる音なのかどうか、判別できなかった。しかし、確認する余裕はもうない。

紅子は精いっぱい沢山息を吸い込んだ。天井に僅かに残った綺麗な空気を求めて。

そして、彼女は飛び降りた。

床から一メートルほどの高さだっただろう。

金網は無慈悲に固く、ショックは激しい。床はたわみ、大きな音を立てて振動した。だが、音が外に漏れる心配はないはず。

彼女はそのまま背中をついて倒れた。息を止めていた。どれだけ、意識が続くものか、自信はない。最後の力を集めて躰を捻り、蹲るような体勢をとった。顔を下に向けた方が良いかもしれない、と感じたからだ。

光を感じる。

それと同時に、僅かな空気の負圧。

大きな音。

ドアが開いたのだ。

彼女は目を瞑ったまま動かなかった。否、動けないのかもしれない。本当は、もうとっくに意識を失って、自分は夢を見ているのではないか、と思った。

金網の振動が伝わってくる。
誰かが入ってきた。
外からの光が届いているのもわかった。
その影が、彼女のすぐ前を歩いていく。
聞き慣れないモータの回転音も唸っている。
そうか……、換気をしているのだ。
こんなことを考えるなんて、
やっぱり夢ではない。
眠くなる。
もう、起きていられない。
冷たい空気。
新鮮な空気。

ベッドの犬の死骸。

そうだ、思い出した。

犬の名は、クロ。

目が覚めたら、きっと忘れているだろう。

第5章　もう一つとんでもない死体

本質的にいったら、量の大小で生命現象の本質は論ぜられない。スミス氏のからだをつくっている細胞の何割まで死んだ時に、スミス氏が死んだことにするというのはおかしい。けっきょくスミス氏が死ぬということは、スミス氏という一人の個人を作っている体型、モルフェという言葉でいっているが、このモルフェが死ぬことであって、細胞が死ぬこととは別なのである。

1

保呂草潤平は、リング状に研究棟を周回する通路を走った。一周は百数十メートル、というのが彼の感覚だった。途中誰にも出会わなかったし、どのドアも閉まっていた。異常なもの音も聞こえなかった。一周して再び広間に戻り、彼は部屋の片隅のソファまで駆け寄った。香具山紫子はまだ眠っている。他のソファの朝永と綾も同様だった。

「しこちゃん」保呂草は彼女を軽く抱き起こし、躰を揺すった。

紫子が顔を歪める。気づいたようだ。

音がしたので振り向くと、厨房へ通じるドアから、執事の田賀が現れた。保呂草は、紫子をソファに寝かしてから立ち上がる。

「みんなは、どこへ？」保呂草は、わざとリラックスした口調できいた。しかし、彼の躰のどの部分も緊張していた。

田賀は保呂草の方へ近づいてくる。距離が五メートルほどのところで彼は立ち止まり、ソファで眠っている三人を見た。

「あの、いえ……、私は」田賀も辺りを見回す。「奥村様と竹本様を、客室へご案内いたしておりましたものですから」

「キッチンにも、誰もいませんね？」

「ああ、ええ」田賀は振り返る。「家政婦たちでしたら、自分たちの部屋だと思います。着替えをしてから、ここへ戻るようにと指示いたしました。それが、警察の方のご要望です。もう、まもなくやってくるものと存じます」

「あとの人たちは？」

「瀬在丸様、小鳥遊様のご婦人方お二人は、研究所内を見回るのだとおっしゃられまして……」

「それは知っています」保呂草は頷く。「戻ってきませんか？」

「通路でお見かけいたしましたが……」

「刑事さんは？」

「はい、私と、ファラディ博士の部屋へ行かれまして、あの部屋に鍵をかけました。そのときに、瀬在丸様と小鳥遊様にもお会いしたのです」

「鍵をかけた？」保呂草はきき返す。「いつ？」

「つい……、そうですね、十五分ほどまえでしたでしょうか」

「たった今、僕、見てきましたけれど、ドアは開きましたよ」

田賀は眉を顰め、僅かに首を捻った。

「いえ、そんなはずは……」彼は言う。

「鍵は？」

「鍵は、祖父江様がお持ちです。では、何か必要があって、お開けになったのではないでしょうか」

「彼女たち、どこにいるのかな？」保呂草は溜息をつく。

後ろで呻き声が聞こえたので振り返ると、ソファの紫子が起き上がろうとしていた。保呂草はそちらへ戻った。

「大丈夫？」

「あれぇ……、変やわぁ。また寝てしもたん、私」

紫子が頭を抱えている。「なんか、頭が重い、何飲んだんやったっけ」

「田賀さん」保呂草はもう一度執事の方に向き直った。田賀は部屋の中央にぽつんと立ったままである。「そのテーブルのワインとジンジャエールは、誰が用意したものですか？」

「私です」

「グラスに注いで？」

「いえ、いずれも、新しいグラスと瓶をお持ちいたしました」

「瓶はどこへ？」

「いえ、ここに、グラスと一緒に……」

テーブルには瓶はなかった。

田賀はテーブルをじっと見つめ、やがて眉を上げる。彼は保呂草に視線を戻し、ゆっくりと首をふった。「いえ、これをグラスに入れたのは、私ではございません」

2

小鳥遊練無はぼんやりと覚醒《かくせい》した。

頭が痛い。とても痛い。

躰の感覚がない。真っ暗だ。

まだ、無響室の中にいるのだ、と最初は思った。

ところが、音が聞こえてくる。

人が歩く音、それが反響していた。

違う場所？

だんだん、躰が目覚めてくる。

最初に感じたのは、冷たい、だった。

左の頬が床に触っている。それは、平らで冷たい床だ。つまり、金網ではない。ここは無響室ではないのだ。

動けなかった。

躰が痺れているせいだ、と彼は思った。

しかし、そうではない。

息をするのにも抵抗があった。

手首がときどき痛い。足首も同じ。

躰を少しだけ動かすことができた。

力を入れられるようになった。

でも、動かさない方が安全だ、という本能的な判断もあったので、彼はできるかぎりじっとしていた。もっと自分の状況を正確に知ることが先決だろう。

また、足音がすぐ近くでする。

耳を床につけているせいかもしれない。

顔に何かが当たっていた。布だろうか。

口が動かない。拘束されているのだ。

手も、足も、同じか。

部屋が暗いのではない。目隠しをされている。目が開けられない。口はテープだろうか。

腕にそっと力を入れてみた。近くに相手がいる可能性があるので、目立つことはしない方が得策だ。

足にも力を入れてみる。紐ではない。もっと幅の広いもの。やはり、テープだろう。荷作り用のテープを捲《ま》かれたのか。とにかく、ほとんど身動きがとれない。

すると……、
無響室で気を失って、そのあと、拘束されて別の場所へ運ばれたことになる。紅子や七夏も同じ状況だと考えた方が良い。

彼女たちも近くにいるのだろうか。

危機的な状況には違いないものの、最悪というわけではない。もし殺すことが目的ならば、とうに殺されていたはずだからだ。

けれど、せっかくのドレスが台なしだ、と彼は思った。

そんなことを考えられる自分が、少しだけ頼もしい。

体温が上がってくるのも自覚できた。

チャンスを待った方が良い。

モータ音と高い摩擦音が鳴っている。

何だろう?
古い自転車みたいな音でもある。
電動の車椅子?
練無は、土井博士の仮面を思い出した。
突然、
すぐ近くに誰かが来た。
空気が動き、自分の髪が揺れるのがわかった。
チッチチッチという微かな音が聞こえる。
それが、だんだん大きくなった。
恐怖を感じる。
人の手が、練無の頭を横から押した。
彼の顔は上を向く。
何かを頭の横に当てられる。
左側だ。
銃だろうか。
殺されるのだろうか。
チッチチッチ……。
その音がもの凄く大きくなった。

左の耳から聞こえる。
今度は右の頭も押される。
両側から何かに挟まれた。
頭を締めつけられるようだ。
彼は突然、抵抗した。
躰を捻り、両脚を揃えて振り上げる。
呻き声を上げた。
頭の両側に押さえつけられていたものが、遠のいた。
しかし、首を圧迫される。
息ができなくなる。
苦しい……。
力を振り絞って、もう一度脚を振り上げる。
躰を折り曲げる。
彼の躰に何かが覆い被さった。
胸の上に体重をかけられ、ますます苦しくなる。
呼吸ができない……。
駄目だ。

意識が薄れる。
何かの実験台にされるんだ。
また、
あの音が、左側に、近づく。
チッチッチッチ……。

3

保呂草は再び通路へ飛び出した。

紫子には、朝永と綾の二人を起こすように指示し、田賀には、広間から出ないように、と命じた。

「もうすぐ警察が来るから、大丈夫」と紫子に言い残してきた。

それは、もちろんはったりだ。田賀に対する牽制《けんせい》でもあった。警察がやってくるには、まだまだ時間がかかるだろう。田賀という男が、保呂草はどうも信用できなかったのだが、もちろん何の根拠もないし、極めて不確かな印象である。

広間を出て、右側へ通路を走った。行く手は左へカーブしている。まず、ファラディ博士の部屋の前で立ち止まり、ドアのノブを握った。それは抵抗なく回転する。

念のため、ドアを開けて中を覗き見る。明るい部屋に、デスク、書棚、そして仰向けに倒れている死体。変わりはない。

鍵がかかっていないことは事実だ。

田賀は、七夏と二人で鍵をかけた、彼女が鍵を持っている、と話していた。では、七夏はどこで、何をしているのだろう?

保呂草はドアを閉めて、先へ進む。

広間から一番遠い位置になるT字路。さきほどは、通り過ぎた。ここを右手へ行くと、土井博士の部屋だ。保呂草はそちらへ向かう真っ直ぐの通路に入り、突き当たりまで来た。

まるでエレベータホールのような空間である。しかし、ドアは正面にしかない。

保呂草はドアの横のインターフォンのボタンを押した。

十秒ほど待って、再び押す。

時刻は十一時を回っていた。深夜なので、大声を出すのは躊躇《ためら》われる。

彼はドアをノックした。やはり応答はない。

どうしたものか……、別のところを探した方が良いか。それとも、雷田か園山か、博士の一人を訪ね、一緒に調べてもらうか。

しかし、誰を信用すれば良いだろう。

何か嫌な予感がしてならない。

通路を戻ろうとしたとき、後ろから小さな音が聞こえた。

ノックのような、一度きりの音だった。

保呂草は立ち止まり、耳を澄ませる。

もう一度、同じ音がした。今度は多少大きい。

ノックというよりも、何かをぶつけているような音だ。ドアの内側で、誰かが叩いている。

保呂草はドアまで戻って、ノックをした。

それに応えて、内側から、同じく大きな音が一回。

ノブを回してみるが、鍵がかかっていた。回らない。

保呂草は上着の内ポケットに手を突っ込む。同時に、後ろを振り返って誰もいないこと、モニタ・カメラがないことを確かめた。

精密ドライバに似た細いツールのうちの一本を、彼は鍵穴に差し入れた。この作業をするとき、いつも彼は数を数える。
一、二、三、四……。
多少手間取ったが、二十秒ほどでロックは外れた。

再び辺りを窺い、それから耳を澄ませ、ドアのノブに手をかける。彼はゆっくりとドアを開けた。

十センチほど開けて、室内を覗く。

誰もいない。

しかし、すぐに、ドアの近くの床に倒れている紅子を見つけた。

保呂草はドアをさらに押し開けて、室内に躰を滑り込ませる。

一瞬にして周囲を確認。ドアは左右に二つ。左のドアが開いている。少し臭った。殺虫剤のような臭いだ。祖父江七夏も部屋の中央に横向きに倒れている。七夏は保呂草をじっと睨むように見上げていた。紅子が靴でドアを蹴ったようだ。ちょうど届くくらいの距離だった。

二人とも口にガムテープが貼られ、腕を背中に回して横たわっている。手首も足首も完全に拘束されていた。七夏が起き上がろうとしてもがいた。

保呂草は、紅子の口のテープをゆっくりと慎重に剝がしてやった。

「ああ……」紅子は深呼吸をする。「良かった、保呂草さんで」

「今までの借りを帳消しにしてもらえます?」保呂草は紅子の背中に回り、彼女の手首のテープも剝がした。「ちょっと痛いかも。サロンパスとか剝がすときって、ぞっとしますよね」

「男の人だと余計ね」紅子が呟く。「今までの借りって何かしら?」

「いろいろ」答えながら、保呂草は立ち上がる。

紅子は足首のテープを自分で取り始める。保呂草は七夏のところへ行き、口のテープを剝がした。

「痛い痛い!」七夏が叫ぶ。「ちょっと! 瀬在丸さんのときと全然違わない?」

「それが人間関係の重みというものじゃありませんか?」保呂草は彼女の背中のテープも取ってやった。

「憶えておくわ」七夏が保呂草を睨みつける。「どうもありがとう」

「いえ、どういたしまして。あとは自分でできますね」

「小鳥遊君が、向こうの部屋だと思う」紅子は分厚いドアの方を見ている。

そちらのドアは半分ほど開いた状態だった。隙間から見える室内は暗い。冷凍庫だろうか、と保呂草は思った。

「何です、この部屋」保呂草はそちらへ行きながら紅子にきく。

「無響室。そこに閉じ込められたの」紅子が立ち上がって、近づいてきた。彼女は壁にあるスイッチを押した。

無響室の照明が灯る。保呂草はドアを引き開け、室内を覗き込んだ。白っぽいクッションで壁も天井も覆われている。床は金網で、その下にもクッションがあった。

誰もいない。

「あれ？　小鳥遊君、いないの？」後ろで七夏が言った。彼女は上着の内側から銃を取り出していた。使おうというのではなく、確認している様子である。

「一緒だったんですか？」保呂草はきいた。

紅子が簡単に説明してくれた。三人でここに閉じ込められ、催眠ガスを吸った、あとはまったく覚えがない、気づいたときには、テープで拘束され、この控室に倒れていた、という。

紅子は俯き気味になって何かを考えている。

保呂草は、対面の壁にあるドアをノックした。ノブも回してみたが、回らなかった。

「土井博士の部屋ですよね？」彼は振り向いて言う。

「そうだと思うけど」七夏が答えた。「鍵がかかっている？」

「ええ。あ、そうだ、祖父江さん、あっちの殺人現場に、鍵をかけたんじゃありませんか？」

「かけた」

「変だなあ、開いていましたよ」

「ドアが？」紅子がきいた。

「いえ、鍵が」保呂草は答える。

「え、どうして？」七夏が眉を寄せた。

「鍵は？」保呂草は七夏を見る。

「これ？」七夏は上着のポケットから鍵を取り出した。

「すると、まだ他に鍵があるってことですね」

「たぶん、本人が持っていた分があるはずだし」紅子が言う。「一つということはないでしょうね」

「とにかく、ここを開けて」七夏がドアを指さした。

「え？　だって鍵が……」保呂草は言う。

「さっき、貴方、そっちのドア開けたでしょう？」七夏がわざとらしく口もとを上げた。「なんか、かちゃかちゃ音がしてたけど」

「それ、夢じゃないですか？」

「借りを作りたくないから、きかないけれど」七夏は少し微笑んだ。「とにかく、ついでに、ここも開けて」

「うーん、困ったなあ。これって家宅侵入になりません？」

「開けなさい」七夏が睨みつける。「小鳥遊君が心配なの」

　保呂草は頷いた。

　同じタイプの錠だったので、簡単である。ポケットからツールを取り出し、七夏と紅子の顔を見てから、保呂草は仕事に取りかかった。

4

　十五秒かかった。最後に軽い音が鳴る。

「開きました」

「ドアを開けて」七夏は上着の内側に片手を差し入れている。そこに拳銃があるのだろう。

「僕が楯《たて》みたいじゃないですか」保呂草はそう言いながらドアを開けた。

　控室の三倍ほどの広さだった。突き当たりは全面をカーテンが覆っていた。その奥は見えない。

素早く室内を見回す。

左手に大きなデスク。椅子はない。書棚。右手には頑強そうな木製の机が三つ並び、その上に雑多な機器、書籍、その他、生活用品も含めて様々なものがのっていた。散らかっている、といった方が適切だ。

しかし、車椅子の移動のためにであろう、床には何もなく、普通よりも広く通り道が開いていた。

倉庫なのか、それとも実験用の設備なのか、エレベータの出入口のような金属の扉が、右手の奥に見えた。人が隠れられるようなところといえば、カーテンの向こう側とその扉の中の二箇所だけだ。見たところ、誰もいない。

「土井博士?」保呂草は声を出して前進した。

カーテンの向こう側に、生活スペースがあるのだろう、と彼は考えた。おそらく、ベッドがあり、そこに躰の不自由な天才が寝ているはずだ。

返事はなかった。

もともと、インターフォンにも答えなかったのだ。

そのとき、
突然、大きな音が鳴り始めた。

保呂草は一瞬身構える。

軽快な速いテンポの打撃音。彼は音源を探す。木製の机の上にあった電動タイプライタが動いていた。紙が既に挟まれている。印字しているようだ。

紅子がそちらへ近づいていき、タイプライタから出てくる紙を覗き込む。

「手紙かな」彼女は言った。「どこかから届いたものみたいね。英語だけれど……」

七夏も近づいていく。

保呂草は部屋の奥へ歩き、カーテンを切れ目で捲り上げた。

予想どおり、ベッドがあった。

しかし、誰もいない。

ベッドのシートは使われた形跡がない。

車椅子もなかった。

保呂草はカーテンの内側に足を踏み入れる。

念のためにベッドに触ってみたが、冷たかった。

ここにも小さなデスクが一つ。身の回りのものが周囲の低いキャビネットの上に置かれている。間違いなく、土井博士の生活スペースだ。デスクの上に灰皿がのっていたが、煙草の吸殻はなかった。特に目立ったものはない。ちょっと不思議だったのは、子供用の小さな木琴がテーブルの端に置かれていたこと。木製の球に棒を刺した木琴用のバチが添えられていたが、それが三本あった。目を近づけて見ると、埃《ほこり》を被っている。最近使われた形跡はない。バチは普通は二本だろう、と思ったので、保呂草は一瞬それに目を留めた。

「なんて書いてある？」七夏がきいている。タイプライタの音が停まったからだ。

「えっとね……、二十年ほどまえ、過《あやま》ちで、ある人の娘を殺してしまった。その娘は自殺したと世間で報道されているが、責任はすべて私にある。したがって、あの人に、私は殺されるだろう。それはしかし、許容すべきことだ、私の人生にとっても、あるいは、常識的な価値観の上でも。どうすべきかは、もはや私の問題ではない。何故なら、私は、生きていくことに疲れたし、私は、既に生かされる価値を失ったシステムだからだ。崩壊は自然にやってくる、時間や酸化と同様に。それを人が受け入れようが、受け入れまいが、関係なく」

「何です？　もしかして遺書？」保呂草も彼女たちのところへ戻った。

「誰が書いたの？」七夏が尋ねた。

紅子はデスクに身を乗り出し、電動タイプライタの後ろを調べている。配線を確認しているのだろう。

「うーん、どこだろう？」紅子は壁を見上げた。

「あそこへ繋がっている。テレックスとして使っていたみたい」

「どうしたんですか？」という大声がドアの外から聞こえる。男の声だった。「誰かいます？」

「こちらです」保呂草が答える。

　雷田が戸口に現れた。

「あれ？　君たち、ここで、何を？」

「土井博士がいませんか。どこか知りませんか？」七夏がきき返す。

「さあ、園山さんにきいてみたらどうでしょう？」

「雷田さんは、ここへ何をしに？」紅子が尋ねた。

「これを打ち出したのは、貴方ですか？」

「いえ、何です？　知りませんよ」雷田は首をふった。「みんながどうしてるのか、ちょっと気になったんで、広間へ見にいこうと部屋を出たら、こっちの方から話し声が聞こえてくるし、パチパチとタイプの音もするし、で、そこから覗いてみたら、ドアも開いたままだし……、変だと思いましてね」

「土井博士は、一人で出かけられることがあるのですか？」七夏が質問した。

「珍しいですが、ないことはないですね」雷田が答える。「実験室とかね……、他の人の部屋へも、たまに……」

　七夏は奥のカーテンの内側を見にいき、すぐに戻ってきて、タイプライタの紙を抜き取った。

「証拠品に素手《すで》で触って良いの？」紅子が言った。

「ここには誰もいなかったんだから」七夏が軽く答える。

「そこのドアは？」保呂草は雷田に尋ねた。

　カーテンの手前の右側の壁にある、金属製のドアのことだ。二枚戸になっている。電車の乗り込み口か、エレベータの扉に類似したタイプである。

「いえ……、そこは、ちょっと……」雷田が顔をしかめ、急に言葉を濁した。

「何なの？」七夏がきいた。

「困ったなあ。そこは、秘密なんですよ」雷田が苦笑する。

「秘密って、そりゃまた、ストレートな」保呂草は微笑む。「そう言われると、返す言葉もありませんね」

「今すぐ開けて下さい」七夏が冷たく言った。

5

広間では、田賀が連れてきた家政婦が二人、黙って壁際の椅子に腰掛けていた。いずれも年齢は五十代か六十代、一人は少し肥っている。たまに二人だけで何か小声で話し合っていたが、それ以外は、紫子たちの方をじろじろと見ていた。

田賀が少し離れたところに姿勢良く座っている。ネクタイも緩んでいない。溜息をつくようなこともなかった。

目を覚ました朝永と綾の二人から、紫子は少々話を聞き出した。彼らは自分たちが眠ってしまった経緯をまったく憶えていなかった。普通に酔っ払って眠くなってしまった、と思っているようだ。

頭痛も少しは治まり、紫子は体調が良くなったと感じた。躰が軽い感じ。もともと自分は夜型なのである。暇だったので、立ち上がって少し歩いたり、片腕ずつ伸ばして、首を両側に曲げたりする。

彼女のところへ、綾が近づいてきた。

「ねえねえ、香具山さん、お願いがあるの。ちょっとおトイレに行きたいんだけど、一緒に行ってくれないかな？」

「あ、ええ……」紫子は頷く。

二人は実験室側の通路へ出て、右手に向かった。

「そのブーツ、買ったんですか？」歩きながら紫子はきいた。

「買わなかったら、どうやって手に入れるの？」綾が眉を顰める。「自分でこんなの作れないじゃん」

「いえ、テレビ用の衣裳で、支給されるんかなって」

「違う違う。衣裳は全部自前だよ。シビアなんだから、この世界。とにかく、お金が必要なのよ。どんどん投資して、まあ、元がどうにか取れたら、大成功ってことね」

「ふうん……、れんちゃんなんて、このまえテレビにスカウトされたんですよ」

「ああ、あの子でしょう、うん、彼女いけるかも」

「少林寺ができるし」

「あ、そうなの。でも、そんなのちょっと関係ないな。何ができるかなんて、どうだって良いの」

T字路を右に折れ曲がったところに、男女用のトイレが並んでいる。ちょうど、厨房の向かい側になるので、本当は広間から厨房の中を通り抜けてくる方が近道だろう。

「ちゃんと、待っててね」綾が言った。

そのとき、後ろから、男の叫び声が聞こえた。

「あれ?」紫子は振り返る。

「誰?」綾も言う。

紫子はそちらへ駆けだした。

「あ、ちょっと待って!」後ろから綾も追いかけてくる。「トイレのあとじゃ駄目?」

T字路を右手に曲がり、カーブした通路を奥へと向かった。

「保呂草さーん!」紫子は大声を出した。

ファラディ博士が殺されていた部屋の前を通り過ぎ、両側にドアが並ぶブロックも駆け抜けた。

「こっち!」という声が聞こえた。保呂草の声だ。

紫子はT字路を右手に曲がる。少し進むと小さなホールのようなスペース。突き当たりのドアが開いたままだった。

「どこ?」彼女は叫んだ。

「ねえねえ、大丈夫?」綾が追いついてくる。

中に誰かいるようだ。開いたドアから覗くと、殺風景な小部屋は無人だった。床に小さな紙くずが幾つか落ちている。よく見ると、ガムテープを丸めたもののようだ。左右にドアがあって、両方とも開いている。

「ここ、土井博士の部屋なんじゃない？」綾が呟く。プレートの名前を読んだのだろう。

紫子は室内に足を踏み入れる。

冷蔵庫のような金属製のドアが左。そちらへはちょっと入っていきにくい雰囲気だ。右は普通のドアで、室内に人がいることがすぐにわかった。

保呂草の姿を発見して、紫子はほっとする。七夏もいた。それに雷田博士もいる。彼は部屋の中央に座り込んでいた。尻餅をついたような格好だった。

「どうしたの？」紫子は部屋の中へ入っていく。すぐ後ろの綾が紫子の肩に片手をのせている。不安なのだろう。

雷田がぶつぶつと呟いていたが、何をしゃべっているのか判別できない。

七夏はこちらを向かなかった。右手の奥、カーテンの手前に出入口がある。ドアがあったのかもしれないが、今は見えない。七夏はその中を難しい顔で見つめていた。

エレベータのような空間だ。幅は二メートル弱。奥行きは、紫子の位置からはわからない。

保呂草が、近づいてきた紫子に気づいて、片手を軽く挙げ、広げてみせる。

「何？」紫子は尋ねた。

「しこちゃん、見ない方が……」

「何を？」紫子はさらに近づく。

窪《くぼ》んだ部分が、だんだん見えてくる。

まず、屈み込んだ白いドレス。紅子である。彼女の向こう側から、脚が二本伸びていた。赤い靴を履いている。見覚えがあった。

「れんちゃん？」紫子は素早く保呂草を見た。「どうしたの？」

「紫子さん、来ては駄目」紅子の声だ。とても早い厳しい口調だった。彼女は倒れている練無に覆い被さるように蹲っているのだ。紅子はこちらを見なかった。

「どうして？　だって、れんちゃんが……」

「人工呼吸をしているんだ」保呂草が言った。

「え？　なんで？」

紅子が深呼吸をしてまた頭を下げる。

頭が痛くなった。

紫子はもう一歩近づく。

保呂草が進み出る。片腕を伸ばして彼女を止めた。

そのとき、悲鳴が上がった。

紫子の後ろにいた綾の声だ。

「煩い！」保呂草が怒鳴る。「静かにしろ！」

悲鳴を上げている綾の方へ彼は行ってしまう。それを紫子はぼんやりと眺めている。綾は床に崩れ、這うように後退した。

「ちょっと、祖父江さん」保呂草が呼んだ。

七夏が綾の方へ動く。彼女は相変わらず厳しい表情だった。

綾が泣きだした。七夏が彼女を部屋の外へ連れ出そうとする。雷田もいつの間にか、ドアの外に移動していた。

どうしたのだろう？

「紅子さん、代わろうか？」保呂草が戻ってきて言った。

紫子は紅子の背中を見ている。

「大丈夫、もう少し」紅子が小声で答えた。

紫子は一歩だけ移動した。紅子の陰になっていたものが、見える。

赤いドレスがぺしゃんこだった。

練無の頭は向こう側で、顔は紅子の躰に隠れて見えない。スカートの白いペチコートから出た足首の片方に、ガムテープが残っている。剝がされた痕がわかった。こちら側に見えている左手首にもテープがあった。

紫子は練無の顔が見たかった。

保呂草に止められた位置よりも、既に一歩近づいている。彼女はまた一歩前進した。

れんちゃん……。

声が出せない。

紅子の気を散らせてはいけない。

口に手を当てる。

しかし、
そのとき、
紫子は、やっと視線を上げて、それを見てしまった。

練無が倒れているところよりも、さらに奥だ。

その小さなスペースの奥行きは三メートルほどしかない。照明が灯っていないので薄暗かった。

壁際に車椅子があった。

こちらを向いていた。

そこに、男が乗っている。

パーティで見たときと同じ服装の……。

そう、仮面の……。

ただ、違っていたのは、
彼の膝に、仮面がのっていることだった。

白い仮面が、首の上には、なかったのだ。

首の辺りが血に染まっている。

そして、
そこから上には、何もない。

顔も、頭も、ない。

膝に落ちた仮面が、生首のように見えた。

首がない死体。

そう、死体だ。

明らかに死んでいる。

自分の口を押さえている手に、いつの間にか力が入っていた。

紫子は床に膝をつく。座り込んだ。

もう、それを見たくなかった。

どうにか躰の向きを変えて、後ろを振り返ると、七夏が立っている。

「大丈夫?」彼女が紫子を見下ろして、手を差し伸べた。

紫子は頷く。自分に、頷け、と命令して、そのとおりに動いた自分の首を、とても不思議な存在に感じる。

誰かが咳をした。

誰だろう？

「ああ……」紅子が溜息を洩らす。「良かった……」

「救急車が呼べたらいいのに」保呂草が言った。

「躰を横に向けた方が良い」

「そうね」紅子がまた溜息をつく。「お願い」

保呂草が機敏に近づき、練無の躰を横に向ける。やっと顔が見えた。練無は目を瞑り、苦しそうに、咳をしている。

「れんちゃん？」紫子は声を出した。

紅子が初めてこちらを振り返る。彼女は紫子を見据え、二秒後に微笑んだ。

「大丈夫なん？」紫子はきいた。

「ええ……」紅子が目を瞑ってゆっくりと頷いた。

紫子の目から急に涙が流れだす。

「大丈夫なん？　本当に、大丈夫なん？」

「そちらへ運ぼう」保呂草が言った。「しこちゃん、ちょっと手伝って」

「はい」

「奥を見ないように」

紅子と保呂草が上半身を、紫子は練無の脚を持つ。部屋の中央まで運び出され、練無は床に寝かせられる。もう咳も治まっていた。

祖父江七夏が、彼らと入れ替わりに問題の場所へ入っていく。車椅子に座っている首なし死体を見るつもりなのだ。紫子にはとても信じられない。首のところがどうなっているのか、それを想像するだけでぞっとする。どうして、自分の嫌なことを考えてしまうのだろう。

6

眩《まぶ》しい光が目の前にやってくる。

目を瞑っているはずなのに、眩しい。

手を翳《かざ》そうと思ったけれど、手が上がらなかった。

そうか、縛られているんだ。

躰が動かないのは、そのせい。

少し息苦しい。

宇宙に放り出されたようだ。けれど、今は多少治まった。

酸素が躰に入っている。

躰のどこかで、急に発熱しているような気がする。

「れんちゃん！」

頷く。

頷いたつもり。

聞こえているから大丈夫。

呼吸。

顎《あご》の辺りが痙攣《けいれん》した。

目を開けてみる。

何だろう？　白いリングが光っていた。

ぼんやりとしたシルエットが幾つか動く。

僕は今、生まれたのだろうか。

眠りたいな、と思う。

目を閉じる。

夢だ。これは、きっと夢だ。

「れんちゃん、しっかりして！」

もう一度、目を開ける。

「何？」彼は声を出した。

「あ！　ほら、大丈夫？　お水飲みたい？」

「ううん」彼は首をふる。

「良かったぁ」

逆光で顔が真っ黒だ。誰だろう？

「誰？」

「え、私やん。何言うてるの」

「ああ、なんだ」

「名前言うてみ」

「誰の？」

「私の名前」

考える。えっと……。

誰でもいいや、と思う。

「どうしたん？　考えてるの？」

「うん」

「気持ち悪くない？」違う人がきいた。

彼はそちらを向く。

「ううん」首をふる。少ししか動かなかった。「平気」

もう一人……、あと二人、見ている。

自分だけ寝ているんだ。

そうか、起きなくては……。

躰を起こそうとする。

腕が痺れていた。

誰かが助けてくれる。

自分の脚が見えた。スカートが赤い。

ようやく、周囲の様子がわかる。

一番近くにある顔は、髪の短い女の子だ。

「あれ、しこさん、起きた？」彼は言った。

「あぁ……」紫子が顔に片手を当てる。「アホ！　ずっと、ここにいててんよ。君、何言うてんの、もう……」彼女は泣きだした。

「どうしたの？」

「頭痛くない？」紅子がきいた。

「うーん」練無は首を捻る。「あれ、ここどこ？」

祖父江七夏の姿が見える。こちらを見ていた。練無が微笑むと、彼女も微笑み返す。

「何か憶《おぼ》えてる？」

「えっとえっと……、何を？」

「無響室のことは？」

「ムキョーシツって？」

脚を折り曲げる。腕の痺れもだんだん消えていった。

「あ、そうか……、閉じ込められたんだよね、僕たち。真っ暗になって」

「そうそう」

「あ……」練無は目を瞑った。

「大丈夫？」紫子がきいた。

「大丈夫、ちょっと待って……」

一瞬頭に浮かんだイメージを逃さないよう、まるで、重いものを細い糸で吊り上げるときのように、慎重に思い出す。気を抜くとたちまち拡散してしまいそうな危うい記憶だった。

「そう、一度……、気がついたんだ。目隠しをされていたみたいで……、えっと……」

「そう、目隠しをされていたわ」紅子が優しく言う。「布を被せられていたのよ」

「そうそう、手首を、背中で縛られて、うん、足もそうかな……」練無は思い出す。「床が冷たい感じだった」

「ここ?」紅子がきいた。

「違う」練無は首をふる。今座っている床は木製で感じが違っていた。

「じゃあ、あそこね?」紅子が振り返る。

そちらには、七夏が立っていた。エレベータだろうか、扉が開いたままだ。その中の床が、金属っぽく光を反射している。

「あんなに狭いところだったかなぁ……」練無は首を捻る。「そこでね、なんか、チッチッっていう音がするものを頭に、この辺に、押しつけられて」

彼は両手を上げて、頭の両横に指を当てる。そのとき、自分の腕の重さを初めて感じた。まだ躰を動かすのに抵抗があった。

「痛かった?」紅子がきいた。

「ううん。でも、恐かった」口にしてから、自分でも恥ずかしいと思って、彼は苦笑する。「何だったのかな、あれ……、夢じゃないと思うけど……」

紫子が目を大きくして頷いている。珍しく神妙な表情だ。

「その他には?」紅子がきく。彼女は目を細め、真っ直ぐに練無を見据えている。恐いくらい真剣な顔だった。

「足音がしてね、それから、たぶん車椅子の音、それも、すぐ近くで聞こえた」

「何人いた？」

「わからない」

「首を絞められたのね？」

「うん、そうかな……」練無は自分の首に手を当てる。「僕、もがいたから。きっと意識が戻ったことに気づいたからだよね」

「首を絞められたのが？」

「うん」

「男だった？」

「うーん、わからない」

練無は首をふる。

「何か臭わなかった？」

鼻から息を吸ってみる。無響室のガスの臭いが今も鼻に残っているような気がした。

「車椅子が近くを動く音……」練無は言う。

「モータの音とタイヤが回るときの音、自転車みたいな」

「ベアリングの音ね」

「たぶん、それは確かだと思う」

7

雷田貴に問題のドアを開けさせ、その奥にあったものを見たときは、さすがの七夏も呼吸を止めた。保呂草も紅子も一瞬動きが止まった。雷田は悲鳴に近い声を上げ、尻餅をつき、その後も喚《わめ》き続ける始末。

雷田の話によれば、そこはエレベータで、研究所の機密書類が保管された地下の倉庫へ下りることができる、土井博士の部屋の下に、もう一つ小部屋がある、ということだった。ここ以外に出入口はない。つまり、秘密の倉庫への唯一のアクセスだというのだ。

壁にボタンが幾つかあり、それぞれに数字が記されていた。雷田がそれを何度か押すと、扉がスライドして開いた。

エレベータの中にあったものは、床に広がった赤いドレスと、車椅子の首なし死体。その状況を理解するのに、時間がかかった。目が見た映像情報を頭脳に転送し、頭脳がそれを突き返す。何度かそのやり取りが繰り返されたからだ。

数秒後には、雷田の横をすり抜け、紅子と保呂草が、倒れていた小鳥遊練無の横に駆け寄った。顔に布が被せられ、腕を背中で縛られていた。保呂草が顔の覆いを取り去り、紅子が胸や口もとに耳を近づけて診断した。

「呼吸が止まっている」紅子は早口でそう言った。

「腕を両側に」

「まだ温かい」保呂草は練無の手首のテープを解きながら言う。「鼓動は?」

紅子はそれに答えず、すぐに作業に取りかかる。

七夏は二人の後ろに立っていた。自分も練無にしてやれることはないか、と考えた。彼の脚が手前にあったので、その足首を拘束しているテープを剝がしてやることくらいしかなかったが。

顔を上げて保呂草を見ると、彼は七夏を見て軽く頷いた。あまり見たことのない真剣な、精悍な表情だった。頷いたのは、どういう意味のサインだろうか。紅子に任せておけば良い、という意味だったかもしれない。

もちろん、紅子や保呂草ほどではないにしても、七夏も小鳥遊練無のことをよく知っている。だから、この事態に対して、少なからず動転しているのは確かだった。だが、こういったときにこそ冷静でいなくてはならない、慌《あわ》てても何の得もない、常にそう自分に言い聞かせて、これまでもやってきたのだ。自分の親や、自分の子供が死ぬ間際だって、冷静でいられる自信があった。たぶんその場で泣くことはない。否、できないだろう。そのときは、緊張して、きっとそうなる、と彼女は考えていた。

あとで正確に報告しなければならない、と七夏は、何故か急に林の顔を思い浮かべた。エレベータの中には、練無の他にもう一人いたのだ。そちらは明らかに、もう助けることのできない人間だった。

車椅子はおそらく土井博士のもの。そして、そこに座っている人物も当然、土井博士だろう、と考えるのが自然である。現に、服装が数時間まえ、パーティ会場に現れたときのものと同じだ、と保呂草が話した。膝にのっていた仮面もまた同じものらしい。ただし、同一人物かどうかは判断できない。そもそも、土井博士は仮面をしていたので、今夜の客たちには素顔を見せていない。

その場にいた雷田に尋ねようにも、それは無理だった。何故なら、その死体には、首から上の部分がなかったからである。

頸部で完全に切断されている。その肉片や付着して固化した血液が生々しかった。それでも、そこから目を逸らしさえすれば、特に異様なものはない。単なる物体として捉《とら》えれば良い。マネキン人形が服を着せられて座っている、そう見えないこともなかった。すなわち、それくらい、皮膚が露出している部分がないのだ。足は靴を履いている。それに、手は……。

そう、次に気づいたのは、手だった。

両手ともない。袖口から何も出ていなかった。引っ込めているふうにも見える。あとで確かめなくては……。

練無が息を吹き返し、エレベータの外へ運び出された。それは、七夏としても飛び跳ねたいほど嬉しいことだったが、香具山紫子と野々垣綾がやってきたこともあって、殺人現場の早期観察および保存の使命を七夏は再認識する。改めて、張り詰めた緊張の中へ、自分を追い込む必要があった。

土井博士のデスクの上にあった細いペンライトを七夏は見つけた。それが点灯することを確かめ、しばらく借用することに決めた。できれば、拡大鏡も欲しいところだったが、残念ながら、それは見当たらない。

「もうこれ以上、部屋に入れないで」七夏は戸口に向かって言った。そして、エレベータへ近づく。

土井博士の部屋の中にいるのは五人だった。床に横たわっている練無の周囲に、紅子、保呂草、紫子の三人が集まっていた。雷田と綾は控室から覗き込んでいる。

七夏はエレベータの手前で膝を折り、頭を低くして、エレベータ内の床を調べた。次に、中に入って、車椅子の前に屈み込み、死体の袖口を覗き見る。しかし、暗くてよくわからない。布の部分を軽く持ち上げようとしたが、簡単には持ち上がらなかった。死後硬直のせいだろうか、かなり重い。ペンライトで袖の中を照らし出して、もう一度覗いてみる。残念ながら、思ったとおりの光景がそこにあった。間違いなく、死体の腕は、手首の付近で切断されている。

「頭と手がない」後ろで保呂草の声。彼が近くにいることに七夏は気づかなかったので、少し驚いた。

「手も切断されていますか？」

「ええ……」七夏は振り向かずに頷いた。保呂草とはあまり話をしたくない、というのが本心だったけれど、いつもとは状況が違う。ここには警察官は自分一人しかいないのだ。少しでも頼りになる者は味方につけた方が得策だろう。保呂草は、別の意味で信頼のおけない人物だったが、今回の殺人に彼が関与しているとは考えにくい、と七夏は判断していた。

「出血が少ない」保呂草がまた呟くように言う。

「特に手はね」七夏が答える。

「つまり？」

七夏は立ち上がって振り返り、保呂草を見た。彼は七夏を見据えて、口もとを少しだけ持ち上げた。

「つまり、この衣裳を着るまえに、首と手は切断された」七夏は淡々とした口調で話した。自分がどれくらい冷静か彼に誇示したかった。「上着を脱がせてみないと、はっきりとしたことはいえないけれ

「それにしても、この部屋にだって……、どこにも血なんてない。綺麗なもんだ」

「そうね」

「切断したのは、死んだあと？」

「さあ……」

「切り口でわかりませんか？」

「残念ながら、専門家じゃないの」七夏は溜息をついた。「死体は沢山見てきたけれど、首がないのは初めて。もしかして、保呂草さん、ご存じなの？」

「何を？」

「切り口の見方」

「あ、いえ……」保呂草は首を軽くふり、僅かに微笑んだ。「僕たちは、パーティのあと、一度ここへ来た。ファラディ博士が死んでいるのを見つけたあと、すぐ。土井博士に知らせるために、えっと、紅子さんと僕と、それから雷田博士の三人で、そこの通路のところまで来ました。そのとき、インターフォンに土井博士が応対して……」

「どうやって？」七夏はきく。土井博士は話をすることができないと聞いていた。

「ランプが点灯して、それで、メッセージを送っていました」

「どんなふうに？」

「たとえば、モールス信号」

「ああ……、博士がそれを？」

「ベッドに操作をするものがあるんでしょう」

「そのときには、まだ土井博士が生きていた、と言いたいわけね？」

「そうでもない」保呂草は首をふった。「いえ、そうかもしれないけれど、保証はないという意味です。本人を見たわけじゃないから。確実なのは、部屋の中に誰かいた、ということだけ」

七夏は時計を見て考える。十二時十五分まえだった。

「首を切断したのも、ここではない。それも、死んだあと」

でから少し経った方がやりやすいはずです。今、そこに座っている人物は……」保呂草はエレベータの奥、車椅子の死体に視線を送った。「殺されて、首を切られてから、ここまで運ばれてきた。車椅子だから、運ぶのは比較的楽だったでしょうけどね」

紅子が近づいてきた。彼女は目を細め、死体をじっと見据えた。

「雷田さん、申し訳ありませんが……」七夏は戸口に向かって呼んだ。すぐに雷田が顔を出す。「広間にいる田賀さんを呼んできてもらえませんか。この部屋の鍵を持ってくるようにお願いして下さい」

雷田は頷いて、立ち去った。控室には、もう一人、野々垣綾の姿があったが、彼女は雷田についてはいかなかった。広間には仲間の朝永がいるはずだから少しは心強いのでは、と七夏は想像した。しかしおそらく、雷田と二人きりになるのを嫌ったのだろう。死体が近くにあっても、少なくとも警官を含む大勢がいる場所の方が安全だ、と判断したのである。

「どうしてだと思う?」紅子が突然きいた。彼女は七夏を見ていた。

「何がです?」七夏はきき返す。

紅子は自分の首の前で、手のひらを水平にした。首を切断したのは、いかなる理由からか、という意味のようだ。

七夏は無言で小さく首をふった。

8

練無は立ち上がれるようになった。彼の手を引き、紫子が通路まで連れ出した。田賀が部屋の鍵を持ってきたため、現場をこのままの状態で保存し、封印することになった。ところが、部屋を出たところで、練無が、どうしても首なし死体が見たいと言いだした。

「やめときぃ、れんちゃん、気分が悪くなるだけやん、そんなも……」

「うん、やめた方がいいな」七夏も言った。

「僕、殺されるとこだったんだよ」練無は紫子と七夏を睨み返す。「同じところにいた死体を見ておくくらいの権利は、あるんじゃない？」

「それよりも、私は地下が見たい」戸口に立っている紅子が言った。

「それはできません」雷田がすぐに答える。「もし、どうしても、というなら、正式な捜査令状を……」

「何を隠しているのですか？」七夏がきく。

「研究上の機密です」

「捜査上、重要なポイントだと思いますから、令状は簡単に取れますよ」

「そうなったら、次は、どうやって下りるかを、みんなで考えましょう」そう言うと雷田は不自然な笑顔をつくろうとして、結果的にひきつった表情になった。

「え、どういう意味です？」七夏は眉を顰める。


「つまり、その……」雷田はまだ微笑みを持続しようとしている。泣いているようにも見えた。「下り方がない、なくなってしまった、というか……」

「下り方が、ない？」七夏は言葉を繰り返す。「なくなってしまった？」

「ええ……」雷田はうんうんと頷く。「それは、土井先生の専用のエレベータだったのです。だから基本的に、僕らでは動かすことができません」

「禁止されていた、という意味ですね？」

「うーん、ええ、禁止もされていたし、物理的にもそれができない仕掛けになっています」

「どんな？」七夏はエレベータを振り返り、もう一度それを見た。確かに、普通のエレベータとはいえない。こんな場所にあること自体が普通ではないのだから、特別な仕掛けが施《ほどこ》されていても不思議ではなかった。

「土井先生が一人で乗ったときだけ、作動するようにできているんですよ」

「どうやって、機械がそれを判断するんですか？」

七夏は当然の質問をした。

「さあ……」雷田は小さく肩を竦める。「それは、その……、どういったらいいのか、つまり、僕一人の判断では、ちょっと申し上げるわけにはいかない事項だと、ええ、思います」

「ご協力いただけない、ということですね？」七夏はオーバに目を見開き、雷田を見据える。

「その……、うん、ちょっと、その、困ったな、考えさせてもらわないと……」

「いいでしょう」七夏は余裕を見せるためにわざと微笑んだ。「しかし、そんな仕掛けがあることに対して、皆さん、今まで問題にしなかったわけですか？　変じゃありませんか？　失礼ですけれど、土井博士はご高齢だったわけですし、万が一のときのことを想定されなかったのでしょうか？」

「いえいえ、もちろん考えてありましたよ」雷田は口を尖らせて、学校の先生に叱られた子供のように首を竦めた。「でも、つまり、土井先生が亡くなられたときのために、他の五人全員で作動するようにプログラムされているんです」

「なんだ……」七夏は小さな溜息をついた。「それなら問題ないじゃないですか。今がまさに、そのときなんです。簡単でしょう？　雷田さんなら、これが動かせるということですね？」

「いいえ、五人全員なんです」雷田は答える。「一人でも欠けていたら、動きません」

「全員？」七夏は一瞬考えた。五人とは、宮下、レンドル、園山、雷田、そして……、そうだ、ファラディである。「でも、ファラディ博士は……」

「そういうことです」雷田は頷く。

「え、つまり、どういうことですか？」

「もう誰にも動かせない、ということ」雷田はひきつった笑いをさらに強調した。「永久に、ここの財産を持ち出すことはできません」

「財産？」七夏はきいた。

雷田の後ろに、保呂草、紅子、練無、紫子の顔があった。四人とも七夏と雷田のやり取りに耳を傾けている。

「たとえエレベータが動かなくても、機械を壊してしまえば、入ることはできますよね」七夏は質問を続ける。「たとえば、床に穴を開けて入ることだって可能です」

「ま、詳しい話はあとで……」雷田は急に微笑んだ。立場が逆転した格好になり、七夏は少し焦った。

沈黙が数秒間続く。

「とにかく、もう一度見せてもらうわ」紅子がエレベータの方へ向かった。保呂草と練無がそれに続く。

練無が片手を広げて、紫子を止めたため、彼女だけは戸口に立ち止まり、部屋の中へは入らなかった。

「車椅子を動かしても良いかしら？」紅子がきいた。

「どうして？」エレベータに近づきながら、七夏はきき返す。

「さっき見たとき、壁に何か落書きがあったの」紅子が答えた。「ちょうど死体の後ろで、暗くてよく見えない位置だから」

「ドアの開け閉めはできるのに、動かせないんですか？」保呂草が雷田に向かって尋ねた。彼はエレベータの内側の操作パネルを見ている。彼の質問に雷田は答えなかった。

「うわぁ、凄いや」練無が高い声を上げる。「しこさん、見なくて良かったよう……。ひやぁ、こんなの見たことない」

「中継すんな！」紫子が戸口で叫ぶ。

「ほら」保呂草が天井を指さした。

「え、何？」七夏もエレベータに入って、天井を見上げた。

蛍光灯の丸いプラスティックが中央で光ってい

る。その両側に、小さな金属が二つぶら下がっていた。形は円筒形で、直径も高さも五センチ程度。それが、スパイラル状になった黄色いコードで天井から垂れ下がっている。保呂草はハンカチを取り出し、手を伸ばして、その金属を摑んだ。引っ張ると、スパイラルのコードが軽く伸びる。紅子の目の前まで引き伸ばすことも容易だった。

「何です？」保呂草は紅子にきいた。

「発振端子かな」紅子は首を傾げる。

「発振端子って？」練無がきく。

「あとで詳しく調べればわかる」紅子はもう上を向いていない。「保呂草さん、これをどけて下さらない」

「はいはい」保呂草が答え、車椅子を慎重に手前に移動させる。

七夏も死体の背後を覗き込んだ。特に異常なものはなさそうだったが、紅子はエレベータの壁に注目している。

床から一メートルほどまでは、アルミ色の金属が剝き出しになっている。ステンレスだろう。それよりも上は、細かく毛羽立った布でカバーされていた。よく見ると、幾つか傷跡がある。黒っぽい汚れも散見される。

「祖父江さん、ペンライトをお持ちだったでしょう？」紅子は壁を見たまま言った。

「ええ、土井博士のものですけど」七夏がポケットからそれを取り出す。

「ありがとう」紅子はそれを受け取った。「貴女のものでないことは知っています。あのとき暗闇で使われなかったもの。でも、これ、土井博士のものかしら？　博士のようなご病気の方が、こんな細かい持ちにくい道具を使われるなんて、少し変な気がしない？」

「誰かが持ち込んだものってこと？」七夏が尋ねる。

「だけど、もう、貴女も私も、しっかり触ってしまったわ」紅子は七夏を見上げて微笑んだ。「ご覧になって……、ここの小さな文字を」

紅子がライトで照らし出した壁に、七夏は顔を近づける。保呂草も、そして練無も、寄ってきた。車椅子の死体がまだ邪魔だったので、全員が充分に近づくには場所が狭い。

落書きというよりも、印字に近いほど鮮明である。一つの文字の大きさは約一センチ四方の升目《ますめ》に入る程度で、綺麗に整列した横書きの文章だった。

六人より三人を選んだときは、
すべて等しいか、
すべて等しくないか、
いずれかで分け与えよ。
そうすれば、長くも、短くも、
強い調和となる。
死は、我々とともにあり、
死は、我々とともにない。

「それって、何かで叩いて書いたもの？」練無が近づいてくる。「ねえ、触って良い？」

「駄目」七夏が言う。

「禅問答みたいだね」練無が上目遣いに七夏を見る。「祖父江さん、得意？」

「なわけないでしょ」七夏は溜息をついた。「なんか、まえにも似たようなことがあったような気がする」

「ね、紅子さん……、あれ、どこ行っちゃった？」練無が振り向いた。

紅子はエレベータの外に出て、部屋の奥へ歩いていき、カーテンの中を覗いた。

「何かわかりました？」保呂草もエレベータから出て、彼女に尋ねる。

「木琴のバチが三本」紅子は答えた。

「それが、どうかしました？」

「そうね……」紅子は保呂草を一瞥したあと、目を細めて、囁くように言った。「少なくとも、何もわからない、という最悪の状態ではないわ」

七夏は手帳を取り出し、その暗号としか思えない不可解な文章を書き写した。林に報告することを想像しただけで憂鬱になった。

「とにかく、一旦、ここを引き上げましょう」七夏は三人に言う。保呂草、紅子、練無は、七夏に追われるようにして、部屋から出た。

隣の控室で待っていた紫子、雷田、田賀、綾も一緒に通路に出ることになった。七夏は、無響室の中をもう一度確認したあと、控室を出る。ドアの鍵を田賀から借りて、彼女が自分で施錠した。

「この鍵も私が預かります」七夏は、通路に立っている全員の顔を見て言った。

「ねえ、喉が渇かない？」練無が言う。「僕、一度死んだからかな？」

「なんか、この子見てると、心配しててん、アホらしなってきたわ」紫子が呟いた。

ぞろぞろと全員が広間の方角へ戻る。

T字路をどちらへ曲がるかで、一瞬顔を見合ったものの、紅子がさっさと左折して歩いていくので、皆が従った。

しばらく黙って歩く。

「ファラディ博士の部屋の鍵を確かめないとね」紅子が言った。

「あ、そうそう」保呂草が頷いて七夏を見る。

ファラディ博士の部屋まで来て、それを確かめた。ドアはやはりロックされていなかった。

「鍵をかけたのは確かだけど」七夏が部屋の中を覗き込んだ。「どういうこと？」彼女は振り返って雷田と田賀の顔を見る。

雷田も田賀も黙っていた。二人はお互いに顔を見合わせる。

「他に鍵は？」紅子がきいた。

「鍵は、祖父江様にお渡ししたもの以外にも、ファラディ博士ご本人がお持ちだったはずです」田賀が答える。

しかし、死体のポケットに鍵はなかった。それは既に調べてあったので、今さら確かめるまでもない。七夏はデスクの奥へ回り、辺りを観察した。さきほどと変わった様子は何もない。

頭痛がする。

とにかく、少し休みたかった。

何か冷たいものを喉に通して、煙草を吸いたい、と彼女は思った。

「僕たちが倒れているうちに、祖父江さんが持っていた鍵を使ったってこと？」戸口から室内を覗いていた練無がきいた。

「いえ、たぶんそれはない」七夏はドアまで戻りながら答えた。「鍵がもう一つあって、犯人はそれを持っている。たぶん、そう。それにしても、いったい何のためにここへ戻ってきたのかしら。どうして、この部屋に？」

「とても、大事なことだったのね」紅子が言った。

「だって、そのために、わざわざ私たちを閉じ込めたのだから」

そうかもしれない。

七夏は紅子を見て、無言で頷いた。

ファラディの部屋をもう一度施錠してから、全員で広間へ向かった。

七夏は腕時計を見る。既に十二時を回っていた。

第6章　話し合わずにいられない

いつでも実際にはかった価は、理論的に計算した価とはちがってくる。同じ人が、同じ装置を使って、同じことを二度実験してみても、必ずちがった価が出てくるはずである。もし出てこなかったら、実験の精度が低いのである。厳密な意味では、同じ条件を二度くり返すことはできないからである。もちろんその差は非常に小さいのであるが、ちがった価が出てくるという方がほんとうなのである。実際に自然界で起っている現象は、そういうものなのである。

1

広間に再び人々が集合した。

祖父江七夏が、全員に対して招集をかけるようにと田賀に指示をし、内線電話を使って田賀が連絡した。その以前から、保呂草、紅子、練無、紫子の四人組、テレビ局の朝永と綾の二人、それに雷田と田賀、そして家政婦たち二人が広間にいた。

家政婦の名は岩谷《いわたに》と今枝《いまえだ》という。岩谷の方が歳上のようだ。どちらも小柄であるが、今枝の方が顔も躰も丸くふっくらとしている。七夏が幾つか質問をしていたが、彼女たちはただ首を横にふるばかりで、何も知らない、の一点張りに近い状態だった。この研究所には、パートタイムで通っているという。車の運転は歳下の今枝がするらしい。パーティの後片づけをして、十時頃には岩谷を乗せて街へ帰る予定だった、と話した。

電話の呼び出しに応じて広間に最初に現れたのは、園山由香博士だった。カーディガンの上に白衣を着ている。パーティのときとは服装が変わっていた。雷田が近づいていき、彼女に何かを告げる。園山は立ち止まり、片手を口に当てて目を見開いた。おそらく、土井博士の部屋で発見された惨状についてだろう。電話ではまだ何も知らせていなかった。緊急事態なので至急集合するように、と伝えただけである。

七夏は、部屋の中央で腕組みをして立っていた。彼女は、入ってくる人々の様子、そして、それを迎え入れる人々の対応、話を聞いたときの表情の変化、反応、それらを注意深く観察した。たまに気がついたことを手帳に書き記す。研究所にいるメンバの名前が書かれ、主観も含めて、気づいたこと、きき出したことを書き留めてあった。とにかく、容疑者の数は圧倒的に少ないのだ。はたして、ここにいる人間だけを疑っていて良いものか。それとも、殺人者は、まったくの部外者で、どこかに潜んでいるのか、あるいは、既に遠くへ逃亡しているのだろうか。

奥村と竹下が二人一緒に部屋へ入ってきた。二人とも、パーティのときと同じ服装だったが、ネクタイはしていなかった。着替えの用意がないのかもしれない。

「どうしました?」奥村が七夏を見て尋ねた。

「どうぞ、あちらへ」彼女は、全員が集まっている一角を片手で示す。

「何か重要なことがわかったのかな?」奥村は呟くように口にした。

二人は空いているソファに腰掛ける。やはり近くにいた雷田が、奥村に耳打ちする。奥村は跳び上がるように姿勢を変えた。竹本は固まったように動かなかった。二人とも、ゆっくりと辺りを見回し、最後には黙って七夏を見据えた。

保呂草は一人、少し離れたところ、観葉植物が置かれた壁際に立っていた。彼はそこで煙草を吸っている。肩を壁につけて斜めにもたれかかっていた。視線は下に向いている。床をじっと眺めているようにしか見えない。本当に何を考えているのかわからない不思議な男だ、と七夏は思う。

瀬在丸紅子はソファに腰掛け、脚を組んでいた。左手を頬に当て、右手は左肘を抱えている。眠っているように動かなかったが、目は開けていた。どこを見ているのかまでは、七夏の位置からはわからない。

紅子と向き合った対面のソファに、練無と紫子の二人が並んで座っていたが、話をしているようなふうでもなかった。練無はソファにもたれ、躰を斜めにして今は居眠りをしている。紫子が、ときどき心配そうに彼の顔を覗き込んでいた。

その隣のソファには、野々垣綾がいる。ピンクのブーツを脱いで、ソファの上に両足を上げていた。彼女は隣の朝永にもたれかかっていたが、寝ているわけでもない。朝永は、どこから持ってきたのか、雑誌を捲《めく》って読んでいる。彼は帽子をまだ被っていた。

部屋のコーナにあったソファと肘掛け椅子に、雷田と園山が腰掛け、そこへ奥村と竹本が加わった。彼らは小声で何かを話している。七夏のところまでは聞こえてこない。

ここにいないのは、ジョージ・レンドル博士と宮下宏昌博士の二人である。七夏は時計を見て、彼らを待たずに話を始めるべきかどうか迷っていた。

通路側の入口から、宮下が現れた。白衣姿である。彼もパーティのときの服装ではなかった。

「さあ、今度は何かな? 橋が復旧して、警察が押し寄せてきたのかと思ったけれど、どうやら違うみたいだね」部屋のメンバを見回してから、宮下は七夏に言った。「何か進展でも?」

「進展と言ってしまうには、あまりにも不幸なことです」七夏は答えた。自分にしては珍しい表現だ、と遅れて自己分析する。

　宮下はそのまま、雷田たちの方へ歩いていく。そして、彼はそこで新しい情報を聞いた。

「何だって？」宮下はそう言った。「本当か？」

　あいにく、七夏には彼の表情が見えなかった。しかし、相当に驚いた様子である。彼は、力が抜けたように、手近にあった椅子に腰掛け、額《ひたい》に片手を当てた。

「レンドル博士にも、連絡はついたのですね？」七夏は田賀の近くまで歩いていき、確かめた。

「はい」田賀は立ち上がって答える。「しかし、仕事が一段落したら、とおっしゃっていましたので、すぐにはおみえにならないかもしれません」

「わかりました」七夏は頷く。「では、皆さん、ごく手短に、ご説明したいと思います」七夏は数歩だけ移動し、全員の顔を確認しながら、なるべく聞き手が座っている場所の中心位置に立とうとした。

「既に見た人もいますし、それに、もうお聞き及びのこととは思いますけれど、土井博士と思われる方の死体が、さきほど発見されました。死因は不明ですが、躰の一部を切断した形跡がありますので、他者が関与していることは明らかです。お心当たりの方はいらっしゃいますか？」

　沈黙。

　そういえば、ガラスに当たる雨の音も、今はすっかり止んでいた。静かな深夜である。

「いらっしゃらない、ということは、つまり……」七夏は語尾を少し上げて発声する。「切断した人間が、土井博士を殺した可能性が極めて高い、と判断しても良いでしょう。異議のある方はいつでもけっこうです、ご発言下さい」

　また、沈黙が数秒間。

　保呂草は新しい煙草を取り出して火をつけた。紅子はずっと同じ姿勢だった。練無は今は起き上がって、紫子と並んで姿勢良く座っている。

「暗い話題と、明るい話題があります。まず、暗い方から……」七夏は話を始める。「この研究所の中には、悪意を持って行動している人間が少なくとも一人います。二人の人間を殺害した。それだけではありません。その人物の行動については、証拠としての価値がありますので、あまり詳しくはご説明できませんけれど、この広間にいた人を眠らせようとしたり、あるいは、私や瀬在丸さん、小鳥遊君をある部屋に閉じ込めたり、おそらくは、殺害を行なうために必要な行動であったと思われますが、数々の違法行為に及んでいます。小鳥遊君は、すんでのところで救出されて助かりました。もう少し遅かったら、三人目の犠牲者になっていたかもしれない。ここにいる皆さんにだって、いつ危険が降りかかるかもしれません。相手はとても冷酷な人間だと思って間違いないと思います」

全員が七夏を見ている。宮下も今は大人しい。

「以上が、暗い話題です。さて、私たちには、明るい見通しが二つあります」七夏は指を二本立てて、少し微笑んだ。「一つは、もうすぐ警察がここへ駆けつけてくることです。保呂草さんたちが、車で下の橋のところまで行ってくれました。そこで、この研究所が今どんな状態になっているのかを警察に知らせることができました。犯人は、電話が通じない、警察は来ない、と予測しているかもしれませんが、既に近くまで上ってきているはずです。まもなく第一陣が到着することでしょう。これは、私たちには大きなアドバンテージだといえます」

実はついさきほど、保呂草から聞いたばかりの情報だった。本当のところ、いつ頃、何人やってくるのか、確かなことはまったく不明である。もしかしたら、来られない可能性だってある。しかし、希望を持たせた方が賢明であるし、万が一、この中に殺人犯がいるのなら、警察がすぐに到着すると思わせた方が良いだろう、と七夏は判断したのだった。

「もう一つは……」七夏は、また全員の顔をスキャニングしてから続ける。「犯人が、少なくとも、この犯行を密《ひそ》かに、隠れて実行しようとしている点です」

「え、どういうこと？　それって普通じゃない？」

練無が手を挙げながら言った。

「希望的な観測だけれど、彼女にしたら卓見《たつけん》だわ」紅子が小声で呟いた。彼女は七夏を見ていない。ずっと頬杖をしたまま伏し目がちに前方の床へ視線を向けていた。

「つまり、捨て身になって、無分別に大量殺人を行なおうとしているのではない、という意味」七夏は練無に向かって説明した。「自分が殺人者であることを隠そうとしている。法の裁きから逃れようとしている。これは、ある意味で非常に分別のある行動だと評価できます」

「でも、そのために、しこさんは眠らされたし、僕たちも閉じ込められて、あんな目に……」練無が高い声で言った。

「そう」七夏は頷く。「隠れていたい、隠したい、だからこそ、不自然で不必要な努力をしているわけ。でもそれは、防御する側からすれば、とても助かる。たとえば、こうして全員が一箇所に集まって監視し合っていれば、次の行動は起こせないはず」

「一人いないよ」練無がまた言った。レンドル博士のことである。

「一人いなくても、特定ができる」七夏は余裕の返答をした。「殺人の成立には、少なくとも二人の人間が必要でしょう？　殺す人間と、殺される人間のね」

「貴女が把握している人間以外には、誰もここには存在しない、という仮定に基づいた推論だということをお忘れなく」紅子が早口で言う。彼女はやはり視線を動かさない。何かを必死に考えている一方で、その片手間に議論に参加している様子だった。

「ちょっと待って下さい」朝永がかぶっている帽子を触りながら言った。「ここにいる全員、いや、えっと、あの外国人の博士を加えた全員ですけど、それ以外に、研究所には誰もいない、ということなんですか？　だって、もしそうなら……」

「ええ、この中の誰かが殺人者ということになりますね」七夏が答える。「その可能性が高い、と私は思っています」

「どうしてです？」雷田が突然声を上げた。「その根拠は？」

「少なくとも所内の部屋の配置や設備に詳しいこと。死体を切断してから移動させているのに、屋外に隠そうとしなかったこと」

「犯行の目的は何ですかね？」奥村がきいた。おそらく入浴したためだろう、髪が濡れているようだった。ネクタイをせず、シャツの襟のボタンも外れている。酔っているようにも見えたが、大して飲んでいるとは思えない。

「それはわかりません。この研究所にどんな価値を持ったものが存在するのか、私には情報不足ですので」七夏は雷田と園山の方を見据えて話した。「土井博士の部屋の地下に、何かが隠されている、そこへ下りるためのエレベータの中で、土井博士の死体は発見されました」

「いや、特に隠すつもりなどない」今までこちらに顔を向けていなかった宮下が振り返って言う。「単なるデータです。研究上の価値は極めて高い。しかし、それが直《ただ》ちに金になるといった代物《しろもの》ではない。一般的な価値はないはずだ」

「それが狙われた、としたら、それはつまり、その価値が見出せる、それを有効に利用できる人間だ、と考えてよろしいですか？」七夏は尋ねた。

宮下は雷田と園山を見る。三人とも答えなかった。

2

二人の家政婦がコーヒーを用意してくれた。田賀がそれを皆に配った。時刻は深夜の十二時四十分。

誰も広間から出ていない。レンドル博士だけが、まだやってこなかった。

　コーヒーカップとスプーンが当たる小さな音が鳴る。田賀も家政婦たちも元いた椅子に戻って腰を下ろした。保呂草は、紅子が座っているソファの反対側の肘掛けに軽く腰をのせた。紅子の隣に座ることもスペース的には充分可能だったが、わざと距離を置いているようでもある。紫子と練無は、対面のソファだった。

「ねえ、眠くない？」練無がコーヒーカップを持ち上げながら言う。

「貴方、疲れていると思うわ」紅子が優しく言った。「あんなことがあったんですから、躰にとっては、とてもストレスだったはず。休んだ方が良くてよ」

「私の膝枕で寝る？」紫子が横を見て言った。

「目が醒めた」練無がすぐに言い返す。「大丈夫、もう頭もすっきりしてきたし」彼はカップに一度口をつけてから、もう片方の手を喉に当て、首を左右に傾けた。「うんうん、ちゃんとものが飲めるしね、快調快調」

「そやけど、なんで死んだ人の首を切ったりしたん？」紫子が小声で話してから、すぐに姿勢を正す。「あ！　しもた。これ、言うたらあかんねんな。あ、皆さん……」彼女は首を回して、周囲を見回した。「聞かはりました？　あ、聞こえてませんよね？　セーフ？」

「聞こえましたよ」雷田が言う。「僕は知っていますけど」

「首を？」園山がカップをテーブルに戻しながら囁いた。「え？　どういうこと……」

　奥村と竹本も身を乗り出した。

「しかたがないなあ、もう……」七夏が紫子を睨みつける。「ええ、躰の一部というのは、首から上、つまり頭部のことです。首が切断されていたんです」

「首は、そばにあったのですか？」宮下が尋ねた。

「どうしてまた、そんなことに……」

「お答えできません」七夏は首をふる。

「ねえねえ、どうして首を切ったのか、話し合っても良い？」練無が片手を挙げて質問した。

「それよりも、どうやって切ったのか、の方に私は興味があるわ」紅子が言う。「だけど、これは、ちょっと、今ここでは話しにくい話題かもしれないから……、いいよ、では、小鳥遊君のテーマでディスカッションしましょう」

「ちょっと、勝手に……」七夏は言いかけたが、しかし、そこで黙った。確かにその議論は聞いてみたい、と彼女も思ったのだろう。

「普通はね、首なし死体いうたら、それは、本人でないっちゅうのが常套《じょうとう》で……。そやけど、もうちょっと使い古されてんねんよ、そのトリックは」紫子はそこまで言うと、ソファの背に片腕を掛け、片脚をオーバに上げて脚を組んだ。「ま、現代では、たとえ首の一つや二つなくてもやね、あちこち精密に調べたら、本人かどうかなんて、すぐにわかってしまうわけで、即決着やも。だいたい、そんな小賢《こざか》しい真似せんかて、死体ごと全部隠してしもたらええわけで、な、そやろ？　首切って、あそこまで運んできたんよ。ほなら、運び入れんかったらええやん。ま、ここがポイントやろな。ところがどっこい、指紋調べられるのが嫌で、手首まで切ってきよってからに、ここらはもう、なんか特別な怨念ていうか、鬼のように複雑な事情があると見た、私は」

「見たの？」練無が片目を瞑った。

「見た」紫子は真面目な顔で頷く。

「あの、手首も切断されていたのですか？」園山が小さな声できいた。

「あ、しもた！」紫子が立ち上がる。「ごめんなさい！　もう、しゃべりません」彼女は七夏に向かって頭を下げる。「またもや、ごっついドジ踏んでんの、紫子さんピンチ」

「その……」七夏は表情を変えずに、宮下たちの席を見て話した。「今、香具山さんが言ったような、何か特別な怨念、というようなものに、お心当たりがありませんか？」

「よく意味がわかりませんでしたね」宮下が軽く言った。「何が言いたかったのかな、彼女は」

「すみません、重ね重ね」紫子がまた立ち上がって、宮下に頭を下げる。「ごめんなさい。ご勘弁です」

「しこさん、もういいってば」練無が彼女の手を引っ張って座らせる。「まだアルコール残ってない？」

「どうせ、軽はずみな女です。口が軽くて困ってます。もう、口にチャック。はい、もうこれで安心、しゃべりませんよう」

「そうやって、しゃべり続けてるじゃん」

「ん？　もぐもぐ」

「あの……、首を捜索する必要があるんじゃないかしら」紅子が突然顔を上げて言った。あまりに晴れやかな声だったので、ぼそぼそと話をしていた者たちが黙った。

「あ、それも言っちゃあ駄目なんじゃない？」練無が囁く。

「急いだ方が良いから、言ったの」紅子は澄ました表情だ。

「うん、そう……」七夏は頷く。今、立っているのは彼女一人だった。「それは確かに、本当に、そうなんだ。わかっているんだけど、でも、みんなで、ここにいなくちゃ。誰かが出ていくのは危険だと思う、私は」

「それじゃあ、私と保呂草さんで探してきましょうか？」紅子が言った。

「あ、私も」紫子が手を挙げる。

「しこさん、チャックは？」

「ちょっと、待って」七夏は片手を立てる。「首が見つかっても、それで犯人が特定できるわけでもないし、誰かが安全になるわけでもない。もうすぐ警察の人間が到着するはずだから、それからでも遅くはないでしょう？　ここに全員がいれば、首だけがどこかへ移動する心配もないわけだし」

「だからそれも、他に誰もいない、という仮定に基づいているんじゃゃ……」保呂草が言いかける。

「まあ、そうね」紅子が頷いた。「祖父江さんの言うとおりにしましょう」

「どうもありがとう」七夏は横目で紅子を一瞥し、事務的に言った。

「さっきの続きだけどさ……」練無が発言する。「土井博士の頭に、何か重要なものが入っていた、という可能性はない？　つまり、犯人が頭部を持ち出す理由があった、殺す理由もそこにあった、ということなんだけど」

「いくら優れた頭脳でも、死んでしもたら使われへんやん。価値もなんもなくなるんと違う？」紫子が、チャックを外すジェスチャをして早口で言い、またチャックを閉めた。

「そうじゃなくて、たとえばねぇ……」練無は首を四十五度くらい大袈裟に傾けた。「純金の歯を入れていたとか」

「金歯？」紫子が声を上げる。

「ほら、手を切ったのは、もしかして指輪のせいだったかも」練無が言う。

「よくある話だね」紅子が微笑んだ。

「よくある？」紫子が驚いた顔で紅子を見る。

「そう、お話としてはね……、いえ、でも、もし歯だとしたら、抜いてしまえば済みますよ」紅子がにっこり微笑んだ。「わざわざ首を切るよりは簡単だわ。ダイアモンドのピアスをしていても、耳をちょんと切り取って持っていけば良いし。指輪の場合も、指を切断した方がずっと楽」

「うわぁ、なんか、紅子さんが言わはると、むっちゃ寒なるぅ」紫子が両肩を抱いて苦笑いする。

「今の多少突飛な説に関して、何か、ご意見は？」七夏が博士たちの席に向かって尋ねた。

「馬鹿馬鹿しい」宮下が鼻息をもらす。

「土井博士は入れ歯ではありませんでしたし、金歯もなかったと思います」園山が淡々と答えた。「私が知るかぎりでは、指輪もなさっていませんでしたし」

「そんな、まっとうな理由があるとは思えん」奥村が唸るような声で話す。「頭がおかしいんだ。これは、もっと猟奇的な、なんていうのか……」

「それは違います」紅子が微笑んだまま首をふった。「観察されるものは、どれも、とても整然としています。やっつけ仕事でもありません。これは正常な精神による、極めて正確な仕事の結果なのです」

「私もそう思います」七夏は頷いた。

「もう一つ、提案させていただきたいの」紅子が七夏を見る。「この研究所のどこかの部屋で、死体の切断作業が行なわれたはずです。そこが、今でも血《ち》塗《まみ》れになっている可能性は低いと思いますけれど、それでも、洗い流すような設備があるはずで、そこはまだ、濡れているかもしれない。私は早くそこを特定すべきだと思います。全体を隈《くま》なく調べるには手間がかかるし、人員不足でしょう。そう、とりあえずは、水道かシャワーの設備がある場所だけでも、どうかしら。そこだけでも、今すぐに調べにいく。いかが？」

「それは……」七夏は顎に片手を触れる。「ええ、確かに、有効な手かもしれない」

「私と田賀さんで回ってきます」紅子は立ち上がり、周囲を見回した。「皆さんのプライベートな場所に入っても良い、という許可が、この場でいただけますか？」

「僕も行きます」保呂草も立ち上がった。

3

十五分で戻ってくる、という約束で、紅子、保呂草、そして執事の田賀の三人が通路に出た。

　実験室の円周の巡《めぐ》る通路を、右から回ることにした。最初にファラディ博士の部屋の前まで来て、ドアの鍵を確かめた。今度はちゃんと施錠されている。さきほど、七夏が鍵をかけたのを皆で確認したところだ。

「バスルームはプライベート・ルームにはすべて付属していますが、それほど大きなスペースではありません」歩きながら田賀が説明した。「はたして、その、死体を切断するなどといったことが可能なものかどうか……」

　どの居室にも立ち入ることが既に承諾済みだ。紅子の提案に対して誰からも異議は出なかった。

　最初に、ファラディ博士の居室が右手にある。つまり、死体が発見された研究室の真向かいに当たる。田賀が持っていたキーを使ってドアを開けた。円周の外側になるので窓があったが、屋外は真っ暗で何も見えない。簡単なキッチン、ベッド、そして、右手の奥にバスルームがあった。どこも片づいている。綺麗な居室といって良いだろう。

「研究室へ行くためには、通路を横断するわけですね？」保呂草は尋ねる。「つまり、居室は全部、通路の外側なのですか？」

「そうです」田賀が頷いた。

　窓を取るために、外周部に居室がある。したがって、ファラディの研究室のように、円周の通路の内側に位置する場合には、居室は通路を挟んで向かい側となる。

　バスルームも覗いたが、特に異状がなかったので、部屋を出て鍵をかけ直した。

　次に田賀が案内したのは、その左隣だった。

「ここは？」保呂草はきいた。

「雷田博士の部屋です」田賀が鍵を開けながら答える。

　通路のドアの横にプレートがなかった。居室には表札を掛けない方針のようだ。

ファラディの居室を左右に反転させた同じ作りの部屋である。対照的に散らかっていた。キッチンには、インスタント食品の食べ残しや、使われたままの食器が並んでいたし、ベッドの周りにも雑誌などが散乱している。バスルームを覗いてみたが、異状はなかった。

三人は再び通路に出る。さらにもう一つ左が雷田博士の研究室だった。しかし、この場合も、内部では繋がっていないので、居室から研究室へ移動する場合には、一旦通路に出なければならない。鍵が二つ必要になる。

通路の左側にもドアが並んでいた。

「あちらは?」紅子がそれらを指さして尋ねた。

「いえ、そちらには、バスルームがございません」田賀が答える。紅子は何か言いたそうだったが、小さく頷いた。

通路を進んで、やはり右側のドアの前まで来る。雷田博士の研究室の左隣、また、ちょうど向かい側が、レンドル博士の研究室になる位置だ。

「レンドル博士の部屋ですが、いかがいたしましょう?」田賀がきいた。レンドルは広間にはいなかったため、居室を調べることの承諾が得られていないからである。

「ご本人から承諾を」紅子が答えた。

田賀は黙って頷き、通路を横断して、向かい側のドアをノックした。

「なんか、嫌な予感がしませんか?」保呂草が紅子の耳もとで囁く。

「いいえ」紅子は首を簡単にふった。「それはない」

「え? どうして?」

保呂草の問いかけに、紅子は横目で彼を一瞬捉え、僅かに微笑んだように見えた。紅子の言ったとおり、室内から鍵を開ける音が聞こえ、やがてドアが僅かに開いた。チェーンが掛かったままである。

「何です?」レンドル博士の顔がドアの隙間から覗く。彼は、顔を左右に動かして通路にいる人間を確かめた。「皆さんでパトロールですか？」

「はい」紅子が答える。「そのとおりです」

「それはまた、勇ましいことで」

「実は、お向かいの、博士のお部屋を拝見したいのです。特に、バスルームを」

「どうして？」

「土井博士が殺害され、首を切断されていたからです」紅子が簡単に答えた。

彼女があまりに普通の口調だったので、レンドルはしばらく黙って紅子を見つめ、数秒後に、二度瞬きをした。

「え？」彼は尋ねる。

「私たちは、死体を切断した可能性がある場所を探しています。ご協力願えませんか」

レンドルは急いでチェーンを外し、通路に出てきた。白衣を着ている。彼も、パーティのときと同じ服装ではなかった。

「あの、もう少し……、状況をわかりやすく説明してもらえませんか？　いったい、何が……」紅子の前に立って、レンドルが言った。厳しい表情だ。

紅子が一分ほどで要領の良い説明をした。土井博士の部屋で見つかった死体、その状況、そしてシャワーのある場所を捜索している理由、などについてである。紅子自身が閉じ込められたこと、また、練無が救出されたことなどは省《はぶ》かれていた。

「わかりました」レンドルは眉を寄せた表情で頷く。「ええ、どうぞ……、あ、鍵は開いています。風呂なら、ついさっき入ったばかりですけれど」

レンドルは三人の間をすり抜け、通路の対面のドアを開けた。

ほぼ雷田の居室と同じ配置だった。壁に掛け軸が幾つか掛かっていて、どれも日本の漢字が書かれている。ベッドのカバーの上に、脱いだままの洋服。パーティのときにレンドルが着ていたもののようだ。雷田の部屋ほどは散らかっていないものの、生活感のある平均的な居室といって良い。バスルームにも特に異状はなかった。ただ、レンドルが話したとおり、まだ床も壁も濡れていて、使われたばかりだとわかる。

「どこか他の場所で切断された、とお考えなのですね？」レンドルが後ろからきいた。「それは確かですか？」

「ええ……」紅子は振り返って頷く。「土井博士のエレベータには、出血の痕跡がありませんでしたから」

「ああ、あのエレベータの中で見つかったんですか」レンドルは軽く頷きながら天井へ視線を向ける。何か思い浮かんだ様子だった。

「何か？」紅子はきく。

「いえ、別に……」レンドルは慌てて視線と焦点を戻した。

「どこで切断されたと思います？」紅子は尋ねた。

「研究所内に、そういった作業に適した場所がありますか？」

「そうですね……」レンドルは考える表情。「まあ、ないこともないですけれど……」

4

紅子たちが出ていった広間では、議論は小休止となり、各グループ別々のテーマで静かな談話会が続いていた。コーナに陣取っているのは、奥村、竹本、宮下、雷田、園山のアカデミック・グループ。少し離れた壁際には、岩谷と今枝の二人の家政婦が大人しく座っている。また、練無と紫子は、隣のソファの朝永、綾の二人と話をしていたが、途中から七夏がそれに加わった。彼女は紅子が座っていた位置に腰掛け、バッグから煙草を出して、火をつける。

「ああ……」煙と同時に溜息をもらし、七夏は練無を見た。「ホント、自分の運命には呆《あき》れる」

「数奇な運命？」練無が言った。

「だけど、貴方に比べれば、少しはましかもね」

「どういうこと?」

「警官なんか辞めたい思うことって、あります?」

紫子がきいた。

「今がそうかな」七夏が短く答えて、また煙を吐き出す。「うーん、いや……」彼女は舌打ちする。「そんなことないか。今は辞められないわ。このままじゃあ引き下がれない」

「僕もだよ」練無がソファの上で肩を竦める。彼は膝を伸ばして、脚を前方へ突き出した。

「なな、なんで君だけ、あんな目に遭《お》うたん?」紫子がきいた。「そこんとこ、どう思うてる? 何か理由があったんよね。もしかしてもしかして、やらしいことされてへん?」

「何、それ」練無が横目で睨む。

「あ、ごめんな、ごめんごめん」紫子が笑った。

「引出の中にも礼儀ありって言うもんな」

「言わない」練無が首をふる。

「祖父江さんとぅ、紅子さんとぅ、れんちゃん。この三人の中でぇ、君だけにある特徴って何やと思う?」紫子はそう言ってから、三秒くらいして、ぷっと吹き出し、自分の膝を叩いた。「あかんあかん、何考えてんの、私ってば」

「私は銃を持っていたの」七夏が小声で話した。真剣な表情だった。「最初に意識が戻ったとき、もうそれが心配で心配で……。保呂草さんに助けてもらったあと、真っさきに銃と弾を確かめた」

「そうだよね。犯人は、銃を取らなかった」練無が頷く。「僕をあそこへ連れていった目的って、いったい何だったんだろう?」

「身に覚えはない?」紫子が練無を見てきく。彼女ももう笑っていない。

「ない」練無は首をふった。

「どうして首を絞められたのか……」七夏が呟く。

「僕が気づいたからだと思う。ずっと気を失っていたら、そのままだったんじゃないかな」

「そう」七夏は頷く。「殺すんだったら、最初から殺していたでしょうし、そのときだって、もっと確実にできたはず。鼓動くらい確認するでしょうね。単に、気絶させるだけのつもりだったんだ」

「あ、じゃあさ」練無は思いついた。「もしかして、わざと僕に何かを聞かせたのかな」

「なんで?」紫子がきく。

「うん、そうやって、間違った情報を与えようっていう……」練無は首を傾ける。

「それだったら、逆に、首なんて絞めないでしょうね。死んだら元も子もない。それより、たとえば、クロロフォルムか何かで……」七夏は考えながら言った。「うーん、それにさ、もっとわかりやすい情報を与えないと意味がないでしょう? 何か確かなものを聞いた?」

「車椅子の音かな……」練無はさらに首を捻る。

「でもでも、それだって、そうかなって思うくらいで、自信ないし、うーん、全然確かじゃないもんね。話し声だって聞いてないしなあ」

「不思議だな」七夏は眉を寄せる。「あ、そうそう、これ、見せたっけ?」

彼女は上着のポケットから折り畳まれた紙を取り出した。広げるとタイプで打たれた英文である。

「なになに……、えっと、あ、ローマ字やない、英語や、これ」紫子が舌打ちする。「パス!」

練無はそれを読んで頭の中で翻訳した。

私は、約二十年まえ、その人の娘を過って殺してしまった。彼女は自殺したと報道されているが、責任は私にある。したがって、私は殺されるだろう。しかし、私はそれを許容するつもりだ。もう生きていくことに疲れた。

そんな内容だった。一人称は当然ながら「I」であるので、男女の区別はつかない。

「土井博士の部屋で見つかったの」七夏が説明する。「保呂草さんが鍵を開けて、私たちが部屋に入ったとき、ちょうどこれがタイプから打ち出されてきたわけ」

「保呂草さん、鍵を持っていたの？」練無がきいた。

「ううん、彼がちょこちょこっとやったら、鍵が開いた」

「うわぁ、泥棒みたいじゃん」練無は言った。

「保呂草さん、そういうの得意なんよ」紫子がうんうんと頷く。「探偵としての身嗜《みだしな》みなんよね。君、知らんかった？」

「嗜みじゃない？　ねえ、タイプって電動のやつ？」

「そうそう」七夏は頷いた。「どこかからインプットされて、あそこで出力されたんだと思うけれど。つまり、テレックスみたいなものね」

「テレックスって何？」練無はきいた。

「まあ、そんなことはどっちでもいいから」七夏は微笑んだ。「とにかくね、誰かはわからないけれど、電話は外部とは接続できないわけだから、これをやったのは、ここの内部の人間だってことは、もう間違いないと思うんだ。一見、土井博士自身の遺書のようにも思えるけど、でも、土井博士は既に亡くなっていたわけだし。これを仕掛けた人間も、あんなに早く私たちが部屋に入るとは計算していなかった、とも考えられる。もし、私たちが外から音だけを聞いていたら、中で誰かがタイプを打っているように聞こえたかも」

「そやけど、遺書ってことは自殺でしょ？　自殺なんに、首がないっていうのも……」

「そうそう」七夏は頷く。「まるで不可解」

「とにかく、生きている土井博士がインプットしたものだ、と見せかけたかったわけだよね」練無が指摘する。

「うん、それそれ」七夏は頷いた。

5

土井博士の部屋については、既にバスルームも調べてあったので、T字路を真っ直ぐに進み、二つ目の右側の部屋のドアが次の目的地だった。レンドル博士も一緒についてきた。

「園山博士の部屋です」田賀がそう言ったので、保呂草は遠慮して入らなかった。紅子が一人で中に入り、すぐに出てきた。

「全然問題なし」彼女は報告した。

その部屋の右隣が園山の研究室、また、左隣は宮下の居室だった。さらに、宮下の研究室は、彼の居室の向かい側になる。

宮下の居室も、田賀が鍵を開け、紅子と保呂草が中に入った。ここも落ち着いた感じの部屋で、整頓されている。バスルームは少しだけ床が濡れていて、使った形跡はあったが、見たところ、これといって異状はなかった。

次に、レンドルの案内で実験室に入ることになった。紅子の質問に対して、大きなシャワー室がある、と彼が答えたからだ。

通路をさらに進み、右側の壁が窓に、左側が透明のパーティションになったところで、左手に透明のドアが見えてくる。

「さっきは、ここ、開きませんでした」紅子がドアの前で言った。

田賀がキーを選んでいるより早く、レンドルがベルトにつけていたキーを片手に、ドアに近づいた。引っ張ると伸びるタイプのキー・ホルダだった。

そのドアが開き、四人は実験室の中へ入る。レンドルが、入って左の壁にあるスイッチを押した。近くの照明が灯る。実験室はかなり広い。天井を見上げれば、巨大な円の一部だとはわかる。しかし、実際には遮蔽物《しゃへい》が多く、全体を見渡すことはほとんど困難だった。

「ここの鍵は誰が持っているのですか?」保呂草は尋ねる。

「みんな持っていますよ」レンドルが答えた。「田賀さんも含めてね」彼は田賀の方を見る。田賀が保呂草に頷いた。「ここは共有スペースですから」

テーブルやスチール製のラックが不規則に並んでいた。どのラックも、計器類、あるいは金属やプラスティック製のボックスでいっぱいで、どこにも余裕がなさそうに見える。テーブルの上には、不思議な装置類、夥《おびただ》しい数のコード類、さらに工具が無造作に置かれていた。作業途中の印象である。床には、さらに大きな装置類、タイヤのついた台車、段ボール箱、プラスティック・コンテナ。天井からは、小さなクレーンのフック、エアホース、蛇腹のダクトなどが垂れ下がっていた。壁の高いところに、細いパイプが何本も平行に配管されていて、ところどころにメータやコックがある。入口のドアの上で壁を突き抜け、それらは通路へと延びているようだった。

ひっそりとした冷たい空気が動かない。人気《ひとけ》はなく、かといって寂《さび》れた埃《ほこり》っぽさもなかった。あくまでも無機質でドライな環境である。

右手には半円形に広がる空間に、柱が一本もなかった。天井は中心部が高いドーム形状で、傘の骨組みに類似したトラスが組まれていた。骨組み構造以外の部分は白っぽく、どうやらテントを使った被覆のようである。かなりの軽量な構造でないかぎり、これだけの広さを柱なしで支えることはできないだろう、と保呂草は思った。

レンドルは実験室の中心部に近づくと、パーティションの切れ目から左手へ入っていく。ちょうど、博士たちの研究室のある位置の内側になる見当の場所である。鉄道のコンテナのようなものが幾つも並んでいた。それぞれに扉がある。レンドルはそのうちの一つの前で立ち止まって、紅子を見て言った。

「ここです」

コンテナの入口の上に白いプレートがあった。《耐水・耐温試験装置》と記されている。コンテナの大きさは幅が四メートル、高さが二・五メートルほど、レンドルが開けた扉の中を覗くと、奥行きは三メートルほどだった。

照明が灯ると、内部は全面がステンレス製で、床も壁も鏡のように光を反射した。ドアから覗く自分の顔が歪んで映っている。上部にはパイプが数本走り、細かい穴が開いているようだ。シャワーの噴出口のような形状のものも、ところどころに設置されている。また、壁の近くには、本もののシャワーと同じ形状のパーツがホースの先についていた。コックも幾つか並んでいる。扉の外には、デジタルの温度計とメータ類があった。

何度か使われているようだ。錆《さび》や多少の汚れが散見される。しかし、血痕やその他の異状は見当たらない。アルコールっぽい微かな臭いがしたが、それは実験室全体のものかもしれなかった。

「ここで可能ですか？」紅子が尋ねた。何が、という主語がなかったが、もちろん通じたであろう。

「設定さえすれば、普通のシャワーとしても使えますよ」レンドルは説明した。「通常は、機械類の防水性を確認したりするんですけれどね。どしゃ降りの雨の五倍くらいの水が流せます。もう息をするのも大変なくらいになります」

「ここなら、死体を切断しても、音が漏れないでしょうね」紅子が言う。「終わったら、あっという間に血が流れる。簡単ね。掃除をする必要もない」

「検査をすればわかります」保呂草は言った。「それに、いくら水を流したって、大きなものは流れていかないわけだから……、頭はどこかへ持ち去ったっていうことですよね」

「人の頭なんて、どこにだって隠せると思うわ」紅子は微笑んだ。内容とアンバランスの表情であるが、これは彼女の場合はごく普通のことだ。「もっと細かくしたかもしれなくてよ。道具さえあれば、砕いて流せないこともないし……」

「あまり考えたくないなあ」保呂草は口もとを上げる。それとなく、レンドルの表情を窺うと、案の定、彼も顔をしかめていた。

「もし、人間の死体を隠すなら……」レンドルはそこで溜息をつき、紅子を見据えて一度口を開け、そこで黙った。

「粉砕機で粉々にして、肥料にする？」紅子は相変わらず表情を変えずにきいた。「それとも……」彼女は辺りを見渡す。「どこかに高温炉がありませんか？」

「あります。セラミック用のね」レンドルはまた溜息をつき、数回小さく頷いた。「貴女には、本当に驚かされる」

「ありがとう」紅子はにっこりと微笑む。「どこです？」

「何が？」

「高温炉」

「ああ……、あそこ」レンドルは数歩後退し、指をさす。さらに奥の壁の近くに、電話ボックスほどの大きさのステンレス製の四角い装置があった。上部から天井に太いパイプが延びている。その近辺の床にだけ耐熱煉瓦が敷き詰められていた。装置のサイズは大きいが、耐熱のため容器の肉厚が相当にあるので、内側のサイズはそれほどでもないはずだ。しかし、人間を一人入れるくらいの大きさは充分にありそうだった。

「まあ、大きい」紅子はそちらへ歩いていく。「良いなあ、こんな設備が私も欲しい」

「こちらへいらっしゃれば、いつでも使っていただけますよ」レンドルが言う。

「圧力もかけられるのですね？」

「ええ、二十気圧までなら」

「素敵」うっとりと目を細める紅子である。「ええ、これなら、人間の一人や二人、あっという間に溶《と》かしてしまえるでしょうね」

6

紫子がトイレに行きたいと言いだしたので、練無は一緒に立ち上がった。綺麗に整理された厨房の中を通り抜けて、通路に出る。向かい側にトイレがあった。

「ちゃんと待ってるんよ」紫子が恐い顔をして練無を睨む。

それが人にものを頼むときの態度か、と思ったけれど、練無は黙って頷いた。いつもよりも、多少優しめの自分を認識しつつ。

通路の左右を眺める。もちろん、誰もいない。左へいけば、ファラディ博士の殺害現場、右へ行けば、玄関ホールの方向である。

彼は首を回し、腕をゆっくりと動かして、体操を始めた。死にかけていたなんて、まったく信じられないほど気分が良い。お腹も少し空いてきた、と感じるくらいだった。

紅子たちはバスルームを点検するために出ていったきり、まだ戻ってこない。練無は左の方角を見る。たぶん、博士たちの研究室か居室、あるいは実験室を見回っている。保呂草が一緒だから大丈夫だろう。

あのときは、自分がついていながら、紅子を助けられなかったのが、とても悔しかった。どちらかというと、自分の首を絞められたことよりも、そちらの方がずっと悔しい。相手は武器を持っていたわけではない。頭を使って罠《わな》にかけたのだ。こちらはその罠に引っかかった。考えただけでも腹立たしいではないか。

反対側の右手を見る。そちらへ行くと、玄関ホールの手前に、会議室があるはず。

そういえば、一番最初に案内されたビリヤード台がある部屋、あれは遊戯室というのだろうか。あの一帯の煌びやかなデコレーションが、なんとなく懐かしい。紫子はあそこを知らないのではないか。

「おまたぁ」紫子がトイレから出てきた。

「ちょっと、あっちへ行こう」練無は歩きだす。

「あっちって？」紫子が慌ててついてくる。「待ちいな、そっちは玄関やろ」

「ビリヤード台があるんだよ」歩きながら練無は言う。

「遊んでる場合か？」紫子が言い返す。「あかんて、みんなが心配するやん」

「ちょっとだけ」練無は早歩きになった。「そうそう、博士たちの絵とかあってね。その部屋をさ、しこさんに見せてあげたいから」

「ええから、もう……、気遣わんと」

しかし、そんな会話をしているうちに、会議室の前を通り過ぎ、辺りは急に豪華な内装になる。やがて玄関ホールに下りていく階段まで来た。

「あっち」階段を駆け下りながら、練無は奥を指さした。

「れんちゃん、戻ろうって」紫子がしかたなく下りてくる。「生首とかあったら、どないするん？」

「みんなに知らせたらいいじゃん。噛みついたりしないから大丈夫だってば」

「そりゃそうやけどな。もう……」

「あ、あっちの階段はどこへ通じているんだろうね？」練無は言う。ホールの反対側にも階段があったからだ。

「そんな、気にせんかてええやん。そりゃ、どっかへは通じてんねんから」

そちらの階段は諦め、ホールの奥へ向かうことにする。

「とにかく変な絵なんだよね。なんか気になって」練無が呟く。

彼はホールの突き当たりのドアを開け、さらに通路を進んで、もう一度ドアを開けた。最初真っ暗だったが、入口の近くにあった照明のスイッチを見つけ出す。次々にライトが灯った。

「わ、ホンマにゴージャス」紫子が口にした。「やけど、ちょい趣味がなあ、こりゃあ、ごっついで」

右手の奥にビリヤード台がある。部屋の空気は少し冷たかった。誰もいない。対面の壁にもドアがあって、そのドアの右に、問題の絵が掛かっている。

「これだよ、見て見て」練無は絵の前まで歩み寄った。

「それが、何?」紫子も絵を見ながら近づいてくる。「ああ、ホンマ、博士たちの顔が描いてあんねんな……。うーん、六人か。これ、魔方陣っていうたっけ?」

「ね、ね、そうでしょう?」練無は大きく頷いた。「ほら、さっき話した、えっと……、六人から三人選べっていう、あのエレベータにあった変な落書き」

「ああ、うんうん」

「この六人から、三つを選んだら、正三角形が二つ、ね、こういうのと」練無は宙に人差指を突き出して、絵の手前で三角形を描く。「それから、上下反対向きのと、二つ。これって、悪魔のマークじゃない?」

「ようは知らんけど、確かにそんなん、占星術とかで見るなあ。そっか、六つから三つ選んで、三角形を作るってわけやね」

「そうそう」練無が小刻みに頷く。

「ほいで? それから?」

「そんだけ」

「そんだけ?」

「そだよ」

「そんだけって、君な……」紫子が驚いた顔で顎を上げた。「それが何の意味を持つん? 何のために、ここまで私を連れてきたん?」

「だから、この絵を見てもらおうと思って……」

「あ、待って」紫子が躰を震わせて、壁の絵を見た。「そっかぁ、あ、ひらめいたぞ」

「え、何?」練無が目を大きくする。

「殺されたのが、土井博士とファラディ博士やから、ほれ、ちょうど反対側ってことなん。てことはつまり、百八十度を意味してるんよ」

「だから？」

「うーん、だから、ファラディ博士に続いて、土井博士が殺されたのだな、うん」

「どうして？」

「別に」

「意味ないの？」

「いいの、そんなことは」紫子は練無の頭に手をのせた。「お嬢ちゃんは難しいこと考えたらあかんのよ。さ、帰ろ帰ろ」

「うん、あでも、こっちのドアは？」練無は絵の横にあるドアを示す。「そういえばね、ここから土井博士が出てきたんだよ。きっと、ここから向こうの研究棟の通路へ出られるんじゃないかな」

「やめようよう、ねぇ……」紫子が急に高い声を出す。「なんで、君は次々そういう新しいこと言うん？」

「好奇心」

「あかんて、そんな勝手に入ったら」

「え、どうして？」練無はドアのノブを回す。「ほら、別に鍵がかかっているわけじゃないし」

「なんか、嫌な予感が……」

しかし、練無はドアを開けた。

そこは通路だった。緩やかなスロープで上り坂になっている。おそらく、車椅子のために作られたものだろう。真っ直ぐ先の突き当たりにドア。また、通路の途中には左手に分岐がある。右側の壁には窓が並んでいて、そのガラス越しに、研究棟の曲面形の外壁が一部だけ見えた。照明が灯っている。例のカーブした通路の明かりだろう。

練無はスロープを進んだ。すぐ後ろを紫子がついてくる。途中の分岐のところまで来て、左手を見る。ドアが左右に二つあって、その先で通路は行き止まりだった。

「こんなところにも部屋があるんだね」練無は言う。

そのとき、スロープの通路の突き当たりで音がした。練無たちは驚いて右を向く。そこにあったドアが開き、現れたのは瀬在丸紅子だった。

「あぁ、びっくりした」紫子はいつの間にか、練無の後ろに隠れ、彼の肩に摑まっていた。

「あれ、ここで何をしているの？」紅子がスロープを下ってくる。

続いて保呂草と田賀が顔を覗かせ、こちらへやってきた。

「うん、ちょっと……」練無は紅子に答える。「向こうの部屋にあった絵を見たかったから……」

「なるほどね」紅子は簡単に頷いた。

紅子たち三人は、練無たちの前まで来て、左手の行き止まりの通路へ入っていった。その両側にあったドアの鍵穴に田賀がキーを差し入れ、それを開ける。

「そこは何の部屋？」練無は尋ねた。

「客間です。今夜は、奥村様と竹本様がお使いでいらっしゃいます」田賀が答える。

「つまり、ここが、私と小鳥遊君が泊まるはずだった部屋ってことね」紅子がそう言いながら、右の部屋へ入っていった。

「申し訳ございません」田賀が深々と頭を下げる。

「いいえ、そういう意味で言ったのではありません。気になさらないで」紅子の声が聞こえた。

保呂草は反対側の左の部屋へ入っていく。練無も戸口まで近づき室内を覗いてみた。普通のホテルよりも多少広い程度の部屋だった。

「どっちにしても、ゴージャスなお風呂やなかったんよ」後ろで紫子が囁く。彼女はまだ練無の背中にくっついたままだ。

「ねえ、田賀さん」練無が質問した。「あっちの玄関の手前にある、もう片っぽの階段を上がると、何があるの？」

「玄関ホールの階段でございますか？」

「うん、そう」

「あちらは別館となっております。図書室と資料室がございます」

「ふうん」練無は頷く。「もう、だいたい全部把握できたかな。あ、田賀さんの部屋はどこ？」

「その資料室の奥に」田賀は上品な発声で答える。

紅子と保呂草が戻ってきた。異状はなかったようだ。

「あとは？」彼女が田賀にきいた。

「はい、この私が使わせていただいている部屋がございますが」

ドアに鍵をかけ、再びスロープの通路へ戻り、遊戯室の方へ行く。保呂草がドアを開けた。

「ほら、この絵」練無は保呂草の腕を取って、ドアのすぐ左にある魔方陣の絵を示す。

「へえ……」保呂草が壁の絵を見て頷いた。「六角形か……」


一番上が土井、一番下がファラディ、この二人が死んだ。右には、レンドルと宮下、左は雷田と園山の二人。生き残っているのは、四人である。

「正六角形というのは、神秘的な形として、昔からいろいろな方面で使われてきたの」紅子が言った。

「どうして、神秘的なんです？」紫子が尋ねる。

「同じ形で平面を埋め尽くすことができるからよ」紅子は優しい口調である。まるで愛息のへっ君に話しかけているときのようだった。「これは、正三角形でも、正四角形つまり正方形でも同じこと。ところが、不思議なことに、自然界には正方形の分割というのはほとんど見当たらないの。市松模様や、十字の格子って、人間が作ったものでは当たり前の模様ですけれどね。六角形は、蜂の巣や亀の甲羅の模様にも見られる。そう、雪の結晶もそうでしょう？つまり、何か人知を越えた不思議な力が宿っている、と考えたのも頷けるでしょう？　一周の三百六十度を六分割する。この六というのも強い力を持った数なのよ。一と二と三のいずれでも割り切れるし、それらの約数をすべて足すと、やっぱり六になる、つまりパーフェクト・ナンバとして、ずいぶん昔から神聖視されてきた数なの。六の次のパーフェクト・ナンバは二十八で、これには、七が含まれているわ」

「えっとえっと……」紫子が頭の両側に手を当てる。「なんや、急に難しい話になってません？　もう私には充分に神秘的やわ」

保呂草はビリヤード台の方へ歩いていき、部屋の壁を眺めながら戻ってきた。

「何か、気に入ったものがあって？」紅子が首を傾げてきいた。

「いいえ」保呂草は肩を竦める。「どうも、趣味がね……」

もう一つのドアを開けて、通路を歩き、玄関ホールへ出た。そして、そのほぼ中央にある左手の階段を上った。反対側の階段が、さきほど練無と紫子が下りてきた方で、事務棟や広間に通じている。

階段を上ったところに通路があり、さらに奥へ延びている。手前に一つ、先に二つのドアがあった。最初の部屋が図書室、次が資料室。それぞれプレートが掛かっている。もう一つのドアには表示がなかった。その先で通路は右に折れていた。

「ここが私の部屋です」田賀がそのドアの鍵を開けながら言った。

7

立松は疲れ果てていた。

どうして、自分はこんなことをしなければならないのだろう。そればかりを考えて、得体の知れない相手に対して細《ささ》やかな復讐を積み重ねる、まるで積立貯金のように少しずつ、そんな気持ちで一歩ずつ足を運び、真っ暗で水浸しの山道を上ってきた。

着ているものも躰も、すっかり濡れている。下半身は泥に塗《まみ》れていたし、首もとには汗をかいていた。寒いのか暑いのか、わからない。とにかく気持ちが悪いだけだ。

橋が落ちた谷を上流へかなり上った。一時間ほどで、岩場に吊橋があり、それを渡った。これがまたとんでもなく恐ろしい代物で、この世にこんなにもショッキングな場所があるものか、と立松は肝を冷やした。

しかしその後も、足もとも見えないまま、決して平面にならない道を歩き続けたのだ。岩の上、砂の上、そして草の上を。案内をしてくれたのは、初老の男で、無口だった。ほとんど何もしゃべらない。日本語が話せるのかどうかも怪しい、と疑ったほどである。とにかく、その男の後について、懐中電灯の光を頼りに進んだ。

一時間半ほどで、ついに道路に出た。

車が通れる舗装された道である。

地面が平たいことが、どんなにありがたいことなのか、立松は初めて知った。

ところが……、
ここで、案内の男は、帰ると言いだしたのだ。どうしたのか、ときき質《ただ》しても返事をしない。

「僕はどうすればいいんです？　ここから一人で行けるんですか？」

男は黙って頷く。

「あと、どれくらい？」

男は指を一本立てた。

「え、たった一キロ？」

「一時間」

立松は舌打ちをして、男と別れた。

この道は、橋が落ちた道路、つまり土井研究所へ上る唯一の道路だという。つまり、祖父江七夏が一人で上っていった道だ。彼女にできたのだから、自分にできないはずはない。既に二時間以上山道を上ってきて相当に疲労している、というハンディはあるものの、自分は男なのだ、雨だってずっと小降りになっている。それに……、もっとプラスのファクタはないものか、と考えたけれど、頭脳も既に機能低下している。考えたくない。

ぎゅうぎゅうと、水で飽和した靴が歩調に合わせて鳴っている。とにかく、道路を一人で上った。傘は持ってきていない。山道で邪魔になるからだ。その代わり、合羽を着ていた。しかし、着ているものは、すっかり皮膚に付着してしまったので、どこまでが皮膚で、どこからが服なのか、判別は難しいだろう。

深夜の一時頃、立松は研究所の正門に行き着いた。

ライトが見えてきたときは、まるで地球に生還した宇宙飛行士になった気分だった。

祖父江七夏の顔を思い浮かべて、少し元気がわいてくる。自分がたった一人でここまでやってきたことを、彼女は評価してくれるに違いない。七夏は立松の一年先輩だ。ずっと以前に離婚して、今は娘と二人で暮しているはず。どんな娘だろう？　一度見てみたいものである。もし結婚して子供ができるなら、絶対に娘が良い、と常々想像している立松だった。したがって、既に生まれている娘の場合、しかも、それが七夏の娘であるならば、まったく問題ない、と何故か思うのである。一瞬の無関係な思考を彼は振り払い、ゲートのインターフォンを押して待った。

今はもう小雨である。合羽を脱いだ方が良いだろうか、確かに、このままの格好で室内に入るのは気が引ける。少し明るいところで見ると、ズボンや靴は凄い有り様だった。ノルマンディから上陸してきました、と冗談を言ってみようか、と考えたくらいである。

もう一度、インターフォンを押して待ったが、反応がない。こんな時刻なので、しかたがないところだが、しかし、殺人事件があったのだから、眠っているはずはない。インターフォンのチャイムが鳴る部屋に、たまたま誰もいない、ということだろうか。

立松はゲートの中に足を踏み入れ、庭のアプローチを玄関の方へ上っていくことにした。緩やかな傾斜がつけられていて、どこにも段差がない。途中で左右に分かれる小径があったが、正面に玄関らしい入口が見えていたので、そちらへ足を進めた。

彼は大きなドアの前に立って、力いっぱいそこをノックした。

8

田賀の部屋を調べ終わった一行は、資料室、図書室の前を通り、階段を下りてホールに戻った。ここに立つと、どうしても高い天井を見上げたくなる。蒲鉾《かまぼこ》形の天井には金色の細かい文様がちりばめられ、シャンデリアの明かりを反射していた。見られるために作られたもののプライドを明示しているかのようで、実に押しつけがましい。

反対側の階段に祖父江七夏が現れた。通路を駆けてきた様子だった。

「どうしました？」保呂草が尋ねる。「よく、ここだってわかりましたね」

「レンドル博士にきっとこちらだと聞いたの」七夏は早口で言う。「いえ、田賀さんに用事なんです。広間の電話が鳴って、出たんですけれど、切れてしまって……。なんか、鳴り方も違っていました」

「ああ……」田賀は口を開け、次にゆっくりと玄関の扉を見た。「どなたか、門でインターフォンを押されたのでしょうか」

「え、こんな時間に？」紫子が声を震わせる。

「もしかして、警察かな」保呂草が時計を見ながら言った。「ちょっと早いような気もするけど」

田賀が、ドアの方へ歩いていく。

「待って」七夏が呼び止めた。「私が出ます。気をつけて。同じ手に何度も引っかかるわけにいかないもの」

そのとき、七夏が向かっている、まさにそのドアが音を立てた。外で誰かが叩いている。ノックにしては大きな音だった。

「誰！」七夏が大声を出す。彼女は上着のポケットに片手を差し入れ、銃を引き抜いた。

保呂草が近くへ駆け寄る。他の者は、ドアからは五メートルほど離れた位置に立っていたが、それでも階段の後ろまで後退した。田賀、紅子、練無、紫子の四人である。紫子は練無の後ろに隠れようとしたが、彼女の方が練無よりも大きいので、頭を少しでも下げようと猫背になっていた。

七夏は銃口を天井に向けて持ち、ドアに顔を近づける。外を覗くためのレンズがあるようだ。

「一人だ」七夏が囁く。

「じゃ、警察じゃない」保呂草が小声で言った。

「武器を持っている？」

「よくわからない」七夏は答える。「貴方が開ける。私はここで銃を構える。私の前に出ないで」

「了解」

保呂草は鍵を外し、ドアを勢い良く開け、同時に後ろに下がった。

戸口に黒っぽい服を着た男が立っていた。

「警察だ！　動くな！」七夏が叫ぶ。

「あ、あの……」相手が声を出す。

「手を挙げろ！」

「あ、皆さん、どうも……」男は両手をポケットから出して、肩の横で広げてみせた。「七夏さん、僕ですよ」

「え、立松？」

「フード取りますよ」立松はそう断ってから、片手で頭を覆っていたものを取った。髪が濡れて額に付着している。彼は溜息をついてから言った。「こんばんは」

「何？」七夏はまだ銃を持っていた。「あんた、一人？」

「ええ」彼は頷く。「もう、大変だったんですから、はあ、良かった、無事に辿り着けて……」

「なんで一人なの？」

「いや、だって、途中で一人帰っちゃったんですよ」立松は玄関の中に入ってきた。「うわぁ、凄いなあ。宮殿みたいですね」

保呂草が外に一歩出て、辺りを見回してからドアを閉めた。

「疲労困憊《こんぱい》ってところですけど、さあ、もう安心して下さい。僕が来たからには……」

「あんたが、来たら、何なの？」七夏が冷たく言う。「あ、さっき、私のこと名前で呼んだでしょう？」

「え、そうでした？　変だなあ……」立松は苦笑する。「なんか、ずっと道すがら想像しちゃってたからかなあ、いやあ、こりゃまいった、はは」

「立松さん、ハイですね」保呂草が言う。

「どうも、こんばんはです」立松は挨拶した。

「ちょっと、何の想像なの？」七夏が睨みつける。

「今度、名前で呼んだら、パンチだからね」

「あ、瀬在丸さん、小鳥遊君、それに香具山さん、こんばんは」立松は銀行マンのような笑顔で頭を下げた。「もう心配いりませんからね」

「林は、どうして来なかったの？」紅子がきいた。

「え？　あ、警部ですか……」立松がのけ反るような姿勢になる。「さあ……、どうしてかな。お忙しいですからね」

「警部がわざわざ来る必要なんてない。それより、誰か他にいたでしょう？」七夏が奥へ引き返しながら言った。「なんで、一人なんだ？　それも、なんでこいつなの。ちくしょう！　人が二人も殺されているってのに」

「僕だって、いないよりはましでしょう？」立松が神妙な顔で言う。

「そりゃ、そうです」保呂草は思わず相槌を打った。

ポケットから何かを取り出したときに、どこかで捨て損ねたゴミが、ふとこぼれ落ちるような、そんな小さな断片的な失笑が、人生の節目、あるいは要《かなめ》かもしれない、と保呂草はときどき思うのである。

第7章　刑事が二人になっても同じ

科学で使われている基本的な方法は、問題の解答を受け入れる見方にもある。科学でいう法則には、統計的の意味が常に含まれている。原子の性質といっても、同種の多くの原子について、その性質を平均したものを指している場合が、ほとんどである。霧函や原子乾板の方法では、個々の粒子の性質が調べられるが、それは飛跡から得られる知識に限定されている。

この見方の問題を忘れると、科学の力を過小評価したり、過大視したりすることになる。

1

会議室の前まで来たところで、一行は二手に分かれた。保呂草たち全員には広間に戻るように指示し、七夏は立松を連れて、二箇所の殺人現場に立ち寄り、二人で確認をしようと思ったのだ。

彼女たちは、厨房とトイレの間の通路を進み、円形の研究棟の通路に出る。そこを右へ行き、やがて左手に現れたドアの前で立ち止まった。第一殺人現場であるファラディ博士の研究室だ。七夏はキーを鍵穴に差し入れた。立松はハンカチを取り出して、早くも口もとに当てている。

ドアを開け、戸口から中を覗き込んだ。照明は灯っているので明るい。

「うわぁ……」立松が七夏の顔を見る。

「私の顔を見ないで、あっちを見なさいよ」

「もう見ました」

発見当時の状況を簡単に説明して、ドアを閉じる。七夏は再び鍵をかけた。

次に通路を奥へ進み、T字路で右に曲がる。突き当たりのドアの鍵穴に、七夏は別のキーを差し入れた。

「こっちが土井博士の部屋」彼女は言う。

ドアを開けて、まず控室に入った。

「まったく……」立松が呟く。「二人目の被害者が出ているなんてね、そんな聞いてませんよ、てやつですね」

「そっちが無響室、そこに閉じ込められて、瀬在丸さんと小鳥遊君と、三人とも、催眠ガスで眠らされたんだから」

「酷いなあ……」

「なめられたもんね」

「なんだか奇妙な部屋ですね」立松は無響室を覗き込んで言った。「それって、保呂草さんは話してませんでしたよ」

「だから、彼が橋まで報告にいった間のことなの」

「その話を聞いていたら、警部、ここへ来たかもしれませんよね」立松が言った。

「どういう意味？　それ」

「いえ、別に……」立松は微笑んでごまかした。

おそらく、紅子と林の関係について、立松は仄《ほの》めかしているのだろう、と七夏は想像した。まさか、自分と林の関係ではあるまい。林とのことを立松が知っているとしたら、大問題だ。七夏は、数秒間、立松を見据えてしまう。

「どうかしました？」

「えっと、こっちが……、問題のところ」七夏は慌てて視線を逸らし、控室を横切ってもう一つのドアを開けにいく。「ここ、鍵がかかっていたんだけどね」

「鍵は誰が？」

「部屋の中では、今のところ見つかってない」

「でも、スペアはあったんですね？」

「うん、全部の部屋の鍵を、田賀さんってお爺さんが持ってる」

「あ、さっきの人。管理人ですか？」

「そんな感じ。執事っていうか……」

「執事？　今どき？」立松が愉快そうに言った。

七夏は、瀬在丸紅子の家にいる根来機千瑛を思い浮かべる。しかし、確かに今どき珍しい職業ではある。

「土井博士の研究室兼居室」彼女はドアを開け、部屋に入りながら説明した。「カーテンの向こうにベッドがある。死体が発見されたのは、そっちのエレベータ。そこの壁のボタンを押してみて、六・二・四・七・四・四の順。それで開くから。指紋に気をつけてね」

「あ、僕、いいですよ」

「良かないわよ、ちゃんと見て」七夏はカーテンを捲って、一応奥の状況も確かめた。

「厳しいなあ、もう」立松がエレベータの方へ歩いていく。「虐《いじ》めじゃないかな、これ……」

「首なし死体だからね、そのつもりで」

「え？」立松が立ち止まった。「え、え、首なし？」

「ボタン押して。パスワードは、六・二・四・七・四」

「首なしって、何なんです？　まさか……」立松が自分の首に片手を当てる。もう片方の手はハンカチを持ち、今すぐにでも鼻や口を押さえられるように準備されていた。「首が、ちぎれてるなんてことはないですよね」

「つべこべ言ってないで、ボタン押せよ」

「だって……」

「六・二・四・七・四」

「嫌ですよ」

「え？」

「僕は駄目です。明日にします」

「何言ってんの、あんた」

「祖父江さ〜ん」

「じゃ、押してあげる」七夏は彼の横に進み出て、胸のポケットから抜き取ったペンで、躊躇なくドアの横にあるボタンをナンバ順に押した。

軽い摩擦音。金属製のドアがスライドして開く。

奥に、車椅子の死体が佇《たたず》んでいる。

異臭がするが、七夏はすぐに息を止めた。

「OK?」彼女はきいた。「ちゃんと見た?」

立松は七夏を見て何度も頷いた。

「後ろの壁に落書きがあるから、それも見ておいて。それから……、あそうそう、そっちにあるタイプライタで、これが出てきたの」七夏はポケットから紙を取り出す。

立松はそれを受け取ろうとしたが、急に手を引っ込めた。

「どうしたの?」

「ちょっと、トイレに……」

彼は駆け出していった。

「まったく……」七夏は溜息をつく。「使えないんだから」

2

保呂草たち四人と田賀が広間に戻ると、コーナのソファに、朝永、綾、奥村、竹本の四人が座って話をしていた。少し離れた椅子に家政婦の二人が腰掛けていて、二人とも居眠りをしていたのかもしれない、たった今目を覚ましたような眠そうな顔つきだった。

「あれ、博士たちは?」保呂草は尋ねる。

「みんな、部屋へ戻られましたよ」朝永が答える。

「私たちも、そろそろ戻ろうと思っているんだが」奥村が言った。「一応、刑事さんに許可を得ようと思ってね。彼女は?」

「もうすぐ来ると思います」保呂草は答えた。

「お茶をお持ちいたしましょう」田賀はそう言うと、岩谷と今枝を立たせて、三人で厨房へ入っていった。

「あーあぁ」綾が両手を挙げて欠伸をする。彼女は素足だった。ブーツは離れたところに脱ぎ捨てられている。「私もう駄目。寝たいよう。お風呂も入れないなんて最低……。睡眠不足って最悪なんだから。明日の朝が恐い」

「お腹空いちゃったよね」練無がソファに腰掛けながら明るく言った。

「あんた、凄いね。尊敬しちゃうよ」綾が練無に向かって声をかける。「だけど、こんな時間に食べちゃ駄目なんじゃない？　今は若いからいいかもだけど、あとで泣き見ることになるって気がする」

「バスルームの捜査は、どうだったんです？　結局、収穫なしですか？」朝永が紅子に向かってきいた。

「うーん、何か変なんだなぁ」紅子は肘掛け椅子に腰掛け、頬杖をついた。

「あ、聞こえてないみたい」紫子が朝永に微笑んだ。「駄目なんですよ、紅子さん、たぶん今、別世界ツアー中やから」

その紫子の声にも紅子は反応しなかった。目を細め、ぼうっと前方の床をただ見つめている。

「ま、あとは警察に任せておけば良いってところかな」保呂草が煙草に火をつける。「朝になれば、沢山来るでしょう。嫌というほど来るはず。あまり、顔を合わせたくないなあ」

「遅いですね、刑事さん」竹本が言った。疲れた表情である。「もう、部屋へ戻りましょうか？　奥村先生」

「そうだな」奥村は頷く。「どうせ、明日は明日で、また警察の事情聴取だ。長時間拘束されることになるからね。いろいろ忙しいときに、とんだ災難だよ、なんて言ったら、不謹慎かもしれんがね」

奥村がゆっくりと立ち上がり、それを見て、竹本が素早く腰を上げる。二人は、事務棟の方へ抜ける出口から姿を消した。そちらの経路は大回りになるが、彼らは研究所内の配置を詳しく知らないのだろう、と保呂草は思った。

「なんかさ、人数少なくなると不安じゃない？」綾が小声で言う。「あとの人は、ここにいて下さいよう。朝まで、ね、警察が来るまでは、みんなでここに一緒にいましょうよね」

「博士たちが揃って引き上げたっていうのが、なんか妙だな」保呂草は煙を吐き出しながら言った。「例のデータのことかな……。対処を相談しているんでしょうか」

「そう……。相談しとかないとね」紅子は頷いた。

「科学者って、みんなちょっと頭がおかしくない？」綾が顔を歪ませながら話す。カメラの前では絶対に見せない表情だろう。「きっとね、人体実験とかしてたんだよ、今はそんなことなくっても、昔はけっこうあったんじゃない？　ほら、戦争の頃なんてそういうのあったって何かに書いてあった。私、読んだもん、このまえ。あ、だからさ、仕返しであんな目に遭わされたってことかも」

「あんな目って、首？」練無がきいた。

「そうそう」

「人体実験の仕返しか……」紫子が真面目な表情で呟く。「そやけど、首を持ち去ったんは、ちょい違う意味っていうか、別の方向性やと思うんですよ」

「そうだよね、仕返しっていうのは、相手を辱《はずかし》めたいわけでしょう？」練無が発言した。「そういうときって、どっちかっていうと、首だけ残しておくんじゃないかな、さらし首みたいな。やっぱ、人間のアイデンティティって頭にあるわけだし」

「おお、れんちゃんはインテリやね」

「手が切断されていた理由は何だと思う？」保呂草が煙と一緒に疑問を吐き出した。「みんな、頭のことばかりに気を取られているようだけれど、手も同時に切断されているわけだから、これをセットにして考えた方が合理的だと思う」

「うん、やっぱ、死体が本人である、ということの確認を難しくしているんだよね」練無が答える。

「手にある一番の印っていえば、指紋でしょう?」

「ほいじゃ何? あれは、土井博士じゃないっちゅうこと?」紫子が首を傾げる。「でも、もともと仮面してはったんよ。いうたら、誰も顔見てへんわけやから……」

「そりゃ、僕たちはね」練無は頷く。「だけど、研究所の博士たちは、昔から土井博士のことを知っているんだから、顔を見間違えることなんて、ないんじゃない?」

「あ、ちょっとちょっと」朝永が片手を立てる。「首なし死体が、もしも土井博士じゃないとしたら、じゃあ、いったい誰なわけです?」

「誰か別の人」練無が即答する。

「別の人が殺されたってこと?」

「そうだよ」

田賀が厨房から一人で出てきた。トレィを両手で持ち、お茶のセットを運んでくる。

「あとの二人は、どうしたんです?」保呂草が厨房の方を見て尋ねた。岩谷と今枝のことである。

「宮下博士から電話がありまして、そちらにお茶を運んでおります。その……、二人の方が安心だろう、と思いまして」

「お茶、何人分?」保呂草はきいた。

「四人分です」

「あ、それじゃあ、向こうでも会議中なんだ」

実験室側の通路に、七夏と立松の二人が現れた。七夏が立松の背中を叩いてさきに部屋に入れる様子がガラス越しに見えた。二人は広間を横断して、皆の近くまでやってくる。

「刑事さんって、彼が?」綾が練無に小声できいている。

「他の人たちは?」七夏が言った。「ずいぶん人数が足りないじゃないですか」

「みんな部屋に戻っちゃいました」保呂草が答える。「で、これから、どうします?」

「朝になるのを待つ」七夏は短い溜息をついた。

「待たなくたって、朝は来ますよ」保呂草は胸のポケットから煙草の箱を取り出し、七夏の方へ腕を伸ばして箱を振った。

「いえ……、ありがとう、自分のを吸う」彼女はそれを断り、バッグを開けて手を入れる。「しかし、どうしてこんなに緊張感がないんだろう？　二人も殺されている、しかも、一人は首が見つかっていない、なのに、自分の部屋に籠もって、いつもどおり研究？　それとも寝るわけ？」

「家政婦さんたちがお茶を四人分、宮下博士のところへ運んでいるそうです。何か、話し合わないといけない事情があるってことでしょうね」

「話し合いなら、ここですれば良いじゃない」七夏が言葉を吐き捨てる。

「どうしたんです？　気分が悪そうですね」保呂草は立松に声をかけた。

「いいえ、ちょっと……」立松は既に椅子に腰掛けていた。「その、山登りをしてきたものですから、疲れが出まして」

「エレベータのルールだ」紅子が突然口をきいた。

「え、何が？」練無が振り向いて尋ねる。

「六つの中から三つを選ぶってやつ？」保呂草が新しい煙草をくわえながらきく。彼は紅子の方へ歩いていき、持っていた煙草の箱を差し出した。

「ええ、いただくわ」紅子は箱から飛び出している一本を抜き取った。彼女がそれを口へ運ぶと、保呂草がライタをひと振りして火をつける。「ありがとう。いえ、あれは単なるなぞなぞで、本質ではありません。そうではなくて、あのエレベータが作動する条件。雷田さんが話していたでしょう？　土井博士なら動かせる。そうでない場合は、残りの五人の博士が全員揃っていないと動かない。ワン・オア・オール・ズィアザ」

「それが、どうかしたのですか？」七夏が質問した。彼女も細く煙を吹き出した。「そもそも、あのエレベータで地下へ下りたら、何があるのかしら?」

「単なるデータだって話してましたね」保呂草が言う。「でも、まあ、それが一般でいうところの財産? 同じ意味なのかもしれないけど」

「二つの重要なポイントが含まれているわ」紅子は目を細め、涼しげな表情で煙草を口につける。「まず、土井博士とファラディ博士が亡くなっているので、土井博士も駄目、残りの五人も揃わない、どちらの手も封じられている、という問題。そして、もう一つは……」紅子は言葉を切り、煙草を吸った。

「はい」練無が手を挙げる。「言っても良い?」

紅子が彼に微笑んで頷く。

「その条件が揃っていることを、機械がどうやって判別するのか」練無が答えた。

「どうやって……、判別するか?」紫子が眉を寄せ、言葉を繰り返した。「そっか……、誰か審判がおんねんなって、勝手に考えててんけど、うーん、機械がなあ、判別か……、どうやるん? それ」

「全員が何かの鍵を持っている」紅子は話した。「これが一番簡単な方法ね。五つの鍵ってこと。もちろん、鍵の機能を持っているもの、という意味だから、普通の鍵の形をしているかどうかはわからない。たとえば、物質ではないかもしれない」

「物質ではない?」紫子が言う。「物質ではない、物質ではない、ちゅうたら、何? 反物質?」

「情報とか信号ってことでしょう?」練無が言った。「パスワードみたいなものだね」

「あ、そうかそうか、銀行の引出しみたいなもんやね」

「そのシステム以外にないと思いますよ」保呂草が発言する。「結局のところ、物質か信号のキーで機械が個人を認識する。それが、あのエレベータに仕込まれているのでは?」

「一般論として、そのキーのシステムの最大の弱点は……」紅子は淡々とした口調で続ける。「キーが個人から独立していることにある。つまり、その個人がいなくても、キーさえあれば、他の人間でもロックを解除することができる。パスワードだって、それを聞き出せば、もう誰にだってできてしまう。キーは簡単にコピィができる。パスワードも伝達できる。五人揃わないと駄目だ、という意味は、言い換えれば五つのキーが必要だ、ということになるわけで、だとすると、ファラディ博士が死んでいるから動かせない、という状況になるためには、ちょっと違う」

「あでも、パスワードだったんじゃない？」練無が言った。「死んじゃったら、それを聞き出すことができないもの」

「でもね、さきに亡くなったのは……、いえ、少なくとも、さきに死んでいるのが発見されたのは、ファラディ博士の方だった。その場合、そんなに重要な財産へのキーが存在するとしたら、残りの四人は、ただちに土井博士に相談するはずじゃない？　四人になってしまったら、万が一、土井博士に何かがあったとき、困るわけでしょう？」

「そうしよう、と思っていた矢先に、土井博士も死体で発見された、ということ？」七夏が言った。

「雷田さんが、土井博士に報告したとき、私と保呂草さんはその場にいました。ファラディ博士が亡くなったことを、雷田さんがインターフォンで伝えたのです。土井博士は、広間に出ていく必要はないと返事をされました」

「どうやって返事を？」立松が尋ねた。「土井博士って、言葉が話せないんじゃなかったんですか？」

「モールス信号でした」紅子は答える。

「モールス……信号？」立松が驚いた顔で言葉をトレースする。

「でも……」保呂草は紅子を見て、煙草を持っている片手を少し持ち上げた。

「ええ……」紅子はすぐに頷いた。「保呂草さんのおっしゃりたいことはわかります。もう、そのときには、土井博士は死んでいたはずだ、頸部の切断、死後硬直などから判断しても、その可能性が非常に高い、したがって、あのとき、土井博士の部屋からモールスで返事をしたのは、土井博士ではない、という結論に行き着きます」

そこへ、家政婦の二人が戻ってきた。彼女たちは厨房への出入口から広間に入ってくる。お茶を運び終えたのであろう。

「宮下博士の部屋には、どなたがいらっしゃいました?」紅子が尋ねた。

「皆さんお揃いでした」丸い顔の今枝が答える。彼女たちはまた、元の椅子に戻り、仲良く並んで腰掛ける。「のちほど、こちらへいらっしゃるとのことです。警察の方によろしくお伝えするように、と仰せつかりました」

3

広間では、続々と煙草が消費された。一番沢山吸っているのは、間違いなく保呂草だった。飲みものは、熱いお茶の他に、コーヒーが再び用意され、パーティのときの残りもののお菓子が幾つかトレィで運ばれてきた。残りものといっても充分に豪華で、練無が嬉しそうに躰を弾ませた。この他、ビールも運ばれてきた。保呂草が最初にグラスに注いで飲んだ。次に、紅子が彼にすすめられて少しだけ飲んだ。しかし、他の者は誰もアルコールには手を出さなかった。

殺人事件に関する話題は、情報が少ないことが原因で堂々廻りを繰り返した。特に不思議な状況はない。否、正確には、明らかに不可能だと思われる行動がなされた形跡はない。ただし、どうしてそんなことをしたのか、その理由は何か、どのような意味があったのか、どうにも理解ができない。その点においては、極めて不思議議である。

それらの中でも最大級の謎は、何故、死体の首がなかったのか、という点であろう。頸部の切断に要する労力とリスクに見合うだけのメリットとは何か？　首を持ち去ることで、犯人は何を得たのか？

いずれにしても、事件が発覚してまだ数時間。表面的な情報以外に何も得られていない。現場はもちろん、周辺の捜索も行なわれていない。関係者の人間関係、この数日間の様子、あるいは、もっと過去にあったかもしれない因果。それらの解明には時間と労力が必要である。警察の応援が到着するのを待つしかない。

それまでに、できることは、これ以上の惨劇を未然に防ぐために可能なかぎり警戒をし、そして捜査のために現場を保存することである。

田賀と家政婦の二人が、膝掛け程度の大きさの毛布を何枚か運んできた。その頃には、既に野々垣綾がソファの上で眠っていたし、朝永も座ったまま鼾《いびき》をかいていた。立松も、肘掛けに立てた右手に頭をのせて居眠りをしている。立松ほどではないにしても、七夏も躰が痺れるほど疲労しているのが自覚できた。

しかし、紅子たちの四人組は元気である。練無と紫子はずっとしゃべり続けていたし、保呂草はビールを飲みながら煙草を吸っているものの、酔っている様子はまったくなく、たまに、紅子が呟く言葉に小声で応対していた。ただ、その紅子が、いつもに比べればやや大人しい。彼女は脚を組んでソファに深く腰掛けている。白いドレスの裾から出た形の良い足は、やはり真っ白のハイヒールを履いている。七夏はそれを見ていた。あの靴は、若い頃に買ったものに違いない。最近の流行ではなかったからだ。林が買ったものだろうか。そんなことを考えてしまう。

溜息をつき、七夏はまた煙草を取り出した。もう、残りが少ないので、このペースでは朝までもつとは思えない。しかし、温存する気にはなれなかった。朝になって、事件がすっかり解決する見込みがあるのなら、一本だけ残しておく価値があるかもしれないけれど、そんな可能性があるようにはとても思えない。これは単なる勘だった。根拠はない。そんな気がしただけだ。

博士たちが広間に戻ってきたのは午前三時頃だった。四人一緒ではなく、最初に宮下とレンドルが、五分ほどして、園山と雷田が二人で通路を歩いてきた。

彼らは最初、一人増えたメンバの立松刑事をじろじろと見たものの、表情は和《なご》まなかった。

それからまもなく、奥村と竹本が部屋に入ってきた。

「いやぁ、酒が抜けてしまって、どうにも眠れなくて」奥村が呟くように言った。「竹本君に起きてもらってね、一緒に出てきたわけで」

竹本はメガネを上げて目を擦《こす》っている。本当に眠そうだった。

「ま、少し飲み直そうじゃないか」奥村が竹本の背中を叩いた。

園山と雷田は、練無たちの近くに座っていたが、その近くへ、奥村と竹本もどっかりと腰を下ろした。

今、七夏の正面には、レンドルと宮下が腰掛けている。

「実は、実験室なども含めて、四人で簡単に見回ってみたんです」レンドルが七夏と立松に話した。「私たちの立場で、私たちなりに、捜索をしてみました。あるいは何か、見つかるかもしれない、と思いましてね」

「でも、駄目だった?」七夏が首を傾けて言った。

「ええ」レンドルは頷く。「ご承知のように、この研究所は、戸締まりがそれほど厳重ではありません。どこからでも建物に侵入できる」

「雨が降りましたから、外は泥濘《ぬか》るんでいるでしょう」七夏は話した。「侵入や逃亡の痕跡があれば、明るくなってから調べれば、わかるかもしれません。しかし、そんなことよりも……」

「地下室を調べろ、と?」宮下が僅かに微笑んで言う。

「はい」七夏は素直に頷いた。「あの場所で死体が発見された以上、あそこから下りられる部屋に何かがある、と考えるのが普通ではありませんか?」

「何もないと思いますね」宮下が素っ気なく答える。「土井博士の首があるとでも?」

「あるかもしれません」七夏は相手を見据えて言った。いつの間にか、紅子が横に立っていた。七夏は彼女を見上げる。「どうかしましたか? 瀬在丸さん」

「そこに、座ってもよろしい?」紅子は微笑んだ。

「あ、ええ」七夏はソファの横に移動する。「どうぞ」

紅子は七夏の横に腰掛け、彼女に軽く頭を下げた。

「もう数時間で夜が明けます」紅子は二人の博士に話しかけた。「朝になれば警察が大勢到着して、研究所の中は隅々まで調べられるでしょう。地下室だって、ソフト的にもハード的にもそこへ行けない、ということでは理由になりません。そこに部屋が存在する以上、どんな手段を用いても、捜索が行われることになります」

「ええ、わかっていますよ」宮下が頷いた。「こちらも、それで困っているのです。無理に突入すれば、データは失われます。そういう仕掛けになっているからです」

「宮下博士、それを私に信じろとおっしゃるのですか?」紅子は微笑んだ。「一般の方なら騙せるかもしれません。いえ、セキュリティの手段として、それくらいのことはあってもおかしくない、と考えるかもしれません。ですけれど、残念ながら、私はこれでも科学者の端くれ。もし、その地下の部屋に保管されているのが研究上非常に価値の高いものであったとしたら、それが万が一にでも失われてしまうようなシステムを、どうして皆さんは許容できたのでしょうか？　そもそも、そんな危険なシステムを構築することさえ絶対にありえないでしょう。それが科学というものですわ。ですから、皆さんは、明らかに、嘘をおっしゃっているのです」ここで紅子はにっこりと笑う。「さて、どうしてかしら？　私がずっと考えているのは、まさにその点です」

宮下はレンドルの顔を見た。レンドルは床を凝視したまま、じっと動かない。

練無たちのグループも全員、こちらに注目していた。雷田も園山も、紅子の言葉に耳を澄ましているようだった。

「学術的なデータ、新しい発想と、それを逐一確認するための労力、それらすべてが最上のものであり、ときには人の命よりも、自分たちの人生よりも、大切なものです。でも……」紅子は姿勢良く座っている。彼女の大きな瞳が、宮下とレンドルを見据えていた。「大切だからって、いったい何なのでしょうか？　大切なものって、何が大切なのですか？　大切に思うことが大切なのかしら？　それとも、大切だと教えることが大切なの？　私の申し上げていることがわかりますか？」

「君は……」宮下が小声で言った。「誰に……、その……、いったい、誰に話しかけているのかね？　私に言っているのか？」

「ここにいらっしゃる皆さんにです」紅子はまた微笑んだ。しかし、彼女の声は対照的に冷たく、抑揚のない冷徹な口調に変わっていた。「はっきり申し上げて、ファラディ博士の首を絞めて殺したことも、そして、そう……、あの車椅子の死体の有り様も、そうです……、首を切断したことだって、すべて許せます」

「私は許せないわ」七夏がすぐに言った。「絶対に許せない」

「待って」紅子は横目で七夏を一瞥《いちべつ》し、手を伸ばして彼女の膝に軽く触れた。「私や祖父江さんを閉じ込め、眠らせたことも、まあ、許してあげましょうよ。目的を達成するためには、人は考え、工夫し、そして努力するもの。ときには、他人を出し抜くこともあるでしょう。人を騙さなければならないときだってある。他人にまったく迷惑をかけないような生き方なんて、厳密には不可能ですものね。ある程度迷惑をかけ合うことが社会のルールなのです。それが競争ですし、それが生きる価値だという考え方も、特別に危険なものではありません。私はそう思います。ただ……」紅子は大きな目を一度瞬《またた》く。「小鳥遊君の首を絞めたことに関しては、とても残念です。明らかにいき過ぎでした。咄嗟《とっさ》のことで判断ミスをしただけだ、結果的に助かったのだから良いではないか、と弁解されるおつもりでしょうけれど、私は、それが許せません」

「いえ、それよりも、殺人の方がずっと重大です」七夏は言った。「私は……」

「良いこと？」紅子は七夏を無視して続ける。「小鳥遊君が私のお友達だから言っているのではありません。そうではない。何の関係もない、何も知らない人間ではありませんか。この意味がおわかりかしら？　関係のない人の首を絞めたのですよ。モルモットでも、ネズミでもない。どうです？　関係のない者を殺すことは、私は絶対に許せない」紅子はそこで目を瞑った。小さく溜息をつき、そして目を開ける。彼女は急に微笑んだ。「ですけれど、それなら、理由があるときは殺しても良いのか、という話になる。もちろん、そうではありません」紅子は笑いながら首を横にふった。「何故ならば、理由なんてものの自体が、単なる記号だからです。たとえば、あのエレベータが、何人か乗らないと動かない仕掛けだった場合、たまたま、手前の部屋で倒れていた小鳥遊君をウエイトに使うために引きずっていったのかもしれません。それは、目的を果すための立派な理由です。しかし、人を殺す理由にはならない、どんな理由も、許可を得るためのキーにはなっても、許可が得られると保証された資格ではないのです」

「それ、本当に？」七夏は横から口を挟む。

　紅子は静かに立ち上がった。彼女は数歩あるいて立ち止まり、向きを変えたところで、話を続ける。

「それが許されることと、それができることの差です。気づかれたら困る、自分が誰だか見破られたら困る……、だから黙らせる、だから首を絞める、だから殺してしまう。だから、だから、だから、という理由で人はどんどん堕《お》ちていく。人でなくなっていくのです。思い出しなさい。考えましたか？　殺したら、もとに戻らないのよ！」紅子は無表情のまま叫んだ。「どうするつもりだったの？　いったい、どう考えていたの？　彼が死んだら、どうやって生き返らせるつもりだったのですか！」

　紅子は顎を上げて、天井を一度仰ぎ見た。それから、今度は下を向き、二、三歩あるいた。

「もし、小鳥遊君が死んでいたら、私がこんなに腹を立てることはなかったでしょう。単に悲しいだけ。ええ……、人が死んだときには、それしかないわ。けれど、生きていたのです。それは、本当に幸運だった。小鳥遊君の首を絞めた人にとっても、とても大きな、奇跡的な幸運でした。神は貴方を見捨てなかったのです。おわかりかしら？　私は、こうして腹を立てている、怒っているの。何故なら、怒る価値があるからです。貴方に腹を立てているのは、貴方にその価値がまだあるから。夜が明けて、警察が来たら、賢明な貴方は、きっと自首することでしょう、私に名指しされるまえにね」

4

　厨房の出入口の方で電子音が鳴った。全員がそちらを向く。

「玄関のチャイム？」練無が高い声できいた。

「いいえ、さっきと音が違う」七夏は言った。立松がやってきたときに、その音は聞いている。

電子音は鳴り続いた。

「電話？」練無がまた口にする。それは皆が考えていたことだっただろう。

研究所の内線……、と七夏は考える。

しかし……、
今、この広間には、全員が集まっているはず。

誰か、欠けている者がいるだろうか？

田賀が立ち上がり、音の鳴る方へ歩いていった。七夏も立ち上がり、彼の後を追う、彼女の横に立っていた紅子も遅れてついてきた。

厨房に入ったすぐのところに、壁に掛けられた扁平な形の電話があった。田賀が受話器を手に取る。

「はい……、はい、さようでございます」彼は落ち着いた応対をしている。「はい、ただ今……、少々お待ち下さい」


受話器を片手で握り、田賀は七夏の方を見た。

「お電話でございます」

それくらいわかっている、と七夏は心の中で叫ぶ。

「どこから？」彼女はきいた。

「愛知県警の方です」田賀が答える。「電話が復旧したとのことです」

「ああ、なんだ……」七夏は受話器を受け取った。「もしもし、替わりました。祖父江ですが」

「僕だ」低い声だった。林である。

七夏は思わず紅子の顔を見てしまった。そのことで、もう紅子には見抜かれてしまっただろう。

「たった今、電話の仮工事が終わったところだ。立松は無事に行き着いたか？」

「はい。あの、警部……」七夏は、紅子に背中を向けて話した。「申し訳ありません。二人目の被害者が出ました」

「誰だ？」

「土井博士と思われます。ただですね、最初に発見されたファラディ博士よりも、こちらの方が早く殺されていた可能性が高いので、つまり、防げなかった、ということではないと考えています」

「死因は?」

「わかりません。詳しく調べておりませんし、その、被害者の首と両手首が切断されていました」

「え、首を?」さすがに林も驚いたようだ。「凶器は?」

「いえ、何も、見つかっていません」

「切断された首や手は?」

「いえ、今のところ、どこにも」

「探したのか?」

「不充分ですが、一応は」

「うーん……」

「あと、小鳥遊君も首を絞められ、意識不明だったのですが、人工呼吸でなんとか、その、今は……」

「いつのことなんだ? どうしてそんなことに?」

「はい、私も油断をしていました。実は、私と瀬在丸さんも、部屋に閉じ込められて、催眠ガスで眠らされたんです。保呂草さんに、その……」

「ちょっと待て」林が言った。「どうなっているんだ? 今は大丈夫なのか? 立松に護衛させろ」

「はあ、彼は寝ています」

「何?」

「あの、早く、こちらへ来ていただけませんか?」

自分の声がいつもよりも高くなっている。七夏はそれに気づき、次に、すぐ後ろで聞いている紅子を意識した。

「もう、数時間だ。これから、橋の仮工事を始める。順調にいけば、すぐに渡れるようになるらしい。それが駄目でも、夜が明けたら、ヘリを飛ばすことも考えている。何かジョークを言ってやろうか?」

「お願いします」

「もう少しの辛抱だ」

「はい」七夏は心の中で微笑む。

「そこに紅子、いや、瀬在丸さんがいるか？」

「どうしてですか？」

「いるんだな。替わってくれ」

「替われ。仕事だぞ」

「いえ、それは……、ちょっと難しいと思います」

「わかりました。では、朝まで、待機しています」

「待て、おい……」

七夏は受話器を戻そうとした。しかし、紅子の手が横からそれを摑んだ。

七夏は紅子を睨む。だが、紅子は受話器を彼女から奪い取った。

「ありがとう、祖父江さん」紅子は優しい声で言った。そんな明るい声が出せるなんて信じられない、と七夏は思う。紅子は微笑み、顔を傾けて、長い髪の下に両手で大切そうに持った受話器を添《そ》えた。

「もしもし、お電話替わりました。瀬在丸です」

七夏は舌を出してやった。一瞬だったので、紅子がそれを見たかどうかはわからない。横に立っている田賀が、不思議そうな顔で彼女たち二人のやり取りを見ていたが、七夏に見据えられると、頭を下げて広間の方へ戻っていった。

「はい……、ええ、大丈夫よ。ええ、そう……」紅子はとんでもなく甘い発声である。七夏は、彼女のこんな声を聞いたことがなかった。「はい、でもね、ええ、もう心配いりません。もうすっかり終わっているのよ。ええ……、ええ、そう……。小鳥遊君も、幸い元気ですし、はい、問題ないと思います。ですから、ゆっくりいらして下さったら良いの。あぁ……、そう、ほら、私、思い出したんですけれど、貴方、お誕生日が来週じゃなくて？　あの雲雀《ひばり》ヶ丘《おか》のレストランへ行きましょうよ、ねえ、いかが？」

「ちょっと、何の話？　それ」七夏はきく。受話器を通して、林に聞こえるように、わざと大声で言ってやった。

「あ、ごめんなさい。祖父江さんが、変なの。怒っているみたい、どうしてなのかしら？」

「どうしてって……」思わず言葉に詰まる。七夏は、近くに誰かいないか振り返って見回す。「あのね、私語じゃないですか、それ……。こんな非常時に、関係のない話をしないで下さい。公務執行妨害になりますよ」

「ええ、はい、そう……、そうよ」紅子は受話器を持ったまま、顔をあちらへ向けてしまった。「もう事件は解決しているのだから、心配なさらなくても良いわ。いいえ、そんな、全然大した事件じゃありません。貴方がわざわざ出向いてくるようなこともないと思うわ。うん、でもね、ええ……、それはもう……。ええ、お迎えに来ていただきたいわ。はい、お約束ね。ええ……。わかりました。では、お気をつけて……」

紅子が受話器を置こうとする。

七夏は横から体当たりする勢いで、受話器を摑む。それを奪い取って、紅子を背中で押した。

「警部、私です」

「もう、切るぞ」

「ちょ、ちょっと待って下さい！　何を約束されたんですか？」

「朝、そっちへ行くことだ」

「それだったら、私に約束して下さいよ」

「わかった、約束する」

「ゆっくりでは困ります。早く……」

「落ち着け」

「あ、はい……」

「切るぞ」

「あ、あの、えっと、他にも……」

電話が切れた。

七夏は舌打ちしてから、受話器を壁に戻す。振り返ると、もう紅子は近くにいなかった。自分だけが一人、ぽつんと厨房の戸口に立っている。

「朝、警察の応援が来ます」七夏は事務的に言う。

独り言だった。

否、広間に出ていって、皆に伝える言葉の発声練習、なのだろう、きっと。

次に溜息……。

自分の顔が熱くなっているのがわかった。

七夏は心の中で「馬鹿」を六回繰り返し、頬を膨らませて深呼吸をした。一瞬だが、ブラックホールに吸い込まれていく宇宙船を想像する。前髪が自分の吐く息で揺れた。派手な舌打ちをもう一回。気持ちを切り換える儀式には、最低このくらいの手順が必要だ。

それから……、
多少冷静になって、紅子が話していた内容、
そう、声や口調ではなく、内容の方だ、
それを思い出してみる。

もう、大丈夫って……？

大した事件じゃない？

どういうことだろうか。

なんだって、そんなことを彼女は言ったのだろう。

息を止めて考える。

唇を噛んでいた。

きっと額に皺を寄せているだろう。

気をつけないと、そういう顔になってしまうぞ。

小さいとき、よくそう言われた七夏だった。

第8章　さて戦慄の一夜が明けて

もし自然界に、人間をはなれて、真理というものが、隠されているものならば、それを発掘すれば、それでおしまいである。もちろん宝はたくさん隠されているので、一ぺんでおしまい、ということはない。しかし数多くの宝の中から、一つずつ見つけていけば、手の中に握った真理が、だんだんふえていき、未知の分が、それだけ少くなる。もしこういうものならば、科学はいつかは、宇宙の真理を全部見つけ出してしまうであろう。

1

空が明るくなるまでの広間は、静かな沈滞の数時間だった。全員がずっとそこにいたわけではない。たまに部屋から出ていく者がいた。トイレへ行く者、自分の部屋へ書物を取りにいく者、また、厨房へ飲食物を探しにいく者もいた。ソファで横になって本格的に眠ってしまったのは、野々垣綾と竹本行伸の二人、そこまでいかなくても、雑誌や新聞を膝にのせたまま居眠りをする者が数名。たまに広間を歩き回り、窓際に立って外を眺める者、腕を伸ばして、膝や腰を折って軽い運動をする者、そして、近くの誰かと小声で言葉を交わす者。しかし、窓の外が次第に明るくなった頃には、そうした動きも最小限になっていた。

祖父江七夏は立ち上がって、一度溜息に近い深呼吸をした。

「ちょっと、ぐるっと見回りしてくる」彼女は対面のソファに座っていた立松に告げる。

「あ、一緒に行きましょうか?」彼は七夏を見上げてきいた。

「ここにいて」

「わかりました」

七夏は、ドアから通路に出た。そこは、事務棟へ抜ける渡り廊下で、両側のガラス越しに中庭が見える。後ろでドアが開く音がしたので振り返ると、赤いドレスを揺らしながら、小鳥遊練無が飛び出してきた。

「一緒に行くよ」彼は七夏の近くまで来て、にっこりと微笑んだ。

「どうして?」

「一人じゃ危ないかもだよ」

「大丈夫」七夏は鼻から息をもらす。「ちゃんと武器を持っているし」

「女の武器?」

「面白いこと言うね」

そのまま、二人で並んで歩いた。

事務棟の中の通路を抜ける。ここの事務室には、今までに一度も入っていない。仕切りはなく、見通しは良かった。もちろん、どこにも人影はない。デスクの下に誰かが無理に隠れていないかぎり、無人に違いなかった。二度通路が折れ曲がり、さらに進むと、途中に会議室が二つあった。その一つが、この研究所に来て最初に七夏が案内された部屋である。ドアを開けて、一応中を確かめてみた。異状なし。

通路はこの辺りから急に雰囲気が変わり、荘厳な玄関ホールへ階段で下りる。

「あ、この階段……」七夏は途中で気づいた。

「何?」練無が尋ねる。

「車椅子の土井博士は、どうしてたんだろう?」

「あ、それならね」練無は頷いた。「あっちの部屋の奥から、向こうの実験室の通路へ出られるんだよ。そこがスロープになっているの」

「へえ。そこ、私、まだ見ていないな」七夏は言う。

「あとね、そっちの階段を上がると、図書室と資料室と田賀さんの部屋」練無が説明する。

玄関の付近を確認し、続いて、右手の階段を上がり、図書室の奥の通路を歩いた。辺りは静まり返っている。自分たちの歩く靴音しかしない。

再びホールに戻り、今度は奥のドアを入った。短い通路を抜け、もう一度ドアを開けて遊戯室に出る。ビリヤード台が右手に見えた。

「ほらほら、この絵を見て」練無が先へ歩いていき、壁に掛かっている大きな絵を指さした。

七夏はそれを眺めながら近づく。

最初は単なるモダンアートかポスタの類かと思った。だがようやく、六人の科学者たちの顔が、現実の人物たちと一致する。

「ふうん、変なものが飾ってあるんだ」七夏は頷く。「自分の似顔絵を飾っておく神経って、信じられないよ、私」

「紅子さんが、六角形の話をしてたよ」

「え、どんな?」

「うーん、よくわかんない」練無は首を傾げる。それは明らかに彼の演技であって、この青年の知的レベルを、既に七夏は充分に理解していた。

「一番上の土井博士と、一番下のファラディ博士が、殺されたのか」七夏は呟くように言う。

「うーん、何か、意味があるのかなあ」

「ほら、六人から三人を選ぶってやつ」

「ああ、エレベータのね。あれが、この絵と関係が?」七夏は手帳を取り出して、その部分を開けた。

彼女は、最初の数行をもう一度読んだ。

六人より三人を選んだときは、
すべて等しいか、

すべて等しくないか、
いずれかで分け与えよ。

「すべて等しいっていうのは、正三角形のことだよね、きっと」横から覗き込んでいた練無が言った。

「正三角形ね……、なるほどなあ」七夏は頷く。

「えっと、正三角形って、何だったっけ？」

「駄目じゃん」練無が口を尖らせる。

「私、文系だから」

「全部の辺の長さが等しくて、全部の角も等しい三角形のことなり。ほら、ここと、ここと、ここを選べば、正三角形になるよ」練無は、土井博士と右下の宮下博士、それに、左下の園山博士を指で選ぶ。

「えっと、じゃあ、すべて等しくない、選び方っていうのは？」七夏は手帳を見ながらきいた。

「それは、普通の何でもない三角形のことだから、えっと……」練無は絵を見ながら考える。「あれ？　そうか！」

「何？　どうしたの？」

「こうやって、正六角形の頂点が並んでいる場合、そこから三つを選んで、それを結んでできた三角形って、結局、三種類しかないんだ」

「三種類？」七夏も絵を見つめてみたが、まったく意味がわからない。

「うん、つまりね、正三角形と二等辺三角形と、それから、直角三角形」

「ごめん、説明してくれる？」

「まず、一つ飛ばしに三つを選ぶと、正三角形になるし……」練無は絵の上で指を動かした。「連続した三つを選ぶと、平べったい二等辺三角形になるよね、あとは、隣どうしの二つを選んで、もう一つは離れたところから、こう……選ぶと、ほら、直角三角形でしょう？」

「それって、直角三角形なの？」

「そうだよ。だってほら、ここの長い辺が直径になるから」

「うーん、直径って、ああ、円の直径ね……」七夏は唸る。「だいたいわかった」

「だいたいって、どれくらい？」

「うーん、三十パーセントか、二十パーセントくらい」

「そういうのを、だいたいわかったっていうの？」

「大丈夫大丈夫、数学は、だいたいそれくらいで充分なの」

「数学っていうよりも、小学校の算数じゃないかな、これ」

「ま、いいから。とにかく、それがどうかしたわけ？」七夏は質問した。

「つまりね、エレベータに書いてあった、この文句だけど……」練無は、七夏の手帳を覗き込んだ。

「ほら、このね、すべて等しいか、すべて等しくないか、てやつ、これは、つまり、正三角形か直角三角形にしろってことなんだ。二等辺三角形じゃあ駄目だぞってこと」

「うーん」七夏は首を傾げる。「それで、だったら、どうなるわけ？」

「そうすれば、長くも、短くも、強い調和となる」練無は、七夏の手帳に書かれていた文句をそのまま読んだ。

「強い調和って、何？」

「お友達ってことじゃない？　仲よし仲よしってこと」

「ふうん……、それが、何なの？」

「ま、なんかのお呪いってことかな」

「おまじない？」七夏の声がやや大きくなった。「科学者が？」

「よく、わからないけれど、エレベータを動かすためのパスワードかもしれないよ」練無が首を傾げる。

「ああ……、なるほど」七夏は頷いた。その意見には素直に感心した。「あとは……」彼女は手帳の文字を読む。「死は、我々とともにあり、死は、我々ともにない」

「普通だったら、あらず、だよね」練無が可笑しそうに言った。

「え？」

「言葉遣いがさ、ちょっと現代風じゃん」

「あ、そうか……」彼女はまた感心した。「小鳥遊君って賢いよね」

「でも、意味は全然わかんない」首を左右に振る練無。「紅子さん、なんかわかってたみたいだったけど」

「うーん」七夏は手帳に焦点を合わせて睨んでみたが、何も思い当たらなかった。

「ねえねえ、もうすぐ林さんが来るの？」

「ええ……」彼女は頷いてから、顔を上げて練無を見る。「あ、いえ、わからない。誰が来るのかなんて……」

「へへんだ」練無は舌を少し出して笑った。

「さ、次へ行こう」七夏は歩きだす。「このドアね？」彼女は、絵の横にあるドアを開けた。

真っ直ぐなスロープが奥へ上っている。

「そこの左が客室」練無が歩きながら説明した。

T字路で左手を見る。すぐに行き止まりの通路だ。両側にドアがあって、奥村と竹本が使った部屋である。結局、二人とも広間にいるので、今は無人のはず。

そのまま通り過ぎ、突き当たりのドアを開けて、カーブしているお馴染みの通路に出た。

「なるほど、ここへ出るのか」七夏はドアを振り返って見る。「倉庫のドアだと思っていた」

緩やかにカーブした広い通路が左右に延びている。正面は透明のパーティションに区切られて内側は実験室。左に少し行ったところにT字路があり、左手に通路が延びている。そちらが、会議室へ向かう通路だ。そのT字路を真っ直ぐに行けば、左手が、パーティ会場だった広間となる。

特にどこにも異状はない。二人は、通路を右へ、円周の通路を奥へ向かって歩くことにした。

「林さんが来ること、紅子さんに話したの？」練無がきく。

「ノーコメント」七夏は口もとを上げて答えた。

「いっそのことさ、二人でもう少し話し合ってみたら、どうかな」

「二人って？」

「だから、祖父江さんと紅子さん」

「そうだよね」簡単に七夏は頷いた。「でも、そういうのって、口で負けた方が手を引くってことにならない？　私、負けることがわかっている勝負はしない方針なんだけど。そうね、力ずくの勝負なら、なんとかなるかもだけど」

「それは、話し合いって言わないよ」練無は言う。少し怒った顔だった。「それに、紅子さん、案外強いかもしれないよ」

「ええ、相手に不足はないってとこね」

ファラディ博士の部屋の前まで来た。七夏は意味ありげに練無に向かってウインクして、ポケットからハンカチと一緒に取り出したキーを鍵穴に差し入れる。

「いっそのこと、どちらって、決めてくれた方が良い？」練無は尋ねた。

「そんなこともない」七夏は首をふった。「決めてしまわれたら、たぶん、どちらかが泣くことになるわ」

「そうかなぁ……」

「まあ、だけど、泣いた方がせいせいして、かえって良いことってのも、あるか」

「うーん、そうそう」

「でも、私は泣きたくない」

ドアが開く。

七夏が一瞬止まり、部屋の中へ駆け込む。練無が続いた。

二人は、辺りを見回す。

部屋中を隈なく見た。

七夏はデスクの向こう側に回って、その下を覗き込む。

　ファラディの研究室は、さきほどと変化はない。家具の配置も、小物の位置も同じ。床にも壁にも天井にも、何も変わったところはなかった。

　例外は、ただ一つだけ。

　デスクと書棚の間に、死体がなかったのである。

2

　土井研究所の駐車場に林のシトロエンが到着したのは、六時を少し回った時刻だった。空は既に夜とはいえない明るさだったが、まだ太陽は見えない。ただ、明度と色彩が同調したグラデーションから、東の方角がはっきりとわかった。車から降り立つと、靴の下で湿った砂利が鳴り、車のドアの音が幾つか連続して辺りに響いた。何人かの足音が近づいてくる。

橋の崩壊現場にクレーン車が到着したのが一時間ほどまえ。谷間に渡された仮の鋼材を互いに固定し、その上に穴の開いた鉄板をのせた。数人の鳶職《とびしょく》が手際良くボルトを締め、両サイドにはパイプ製の手摺も据え付けられた。一台ずつ車が渡れるようになり、最初にパトカーが一台、それに続いて、林のシトロエンが渡ったのである。

　その後の坂道はあっという間だった。結局、パトカー三台とワゴン車が二台、それにシトロエン、総勢で十五名ほどいるだろうか。すぐにこの十倍もの人員が駆けつけてくる段取りである。

　ゲートの中へ入り、スロープを上っていく。玄関の前まで来て、林自身がドアの横にあるボタンを押した。時計を確認する。六時十五分。頭の中で、これから出す数々の指示、想定される状況とその対処について最終的な確認をした。既にシミュレーションは終わっている。

　かなり時間がかかったものの、ようやく内部で鍵を開ける音がした。林は僅かに背筋を伸ばして姿勢を正す。

ドアが開いた。

「わぁ、嬉しい！」紅子が飛び出してくる。

彼女の軽い躰を林は受け止めた。ゴールキーパだったら合格であるが、しかし、避ける暇がなかっただけだった。林は一歩後ろに下がり、紅子の足が地面に戻るのを待つ。

周囲にいた警官たちは動けない。上司を差し置いてドアの中へ入るわけにもいかなかった。

玄関口には、黒っぽい服装の老人が一人、それから長身の香具山紫子が立っているのが見えた。彼女は林と目が合うと、丁寧にお辞儀をした。

「ありがとう、私のために」紅子は、ようやく自分の体重を自分で支えて立つ。

「公務だ」林は言った。「状況は？」

「別に変わりはなくてよ」

「祖父江と立松は、どこにいる？」

「どうぞ、お入りになって」紅子は片手を斜めに伸ばす。「さあ、皆さんもどうぞ。朝早くから大変でしたね。よろしくお願いします」

林がさきに入り、警官たちも次々に玄関ホールに足を踏み入れた。全員が、天井を見上げて、異様な雰囲気に小さな溜息をもらした。

「失礼。貴方は？」林はぽつんと立っている老人に尋ねる。

「田賀と申します」

「ここの人ですか？」

「はい、さようでございます」

「皆さんのいるところへ案内してもらえますか」

高い靴音が近づいてくる。祖父江七夏がもの凄い勢いで階段の上に現れた。彼女は手摺にぶつかり、ホールの林たちを確認すると、そのまま階段を駆け下りてきた。

「警部！」七夏が林の前に立って、敬礼をする。息が上がっている様子だった。「あの……」

「ご苦労」林が低い声で言う。「まず、鑑識の連中を現場へ案内してくれ」

「それが……」七夏は息を飲んだ。「死体が、実は、その……、ないんです」

「ああ、首がないんだろ」林は頷く。「それは電話で聞いた」

「あ、いえ」七夏は首をふった。「そっちの、死体じゃ、ありません。その、最初に発見された死体が、現場から、消えてしまって……」

「消えた？」

「ないんです」

「どうして？」

「いえ……、どうしてって、うん、あの、わかりません」七夏が泣きそうな顔になる。彼女は、紅子の方を見た。「ねえ、博士たちはどこへ？　広間にいないんだけど、どこへ行ったの？」

「部屋に戻られたのでは？」紅子が答える。

「立松はどうした？」林がきいた。

「寝てます」七夏は答える。「もう、どうなってるのか、ああ、本当に、どうしてこんなことに！」

「落ち着け」林が声を落とした。「まず、現場へさきに行こう」彼は後ろを振り返る。「田賀さんについて、三人……、玄関と外に五人。建物の周囲を二人で回ってこい。報告は十五分後だ。あとは、僕と一緒に」

「土井博士の死体は？」紅子が七夏に尋ねた。

「え？」七夏が首を捻る。「いえ、私が見たのは、ファラディ博士の方だけ。今は、小鳥遊君が部屋の前で見張っています」

「こちらへ」紅子は林に促《うなが》した。彼女はホールの奥へ向かって歩きだしていた。

林は彼女のすぐ後を歩く。七夏も紫子もそれに続く。

通路を抜けると、またもゴージャスな広い部屋。そこを横断し、またドアを開ける。通路が緩やかに上り坂になっていた。突き当たりのドアを開け、左右に延びた通路を右手に進む。そこに赤いドレスの髪の長い女の子が立っていた。しかし、それは見間違いだった。

「わあい！　刑事さんだ、刑事さんだ」小鳥遊練無である。両手を叩きながら彼はそこで一回転する。

「こらこら、回るなって」紫子が練無を止める。

「うわ、スーツが渋いね！」練無が林の前で顔を上げた。

「ここです」七夏は前に進み出て、開いたままのドアを示す。

林は戸口に立って中を見た。

「そのテーブルの向こう側に、男性が倒れていました。発見したのは昨夜の八時頃。ほぼ間違いなく、絞殺です。まだ微《かす》かに体温が感じられました。死んだ直後だったと思われます」

「しかし、今はない」林が言う。

「申し訳ありません。なくなっているのに気づいたのは、ついさっきなんです」

「鍵は？」林はドアを振り返る。

「はい、もちろん、保存のため施錠して、鍵は私が持っていました」

七夏は経緯を簡単に説明した。死体の状況、いつまで死体があったのか、一度、部屋の鍵が開けられていたこと、などの情報である。

「ここ、頼む」林は科学班の捜査員に言った。それから、再び七夏を見る。「もう一つは？」

「すぐそこです」七夏は歩きだす。

紅子、練無、紫子も後をついてくる。それ以外にも、警察の関係者が五人ほど一緒だった。カーブした通路をさらに進み、T字路を右に曲がる。突き当たりのドアの前に男が一人立っていた。知った顔である。

「どうも……。おはようございます、警部」保呂草は林に挨拶した。

「保呂草さん、どうしてここに？」七夏が彼に尋ねる。

「いえ、皆さんがここへ来ると思って」保呂草は答えた。両手をポケットにつっこんだままである。「紅子さんが警察の方々をお迎えにいったし、祖父江さんが血相を変えて走っていったし……。ちょっと、先回りしてきただけですよ」

「このドア、開けたの？」七夏は保呂草に詰め寄った。

「どうして開けられるんです？　鍵もないのに」保呂草は白い歯を見せて微笑んだ。

「どいて」七夏は保呂草を押しのけ、ドアにキーを差し入れる。

七夏がドアを開け、控室に林がさきに入る。次に、彼女は右手のドアを開けて、林を導いた。

「このエレベータの中です」七夏は部屋の奥へ早足で進み、壁のボタンを幾度か押す。

林は、部屋を見回した。奥のカーテンが気になった。

「え？」七夏がか細い声を上げる。「こんな。どうして……？」

彼女がエレベータと呼んだ場所は、部屋の壁から引っ込んだ幅二メートルほどの空間で、奥行きは三メートル近くあった。ドアが自動であったし、ドアの付近で床の縁が切れている。確かにエレベータのようだ。

その戸口に立ち尽くしている七夏を横目に、林は気になっているカーテンの方へ歩き、そこを捲ってみた。

ベッドがある。その他、人が生活するのに最低限のものが雑然と置かれていた。床が広く開いていて、その点だけが多少違和感がある。

「向こうの部屋か？」林は戻って七夏にきいた。控室の反対側に金属製の扉があったからだ。

「いえ、ここです」

「いや、死体だ。首なし死体は？」

「ここにあったんです」七夏がようやく林の顔を見た。呆然とした表情である。目を見開き、いつもよりも幼い感じだった。

「今はないな」林は表情を変えずに言った。七夏の顔を見ていると、こちらまで表情が染《うつ》りそうだったので、意識しなければならなかった。「説明してくれ」

「はい、ここの、このエレベータの……、ええ、その奥です。そこに、車椅子に乗った死体があって、首と両手首が切断されていました」七夏はゆっくりと話す。表情は固まったように変化しない。「みんな見ています。ファラディ博士の方も、そうなんです。本当です。ねえ、瀬在丸さん、貴女も見たでしょう？　お願い、ちゃんと警部に説明して下さい」

「祖父江さんの言うとおりです」紅子は林の後ろだった。彼が振り返ると、紅子は、壁際のデスクに置かれているタイプライタを覗き込んでいるところだった。「だけど……」紅子は林の方へ顔を向け、そして、微笑んだ。「きっと、こうなるだろうって、私は思っていたわ」

「ど、どういうこと？」七夏はきく。紅子の笑顔に、彼女は驚いたようだ。

紅子は微笑んだまま、答えない。黙って林を見据えている。戸口から練無と紫子が顔を出していた。

「どういうことなんだ？　紅子」

「もう一度……」彼女は表情を変えずに言った。

林は咳払いをする。

「どういうことですか、瀬在丸さん」彼は言い直した。

「ええ……、ご説明しましょう」急に口調を変えて、紅子は答える。もう笑っていなかった。「特に難しくはありません。とても簡単なことよ。ですけれど、そのまえに、博士たちにお会いしなければならないわ」

3

紅子が先頭を歩いた。再び通路を戻り、T字路を右へ曲がる。左へカーブした曲線の通路を進んだ左手に、ドアが開いたままの部屋が見えてきた。宮下博士の研究室である。

「入ってもよろしいですか？」戸口に立ち、紅子は軽くお辞儀をした。

「どうぞ」左手にあるソファに宮下が座っていた。

彼の横にレンドルがこちら向きに、また、手前のソファには園山と雷田が、宮下に対面して座っている。

紅子に続いて、部屋の中に林が入った。少し遅れて七夏が林の横に立つ。他の者は通路から室内を窺った。

「結論は出ましたか？」紅子は尋ねた。

「私にきいているのかね？」宮下がきき返した。

「どなたでもけっこうです」紅子は言う。彼女は胸の前で両手を軽く組んだ。見方によってはお願いのポーズにもとれるが、表情は厳しかった。「ご自分たちを窮地へ追い込むようなことだけは、どうかなさらないで下さい。まだ間に合うことです。悲劇的な自殺行為だけは、お考えにならないで」

「どうして……」レンドルが言いかける。「いや、瀬在丸さん、貴女の言う、その悲劇的なこと、というのは、いったいどのようなものでしょうか？　貴女は、何か勘違いをされているように思うのですが」

「小田原先生が、私に代理出席をさせた理由がわかりました」紅子は目を細め、僅かに首を左右にふった。「ここで起こっていることを、小田原先生はご存じだった。だから、私を送り込んだのです。私が来れば、きっとこうなる、と……」

「小田原って……」林は隣の七夏にきいた。「あの小田原か？」

「ええ、六画邸の」七夏は答える。「あの数学者です」

林は思い出した。桜鳴六画邸の以前の当主・小田原長治である。

そう、あの連続殺人事件のときの……。

紅子とは親友だ、と聞いてはいた。

「テレビ局に、研究所の今後の運営方針を発表して、つまりは、土井博士の遺書を公にしようとした」紅子は話した。「そして、土井博士は殺される。それは、いつかはしなければならないことだった。そう、いつまでもは騙せない。ファラディ博士の協力を得て、ようやく大芝居を打つことを決心した。その決断は、大変だったでしょう。合意が得られるまでに、おそらく議論を重ねたことと推察します。しかし、とにかく決行となって、証人となる人間を何人か集める。橋を爆破して、警察の到着だけは遅らせる。もちろん、橋がなくなっていることを知らずに通る人がいては危険だから、警察には事前に知らせておいた。一日くらい時間があれば充分だ、という計算でした。ですけど、多少見通しが甘かった、というよりも、実験と同様に、なかなか計算どおりにはいかないものです。第一に、証人の数が予定よりも増え過ぎて、しかも、そのうちの一人は、よりにもよって私、瀬在丸紅子、さらに、もう一人は、愛知県警の祖父江刑事。ね？　理論上は完璧だったとしても、実際に試してみると、なかなか上手くいかないものでしょう？　そのうえ、橋だって朝になるまえに復旧してしまった。社会の一般技術だって着実に進歩しているのです」

「失礼ですが、何の話をしていらっしゃるのでしょうか？」園山が立ち上がった。「出ていってもらえませんか。私たち、ここで研究上の大切な話をしていたのですよ」

「ドアが開いていましたよ。もう観念して、待っていらしたのでしょう？」

「いいえ、貴女にそんなことを言われる筋合いはないわ！」園山の声が高くなる。「何なんです？　偉そうに……。貴女ごときに、私たちの高尚な意志が理解できるとは思えません。私たちは、土井先生のご遺志を正しく継いで、身を削って……」

「はい、お座りになってね」紅子が微笑んだ。

「もう、こんな侮辱、私には我慢できません！」園山が叫ぶ。

紅子が一歩前に出て、左手で園山の頬を打った。彼女のメガネが音を立ててテーブルの上に落ちた。

飛びかかろうとする園山を、雷田が素早く立ち上がって止める。一方、林は紅子の前に出て、彼女を後ろへ引かせた。

「よくわからないんですけど、とにかく、喧嘩はやめていただけませんか」林は丁寧な口調で言った。彼は後ろを振り返る。「瀬在丸さん、よろしいですね？」

「ごめんなさい」紅子が後ろで頭を下げた。「徹夜のせいかしら、ちょっと私、頭がぼうっとしているみたいなの」彼女は目を瞑り、深呼吸をする。まるで、これから平均台に跳び上がろうとする選手のようだった。

園山はソファに蹲《うずくま》って泣きだした。

「死体はどこに？」紅子は優しい口調できいた。

「実験室です」レンドルが答える。他の三人が素早く彼を見た。レンドルは頷きながら微笑んだ。「無理だよ。瀬在丸さんは、もうすっかりお見通しなんだ。馬鹿な真似はこれくらいにしよう。いや、もう終わったんだ。諦めなさい」

宮下は膝に肘をつき、両手を額に当てて項垂《うなだ》れる。雷田は溜息を一度ついて、天井を見上げ、眩しそうな表情になった。

「実験室のどこに？」七夏が尋ねる。

「いえ、焼いてしまった」レンドルが答えた。

「焼いた？」林が口にする。頭に血が上るのが自分でもわかった。だが、紅子を制したばかりである。彼女の手前、ここは自制しなければならない。彼は息を止めて、数秒間で気持ちを切り換えた。

その間、誰もしゃべらなかった。

沈黙が続く。

やがて、紅子が小声できいた。

「火葬ですね？」

四人の博士たちは黙って頷いた。

4

「ちょっと待って」七夏が紅子の前に立った。「どういうことなんですか？　私にわかるように説明して下さい。瀬在丸さん、博士たちと、何か取引でもなさったのですか？　そんなふうに見えますよ」

「ごめんなさいね、申し訳ないですけれど、私の前から、どいていただけないかしら？」紅子は微笑んで言う。「今、お話ししますわ。ええ、ゆっくり落ち着いていらしてね。理解するのに慎重な方にも、順を追って飲み込めるように、嚙み砕いてご説明いたしますから、どうかこの場は、もうしばらく、私に任せていただけないでしょうか？　それとも、何かのパフォーマンスで強気に出ていらっしゃるの？通路に警察の方々がいらっしゃいますよ。ご自重なさった方がよろしいんじゃなくて？」

「あの……」七夏は顔を真っ赤にして口を開きかけた。しかし、林を一瞬だけ見て、溜息をつき、黙って小さく頷きながら後ろに下がった。

「ありがとう」紅子は小首を傾げる。「感情をコントロールできる理性をお持ちだったのね。では、ご説明しましょう。すぐに終わります。沢山の時間を消費するような、そんな価値があるとは、とうてい思えませんから。林さん、貴方には充分に理解ができないお話になると思います。のちほど、情報を補って下さいね」

「わかった、続けてくれ」林は部屋の反対側へ歩いていき、デスクに腰を預けて腕組みをする。七夏もドア付近の壁際まで下がっていたので、部屋の中央に立っているのは紅子一人になった。

ソファの四人の博士たち、そして、通路には戸口に、練無と紫子、そして保呂草、さらに田賀がいる。またその後ろに、警察の面々が五人待機していた。

「最初に、質問をさせていただきたいのです」紅子は歯切れの良い口調で切り出した。「ファラディ博士は、ご病気でしたの？」

四人の博士たちはお互いに顔を見合った。やがて、レンドルが紅子をじっと見据え、数秒間目を瞑ったあと、一度軽く頷き、ウォーミングアップするかのように唇を動かした。

「癌だった。それも……、自分の開発したトモグラフィ・スキャナで発見したんだよ」レンドルは言う。「今月になってから、特に衰弱が激しくて、ろくに食事もできないくらいだった」

「それで、決断されたのね？」

レンドルは無言で頷く。

「けっこうです」紅子は目を閉じた。「ご本人も承諾されたのね。ええ、とても名案とは言えませんが、苦肉の策であったことは確か。しかし、そもそも最初がいけなかった。土井博士は、いつお亡くなりになったのですか？」

「え？」壁にもたれていた七夏が、背中を壁から離して、声を上げたが、紅子は振り向かなかった。

「一年と半年ほどまえになります」雷田が下を向いたまま答えた。

「一昨年にカンファレンスがこの研究所で開催された、と聞きました。そのときには、ご健在だったのでしょう？」

「ええ、そうです」雷田が頷く。宮下もレンドルも頷いた。

「土井博士が亡くなられたことを、残った五人で隠そうとした。私の勝手な想像ですけれど、おそらく、この研究所の運営上の問題だったのでしょう。土井博士の親族に、博士の遺産の大部分が相続される。研究所のために残されたものが不足だった。あるいは、その準備が不充分なうちに、博士が亡くなられてしまった」

「そういったことに対して、私たちはあまりにも無頓着だったのです」宮下が顔を上げた。「ずっと研究が続けられるものだと、信じて疑わなかった。博士が亡くなって、そのときになって初めて、皆で気づいたんです」

「いや、それは違う。僕はけっこう以前から機会があるごとに指摘してきました」雷田が言った。「でも、誰も聞いてくれなかったじゃないですか。そんなことは、研究者が考えることじゃないって」

「どちらも、正しいと思います」紅子は優しい口調で言った。「でも、そのとき、土井博士の死を隠そうとした。そこが、歪《ひず》んでしまった構造の根元です」

「わかっている。しかし……」宮下が言う。下を向き、膝の上で拳を握り締めていた。ときどき細かく躰が痙攣する。「あのときは、ある大きな研究課題を抱えていた。とにかく時間が欲しかったんだ。それが……、いつの間にか、こんなことになってしまった」

「そう、目先の整合性のために、将来の矛盾を見過ごす。人が犯すミスの多くは、それと同じメカニズムです」紅子は急に平淡な口調に戻った。彼女は壁の方へ歩きながら話す。「土井博士はもともと不治の病を患《わずら》っていらっしゃいましたね。亡くなられたのもそれが主原因かと想像いたしますけれど、その後は、それを逆に利用して、公の場に博士は顔を見せなくなった。訪ねてくる人には、仮面をつけて対処した。病気のせいだ、ということで話ができないことも納得してもらえたのでしょう。それはつまり、残りの五人のうちのどなたかが、土井博士の代わりを務めていらっしゃったのです。おそらく、それが可能だったのは、体格が似ているファラディ博士だけだった。昨夜のパーティでも、ファラディ博士が、最後の代役を務められたのです」紅子はそこで後ろを振り返った。「これで、すべて、おわかりでしょう?」

「え、えっと……」いきなり紅子に見据えられて、七夏は口もとに片手を持っていく。「すると、園山さんは、車椅子の土井博士を部屋へ送り届けたのではなくて、えっと……、仮面をつけていたのがファラディ博士だったわけだから、つまり、ファラディ博士を部屋へ送っただけ、だったということ」

「車椅子だけは土井博士の部屋まで押していったでしょうけれどね」紅子は補足する。彼女は再び向きを変え、今度はソファに座っている園山を見た。「貴女が、ファラディ博士の首を絞めた。そうですね？　さきほどの応対でわかりました」

園山は表情を変えずに、目だけを見開いた。紅子を見上げたまま、動かない。既に彼女の目は充血し、頬は涙に濡れている。

「睡眠薬を飲まれたのかしら。いずれにしても、ファラディ博士は自殺する覚悟だった」紅子は淡々と話を続ける。「園山さんは、ただ、絞殺だったという印をつけるためだけに、博士の首を絞めた。それが直接の死因だったとしても、彼女は、事実上、人を殺しているわけではありません」

「いいえ、それは違う！」七夏が声を上げた。「それは立派な殺人です」

「殺人に、立派も貧相もないわ」紅子は微笑んだ。「法によって裁かれるかどうかも小事。良いですか？」彼女は園山を睨む「問題は、貴女自身の評価なのです。貴女が、自分をどう評価するのかで、決まるのですよ」

「私が、ファラディ博士の首を絞めました」園山は頷く。彼女の目から再び涙が流れ落ちる。しかし、園山は顔を上げたまま、ゆっくりと話した。「申し訳ありません。ただ……、私は、この役を、させていただいたことを、とても、誇りに思っております。後悔は、しておりません。もう一度、同じ条件に立たされれば、躊躇なく、同じことをするでしょう」

「今の貴女を救うことができるのは、貴女だけです」紅子はそう言うと、園山から視線を逸らし、天井を見上げて目を細めた。「さて、つまらない、外面的なお話に戻りましょう。ここまでは、計画どおりだった。間違いはありませんでした。あとは、土井博士が殺された、と見せかけるだけ。その大芝居を実行するだけでした。小道具は揃ったのです」

「小道具？」七夏が首を傾げる。「何のこと？」

「もちろん、土井博士の死体を演じる小道具」

「死体を、演じる……？」七夏が言葉を繰り返す。

「あ……」

「思いつくことに慎重な祖父江さんが気づいたくらいですから、もう皆さん、おわかりになったことでしょう。ええ、そうです。ファラディ博士の死体を、土井博士の死体として使ったのです。首が切断されていた理由は、このためでした」

「ちょ、ちょっと、待って」七夏が片手を広げる。目は床を見つめていた。「えっと、ごめんなさい。でも……、そうだ、土井博士の死体が見つかったあと、確か私たち、ファラディ博士の部屋を見たはず……」

「ああ、世話がやける方」紅子は天井を見上げて肩を竦める。「だからこそ、首を切断する必要があったの。貴女がそのとき見たのは、ファラディ博士の頭の部分だけでしょう？　他は全部隠れていたはず。服を着ていたし、手は手袋、足は靴下を穿いていた。躰に触りましたか？」

「首だけ？」七夏が言う。「ああ、そうか……、あでも、躰は？　偽もの？　そんな、都合の良いものが……」

「当然、用意してあったのでしょう。だって、ファラディ博士本人も承知の上での綿密な計画なのですから、あらかじめ準備は完璧だった。首のない人形、おそらく、ウレタンか、それとも風船かな、簡単に運べて、簡単に処分ができるもので作られていたはずです」

「部屋に入って、死体の躰に触ったら、ばれてしまうんじゃない？」七夏が眉を寄せてきく。

「そんなことは絶対にしない、と計算していた。もともとの設定では、刑事なんてここにはいなかった。したがって、殺人現場を保存する、という大義名分で、自然に立入禁止にできたでしょう。でも、ドアだけはときどき開けて、わざと確かめさせる、そもそもそれを見越して、ドアから適度な距離のあの場所に倒れていたのね。すべては計算されていたというわけです」

「どうして、手首まで切る必要があったんですか？」戸口に立っていた保呂草が質問した。

「ああ……」紅子は保呂草の顔を見て微笑んだ。「そう、良い質問だわ。普通ならば、顔は本人と見破られないため、手首もやっぱり指紋を採らせないため、と考えるでしょうね。ですけれど、今回はそうではない。警察がいない状況を想定しているわけですから、本当ならば手首を切断する必要はなかった。そう……、なるべく無駄のない合理的な方法を選択していたはず。だから、ファラディ博士は手袋をしていました。透明でしたけれど、少し離れたところから見たとき、手袋さえしていれば、それらしく偽ものを作ることは簡単だったでしょう。だから、躰のレプリカには、ちゃんと手の部分もあったはずです」

「というと？」保呂草は片目を僅かに細くした。

「あれは予定外だったの」紅子は答える。

「予定外……」保呂草は一瞬眉を寄せて考える。そして、次の瞬間に、口を小さく開けて頷いた。「ああ、そうか……」彼はにやりと笑って首をゆっくりとふる。「思いつかなかった。今回は完敗ですね。そうか、紅子さんがいたからなんだ」

「ええそう」紅子は頷いてから、壁際の七夏を見た。彼女は腕組みをしたまま難しい顔をしている。

「わからない？　私、あのとき、透明の手袋越しにファラディ博士の手を見て、こう言わなかった？手相が見てみたい。爪の形が綺麗だって」

「あ、そうか……」七夏は顎を上げる。

「貴女は、確か……、遊びじゃないのよっておっしゃった」紅子は優雅に微笑んだ。「もちろん私は、手袋を外して指紋を採りたかった。でも、そのときの私の言葉を、通路にいた園山さんが聞いていました」紅子は園山の方へ視線を移す。園山は紅子を一瞥して頷いた。「だから、土井博士の代役としてファラディ博士の死体を使うとき、手があってはまずい、ということになったのです。私が手の形を憶えている可能性があって、見破られてしまうから。結局、私が、余計な苦労をさせてしまった、ということ。これは、謝るべきかしら？」

「ねえ、だけど、土井博士は手袋をしていたよ」今度は戸口から練無が質問した。「あの手袋をさせておけば、見えないんだから、切らなくても良かったんじゃないの？」

「うん、それもまあまあの質問ね」紅子はまた微笑んだ。「でももう少しよく考えてみて。普通の死体じゃないのです。頭がないのよ。顔がない死体を見て、普通だったらどうする？　それが、誰なのかを確かめたくなるんじゃないかしら？　そうなったとき、服を脱がせるよりも、手袋を外すことはずっと簡単。もちろん、この場合も、殺人現場を保存すべきだ、と主張して阻止することはできたでしょう。だけど、さきほどとは状況が明らかに違う。何故って、このときには既に、刑事さんがいることがわかっていたのです。私がファラディ博士の手を執拗に観察したこともわかっていた。こうした状況から考えて、首のついでに手首も切り落とすしかない、と判断したことは、極めて自然な成り行きだったと思います」

紅子は、部屋の中を数歩だけ移動して、向きを変えた。

「死体を切断したのは、どなただったのか知りませんけれど、使われたのは実験室のあの耐水性試験をする部屋ですね。電動工具を使えば、あっという間にできたでしょう。切断したものを綺麗に洗って、頭部と手首はファラディ博士の部屋へ戻し、胴体の方は車椅子に載せて土井博士の部屋まで運んだのです。これで、おしまい」

紅子は手のひらをチューリップの形にして、それを開花させた。彼女の視線は宙をしばらくさまよった。部屋にいた者、戸口から覗き込んでいる者のうち幾人かは、つられて天井を眺めたが、もちろん、そこには何もない。

「まず、最初のファラディ博士殺害の状況から、そして、私が手相のことを話したとき、それを聞いていた、という条件からも、園山さんが殺人に関与していることがわかりました。しかし、死体を切断し、短時間のうちにそれを運搬してセットする、といった諸々《もろもろ》の作業を想像すると、女性一人では無理がある。死体の運搬には車椅子を使えば良いのですから、物理的には可能かもしれません。上げ下ろしさえできれば、ですけれど。しかし、土井博士が亡くなっていることを、他の博士たちが知らないはずはありませんし、実験室を使ったり、この辺りの通路を行き来したり、とにかく、計画としては危険が多過ぎる。それよりも、複数の人が、この芝居を演じている。観ている者は部外者だけ。それならば、コントロールも簡単です。このシナリオなら、とても合理的だと思いました。私が、最も確率が高いと判断して、行き着いた結論は、四人の博士が全員、この犯罪に関っている、というものです」

「申し訳ないことをしました」レンドルが言った。他の三人も頭を下げた。

「そこまでは、まだ良かったのです」紅子は続ける。「観客が予定外に多くなったことは確かに誤算でした。保呂草さんと紫子さんは、テレビ局のスタッフとしてですから、それほどでもない。しかし、橋の爆破のあとで、祖父江さんがここまで歩いて上っていらしたのは、今回のお芝居を演出している側にとっては、大いなる脅威だったはずです。たった一人とはいえ、警察官です。しかも、私たちと知合いだった。大人しそうに見えた瀬在丸紅子も、小鳥遊君も、異様に好奇心旺盛、所内をパトロールするなんて言いだした。保呂草さんも、ただ者ではなさそうです。紫子さんと二人で警察に連絡するために出ていく。積極的な意見を次々に出して、恐れもせずに行動する連中の出現によって、博士たちには相当なプレッシャがかかったと思います。そんななか、計画どおり土井博士の死体発見現場をセットしなければならないのに、私と小鳥遊君はパトロールでうろついている。苦肉の策で、とりあえず、二人をおびき出して無響室に閉じ込めてしまおう、ということになった。あそこなら、叫んでも外には聞こえないでしょうからね。十分も閉じ込めておけば、その間に舞台のセットは完了する。もちろん、ドアを開けたときに顔を合わせてはまずいので、眠らせておく手立ては必要だったでしょう。ところが、ここでも誤算があった。祖父江さんが加わったことです」

「私？」七夏が声を上げる。「そうか……」

「三人も一度に籠に入ってしまった。しかも刑事が一緒です」紅子は少しおどけて肩を竦める。「きっと、博士たちの間でも、揉《も》めたでしょうね。とりあえず、縛りあげて、時間を稼ごうとしたのか、おそらくは、外部犯の可能性を示そうと考えたのでしょうね。何か、外に証拠となるようなものを偽装しに出かけたのか、電動タイプにも、それを仄《ほの》めかすような文面を打たせて、いえ、これはもともとの計画だったかもしれませんけれど……」紅子は首をふった。「ああ、徹夜と催眠ガスのせいで、私の頭、あまり回っていないわ。ええ……、いずれにしても、このとき、重要な手違いがあったことは確かでした」

「申し訳ない。もう、あのときは、どうして良いのか、皆もわからなかった。完全に自分たちを見失っていたんだと思う」宮下が話す。「こんなことをしたら、よけいに疑われる。いや、しない方がもっと危険だ、という議論があった。でも、そんなことを、話し合っている場合でもない、余裕もなかった。とにかく、ちぐはぐな行動だった」

「さて、次はあの問題のエレベータです」紅子は小さく溜息をついてから、振り向いて林を見て微笑んだ。「もう、終わりますから……。あの地下に重要なデータがある、ということでした。それは土井博士の研究の成果というよりも、おそらくは遺言の類、それが記録された磁気データでしょうか？」

「土井先生は自分しかアクセスできないシステムをコンピュータ上に作られて、そこに毎日書込みをなさっていました」雷田が説明した。「もしものことがあったときには、他の五人全員が、あそこに揃って、そのシステムを使うことができる」

「その場合、どうやって五人の存在を認知するのですか？」紅子は尋ねた。「一つは、重量ですね？」

「そうです」雷田が頷いた。「エレベータ自体が重量計になっているので、あの部屋の総重量を常に計測しています」

「もう一つは、天井からぶら下がっていたセンサ？」紅子はきいた。「さきほど、ファラディ博士が、ご自分の癌を発見されたと聞きましたけれど、あれも、超音波の発信子と受信子ですね？」

「そうです。あの両方を当てて、人体の中に音波を通して、その伝播特性を調べます」

「頭に発信子を当てるのですか？」

「そうです」雷田が頷く。「反対側の受信子に到達した音波の波形から、減衰と反射などの特性に関する情報を得ます。つまり、人の頭の密度分布がほぼ正確にわかります。さらに、センサを移動させて、それを解析し、画像処理すれば、断面図を描き出すことも可能でしょう。現在、それを簡単に操作できる装置を開発中です。私は、センサの開発が専門で、ファラディ博士が、波形解析を担当されていました。今後の医療における画期的なツールとなることは間違いありません」

「小鳥遊君が聞いた、チッチッチという音がそれです」紅子は、戸口から顔を出している練無に言った。

「どういうこと？」練無が首を捻る。

「エレベータで重量を計る、それから、人間の頭の中に超音波を通して、五人の個人が存在することを確認する。もしかして、土井博士の一番新しい研究テーマは、音声認識だったのでは？」

「え、ええ……」雷田が驚いた顔をする。「瀬在丸さん、どうして、それが？」

「私も同じことに挑戦しているからです」紅子は無表情のまま答えた。「なるほど、それでわかりました。音声認識の技術は、超音波科学からは多少離れていますけれど、今後、確実に普及するテクノロジィです。いわゆる波形解析の一分野とはいえ、求められる分解能のレベルによって、困難性は格段に違います。それに比べたら、人の頭に超音波を通して、単なる伝播速度と反射波のずれ、そして位相などから、個人を識別することは非常に容易です。それが、誰なのかを認識することは困難ですが、少なくとも、測定した数例のデータの中に、同一人物による重複が存在するかどうかは確実に判別できるでしょう。たとえば四人しかいなくて、そのうちの一人が二回、向きや位置を変えてスキャニングをしても、それを見破ることは可能ですね？」

「可能です」雷田が頷く。「アウトラインの形状を認識することができますからね。しかしこれは、世界でもまだ、ここだけの技術だと思いますよ」

「ようするに、一瞬のスキャニングだけで、そこにいるのが何人なのか、ごまかされることなく、機械が認識できるというわけです」紅子は言った。「土井博士が亡くなって、残された五人の博士たちは、土井博士が作ったこのシステムに従って、いつも、エレベータに五人一緒に乗って、コンピュータにアクセスをしていました。五人揃うことが、一つの儀式だったのです」

「コンピュータ?」林がきいた。「それは、地下にあるのか?」

「いいえ」紅子は首をふった。「コンピュータの本体はどこなのか知りませんが、端末なら、土井博士の部屋にあります。電動のタイプライタがありましたでしょう。あれが入力装置と出力装置を兼ねているようです。あのエレベータは、そもそも動かないんじゃないかしら。地下なんて、本当はないのでは?」

「いえ、地下には小さな実験室と倉庫があります」レンドルが答えた。「ただ、土井博士が車椅子の生活になられて以来、自然に使われなくなりました。瀬在丸さんのおっしゃるとおり、あのエレベータは単なるスイッチというか、センサの役目をしているだけです。一旦あの中に皆で入って、機械に確認させれば、あとはタイプライタで入出力ができるようになっている。土井博士の財産を管理している銀行口座のパスワードなども、あの端末から連絡が取れる仕組みになっています。コンピュータを動かしさえすれば、外向きには、土井博士が生きているように振舞えました」

「それが、土井博士の意志だったのですね」紅子は言った。「五人が揃っているなら、自分が死んだあとも、すべての管理を任せようとなさったのです。全員の協力を望まれていたのですね」

「私たちは、それに応えた」宮下が小声で呟いた。

「ただ……」

「そう、ファラディ博士のご病気は、確かに、予想外のアクシデントだったでしょう」

「はい!」高い声を上げたのは、通路から覗いていた練無である。

「何? 小鳥遊君」紅子が優しい声できいた。

「僕は、じゃあ、あのとき、エレベータまで引っ張られていって、その……、個人を認識するためにチッチチってやられたわけ?」

「そう。あとは、体重を合わせるため」

「どうして？　だって、ファラディ博士の躰を車椅子で運んできたんでしょう？　ついでに頭も持ってくれば、重さも同じだし、頭に超音波を通して調べるのだって、できたんじゃない？」

「死んでいる頭では駄目だったのね？」紅子は雷田の方を見て首を傾げた。「きっと、微妙に脈動する雑音、つまり鼓動の周波数を感知するのでしょう？」

「まさに、おっしゃるとおりです」雷田は頷いた。「生きている頭脳でないと、認識してもらえなかった」

「それがわかったのも、昨日だったのですか？」紅子はきいた。

「土井博士のプログラムは凄かった」雷田が首をふりながら頷いた。「そのとおりです。僕は、戦慄しましたね。まさか、そこまでの処理をさせていたなんて」

「つまり、最初はファラディ博士の頭部で試したのに、エラーが出た」紅子は淡々と話す。「しかたがないので、手近にいた人間を一人引っ張ってきて試してみた」

「どうして、僕？」練無が笑いながらきいた。「紅子さんとか祖父江さんじゃなくて、僕が選ばれた理由は？」

「それは、貴方の服装が一番持ち上げやすかったからじゃないかしら？」紅子は微笑んだ。「摑みやすい」

「それだけ？」練無が顔をしかめる。「一番、可愛かったから、とかじゃ、なくて？」

横にいた紫子が練無の頭を軽く叩いた。

「感知した体重から判断するルーチンには、相当な許容範囲があって、服装の違いや体重の増減に対応するために、おそらく二十パーセントくらいの幅は持たせてあったはず。それに、重さだけなら、他のものでも簡単に調節ができます。私は、最初、体重を合わせるために、小鳥遊君が使われたんじゃないかって考えました。それから、頭部が切断された理由は、超音波センサによる個人識別のために、その頭部が必要だったのではないか、とも考えました。どちらも、違っていましたけれど、その発想の延長上に、今回の正解があったといえます」

紅子は、くるりと振り返って、林を見た。

「さあ、これで全部。すべておしまい。私の認識が間違っていなければ、博士たちの最も重い罪は、小鳥遊君を殺そうとしたことです。つまり、殺人未遂ね」

「いいえ、とんでもない！　ファラディ博士が殺されているんですよ」七夏が早口で言った。

「そう、でも……、自殺幇助《ほうじょ》だった、と認識するべきではありませんか？」紅子は声を落とし、静かに話した。「死体を切断したことも、死体損壊罪として、一般的な倫理からは許し難い行為かもしれないけれど、私には特に異常な意志とも思えません。科学者ならば、死んだ人間の肉体に個人の尊厳が残っているとは考えないはずですし。私も、小さいときに、それを学びました。飼っていた犬が死んでしまった夜にね」

5

「ご質問は？」紅子がゆっくりと全員の顔を見ながら尋ねた。

博士たちは黙っている。林は腕組みをして難しい顔だった。これから、どんな捜査をすれば良いのか、それを考えているのだろうか。七夏は壁にもたれかかり、顔を上に向けて目を瞑っていた。急に疲れが出たのだろう。どこかに座ったら、と紅子は声をかけようとしたが、どうしてもその言葉が口から出なかった。

「誰もしないのなら、僕が一つ」保呂草が戸口に現れて、片手を軽く挙げた。「えっと、土井博士のエレベータなんですけれど、五人の博士を認識する仕組みはわかりました。でも、その以前に、土井博士が一人の場合は、どうなっていたんでしょうか？　土井博士一人を認識するのには、今聞いた仕組みでは簡単過ぎますよね。単に体重を合わせて、生きている人間が一人入ればＯＫってことになってしまう」

「さすが保呂草さん」紅子は微笑んだ。「残念ながら、それは私にもわからない。何かのパスワードがあったことは確か。しかも、自分に、もしものことがあったとき、それがなんとか解けるようにしておく、ということも、土井博士くらいの方なら、きっと用意されていたでしょう。お考えにはなりました？」

ソファに座っている四人の博士たちに紅子はきいた。しかし、彼らは全員黙って首をふる。

「人間というのは、多少は不便であっても打つ手がある場合にはそれを使う。それが使えることで、それ以外の方法を考えなくなってしまう」紅子はそこで天井を見上げる。「五人揃えばスイッチが入る。だから、博士が出されたなぞなぞを解こうとしなかったのね。ええ、もっと事態が深刻で、もう他に方法がない、というときなら、きっとどなたかが思いつかれたことでしょうけれど」

「え、どんな？」レンドルが紅子を見据える。

「いいえ、わからない」紅子は微笑み返す。「でも、超音波も普通の可聴音も、波形解析の原理はまったく同じです。周波数成分を取り出すスペクトル解析がまず基本でしょうか？」

「何を言っているんだ？」宮下が眉を顰める。

「そもそも、博士たちが今のグループを組んだ経緯は、どんなものだったのですか？　土井博士が集められたのですよね？」

「そうです」レンドルが言った。「この分野では、土井先生がもう四十年も前から第一人者だった。抜きん出ていました。超音波科学の父といっても良い。僕たちは、ただ博士の指導を受けて、ここまでやってきたに過ぎません」

「もともとは、私は博士の後輩で……」宮下が続ける。「レンドル君は、博士の教え子です」

「あとは？」

「あとは……」宮下が、園山と雷田を見た。「MITの大学院生だったファラディさんをスカウトしてきたのも土井先生だし、そのあと、園山君や雷田君も、土井先生が連れてきたんだよね」

「ええ、まだほんの駆けだしでした」雷田が頷く。

「どうして、自分が選ばれたのか、今でもわかりません」

「やっぱり」紅子はくすっと笑った。

「何が、やっぱりなんですか？」レンドルがきいた。

「名前で選ばれたのでしょう」紅子は答える。

「ド・レ・ミ・ファ……で」

「ああ、そのことか」レンドルが思わず微笑み、一瞬で真面目な顔に戻る。「それは、ええ、確かに、よく話題にはなる。まあ、ジョークの一つです」

「偶然ですものね？」紅子は言った。

「ええ、そりゃもちろん、偶然ですよ」レンドルが眉を寄せる。

「あ、ホンマに！」紫子が通路で声を上げている。

「凄いやん、それって」彼女は小声で歌いだした。

「ドは土井博士のド、レはレンドル博士のレ、ミは宮下博士、ファはファラディ博士、ソは園山博士、ラは雷田博士、さあ、歌いましょう」

「しこさん、しこさん」練無が彼女の肩を叩いて囁いた。「みんなに借りを作ったよ」

「失礼しましたぁ」紫子が頭を下げる。「どうもどうも」

「シ、だけないのです」紅子が淡々と話す。「エレベータの壁に書かれていた、死は、我々とともにあり、死は、我々とともにない、という文句……、あれは明らかに、音階のシのことです。本来は七つある音階、ドレミファソラシだから、シはともにある。でも、この研究所には六人しかいない、したがって、シはともにない」

博士たちが顔を見合わせた。

「六人より三人を選ぶ……」紅子は続ける。「これは、和音のことですね。遊戯室にある魔方陣の絵が、六人の博士の位置を示しています。あの配置も、もちろん、ドレミの順です。すべて等しく選ぶというのは、角度を等しくする正三角形の頂点。つまり、たとえば、一つおきに取って、ド・ミ・ソの和音か、レ・ファ・ラの和音。長くも、短くもとは、つまり、長調であれ、短調であれ、いずれも協和音です。保呂草さん、そうね？　貴方、音楽はお得意でしょう？」

「シャープやフラットを使わないなら、ドレミのどこから始めても、一つおきに音を取れば、全部協和音になる。ドミソとかファラドがメジャ。ミソシやレファラがマイナですね。全部で六つかな……」

「あの魔方陣ではシがないから、中には、正三角形にならないものがあります。その場合は直角三角形。すべてが等しくない三角形になる。すべて等しいか、すべて等しくないか、で三つを選択するとそうなる。それ以外の選択の方法とは、二つだけ等しいもの、という条件しかありません。それはつまり一般的な二等辺三角形で、魔方陣の場合は、三つ隣り合った連続した頂点を選ぶことに等しい。たとえば、ドレミを選んだ場合には、二等辺三角形になりますけれど、これでは協和音、つまり正常な調和にはならないわけです」

「わかった。あの落書きが和音を意味している、というのは、そのとおりかもしれん」宮下が片手を広げる。「しかし……、何をどうすれば良い？」彼は目を見開き、紅子を見据えていた。今にも立ち上がらんばかりの姿勢だった。

「お気づきになりませんか？」紅子は小首を傾げる。「何か和音が関係している、ということです。おそらく、音を感知するセンサがあって、それをスペクトル解析して、三つの音を判別するのでしょう。三つが同時に鳴らなくてはならない」

「しかし、何で音を？」宮下が眉を寄せる。

「そうか……」雷田が声を上げ、頷いた。「そうだったのか……」

「ね、簡単でしょう？」紅子が両手を合わせて微笑んだ。急に口調が変わっていた。「バチが三本あったわ。土井博士の寝室に木琴の……」彼女は目を瞑り、そのままお祈りをするような姿勢で僅かに上を向いた。「ああ、とても綺麗な思考ですこと」

6

紫子と練無、それに保呂草は広間に戻った。紅子も通路の途中までは一緒だったのに、急に立ち止まり、何も言わず引き返していった。

「どうしたの？」練無が声をかけると、紅子は歩きながら振り返り、片手を広げて振った。片目を瞑って、子供のようにウインクするのだ。

「何、あれ？」紫子が小声で言った。「どういう意味？」

しかし、紅子はそのまま消えてしまった。おそらく、林に何か言い残したことがあったのだろう。

広間には、立松ともう一人制服の警官が立っていて、奥村、竹本、朝永そして綾の四人と話をしていた。

「あっちは、どうです？」立松が部屋に入ってきた保呂草にきいた。

「ええ、順調ですよ」保呂草はポケットから煙草を取り出しながら答える。「あ、もう一本しかない。しかたがないなあ、紅子さんのために残しておこうか……」彼は煙草をポケットに戻す。「良かったですね、事件が早く解決できて」

「そうですね……、え！」立松がのけ反った。「解決って？　あの、これから事情聴取を……」

「ええ、それは必要でしょうけれど」保呂草は口もとを上げる。

「紅子さんがね、あっちで全部解決しちゃったんだよう」練無が言う。「カッコ良かったんだから」

「えっと……」立松が目をしょぼつかせた。「犯人は？」

「内緒」練無が口を尖らせる。

「ちょ、ちょっと……」立松は手帳を慌ててポケットに仕舞い込み、部屋から飛び出していった。

「可愛い刑事さん」ソファに座っていた綾が笑う。彼女は立ち上がり、両手を上に伸ばして欠伸をした。「あーあぁ、皆さん、おはようございます」

「誰が犯人だったんですか？」朝永が首を回しながらきいた。

「うーん、ちょっと、よくわからないですね」保呂草は言った。「まあ、そのうち、おいおい……」

そこへ、紅子が部屋に入ってきた。彼女はぶすっとした表情で、みんなと視線を合わさない。ソファに勢い良く腰掛け、速い溜息をついた。


「どうしはったんです？」近くにいた紫子が尋ねる。「なんか、怒ってはるみたい」

「いいの」紅子は言う。目を瞑り、両手を口に当てる。「もう……」眉を寄せ、泣きだしそうな表情になった。

「あの……」紫子が言いかける。

「紅子さん、煙草いかがですか？」保呂草が箱を差し出した。最後の一本である。

紅子はそれを抜き取り、口にくわえた。保呂草がライタで火をつける。

目を瞑り、深呼吸するように紅子は煙草を吸った。既に表情から感情は消え去り、人形のようだった。

「なんてことかしら」小声で彼女は呟く。「せっかく、解決してあげたのに、まだ仕事があるんですって？　どういうことなの？　いったい、何の仕事があるっていうの？　そんなの誰かに任せておけば良いことじゃなくて？　あの女とそんなに一緒にいたいのかしら？　本当に信じられない！」

紅子は無表情のまま、煙を勢い良く吐き出す。

「ちょっと、紅子さん、落ち着いて下さいよ」紫子がソファの隣に座った。「疲れてはるんやと思う。あ、コーヒーでも淹《い》れてきましょうか？」

「うん、そうだね」練無が言った。「コーヒーを飲もう。そろそろ、朝ご飯も食べたいな」

「帰ろう」紅子は急に立ち上がった。「保呂草さん、送って下さるわね？」

「あ、ええ、もちろん……、あでも、僕の車、バッテリィがあがっているんです」保呂草は朝永を見た。「そうだ、バッテリィを借りるんだった」

「あ、いつでも、どうぞ」朝永は笑って頷く。

「すぐに、エンジンをかけて」紅子は灰皿で煙草を揉《も》み消した。「こんなところに、あと一分だっていてやるものですか。ちくしょう！　私を誰だと思っているの！　もう、帰る。帰りたいわ。へっ君も待っているのよ。ぐずぐずしていられないもの。さあさあ、紫子さんも、小鳥遊君も、行こう！」

エピローグ

重要なことは、誰も殺されなかったということだ。

もちろん、そのなかでも、小鳥遊練無が危機から脱したことは実に幸運だった。帰りの車の中で、助手席に座っていた紅子はすぐに眠ってしまい、六画邸の銀杏《いちょう》のロータリィに到着するまで、ついに一度も目を覚まさなかった。おそらくは、相当に疲労していたのだろう。肉体的にもそうだが、きっと精神的にも。彼女の中であった葛藤が、私にも少しは想像できる。紅子の場合、あれほど感情を剝き出しにすることは、非常に珍しい。特に、ああいった方面では、すなわち、自分には直接影響のない利害関係に関しては、という意味だ。それはやはり、科学者としてのプライドなのか、あるいは彼女なりの親近感だったのか……。

勝手な想像はこれくらいにしておこう。

それよりも、良いことだけを、

楽しいことだけを、考える、

それが生きる手法というものだ。

車の中で保呂草は、否、私は、彼女の寝顔を何度も見た。この幸運は、著名な絵画を一枚手に入れたことに匹敵するといっても過言ではない。一言でいうなら、掛け替えのないものだ。したがって、今回のことすべて、私にとってはプラス、大いに満足である。

その後の話は、新聞やテレビでも報道され、また、もっと下世話な関連話題が週刊誌にも取り上げられたけれど、どれも私が興味を持つような内容ではなかった。翌日だったか、刑事が阿漕荘にやってきて、私たちにいろいろと質問をしていったが、そのあと、結局何がどうなったのか、といった説明を受けた覚えはない。警察というところは、アフタ・サービスをする部署がないようだ。最終的には、裁判に持ち込まれるような段階になって、警察も、世間の人々も、すっかり興味を失ってしまう、という仕組みである。傷は瘡蓋《かさぶた》になり、若干の痒《かゆ》みもいつしか消えていく。それが健全というものの機能だ。

紅子は、数学者の小田原博士に事件のことで報告にいった、と話していた。詳しいことは聞いていない。あのとき彼女が言ったように、小田原博士が土井研究所の歪《ひず》みを早期に発見していたかどうかは、残念ながらわからない。否、わからないことが、特に残念でもない。

思うのだが、
実に、偶然と必然は、紙一重といわねばならない。

あまりにも特別な偶然があったとき、それは、必然として理由をこじつけられるか、あるいは、奇跡と呼ばれるかしか、道はないのである。

人間が生きる道もまた、必然と奇跡に彩《いろど》られた偶然だ。
善とは何か、悪とは何か。
人が持っているメータは、どこで針が振れるのだろう?
善を貫くために悪が生じ、
悪を崩すために、さらに強い悪が生じる。
つまりは、
どこからも、善は生じない。
善は、人から生まれたもの。その最初の一瞬の状態なのだ。
結局のところ、
死を恐れることと、生を求めることの、僅かな差ではないか。
その細い隙間にできた道を、我々は歩くしかない。
それが、人がどうにか生きていける細い道。
だからこそ、

死は、我々とともにあり、
死は、我々とともにない。
彼らに幸あれ、と私は願っているけれど、私がどう願ったところで、彼らの生き方には、まったく影響がないだろう。そして、もちろん、この私にも影響は及ばない。
同様に……、
私は、紅子に幸あれと願う。
しかしそれは、彼女には影響しないし、私にも影響はない。
それなのに、
人は、いつも必死になって、
ときには命に替えても、
自分の生命以外のものを、
いずれにも影響しないものを、
祈り、願う。
人間には、それができる。

冒頭および作中各文章の引用文は、『科学の方法』（中谷宇吉郎著　岩波新書）によりました。

EYE LOVE EYE

視覚障害その他の理由で活字のままでこの本を利用出来ない人のために、営利を目的とする場合を除き「録音図書」「点字図書」「拡大写本」等の製作をすることを認めます。その際は著作権者、または、出版社まで御連絡ください。

N.D.C.913　296p　18cm

六人《ろくにん》の超音波《ちょうおんぱ》科学者《かがくしゃ》

二〇〇一年九月五日　第一刷発行

KODANSHA NOVELS

定価はカバーに表示してあります

著者—森《もり》　博嗣《ひろし》

発行者—野間佐和子

発行所—株式会社講談社

東京都文京区音羽二-一二-二一
郵便番号一一二-八〇〇一

編集部〇三-五三九五-三五〇六
販売部〇三-五三九五-三六二六
業務部〇三-五三九五-三六一五

印刷所—株式会社廣済堂　製本所—有限会社中澤製本所

落丁本・乱丁本は小社書籍業務部あてにお送りください。送料小社負担にてお取替え致します。
なお、この本についてのお問い合わせは文芸図書第三出版部あてにお願い致します。

ISBN4-06-182204-7（文三）

KODANSHA NOVELS 講談社ノベルス

京太郎ロマンの精髄
竹久夢二 殺人の記　西村京太郎

超娯楽大作
ビンゴ　西村 健

娯楽超大作
脱出 GETAWAY　西村 健

豪快探偵走る
突破 BREAK　西村 健

長編国際冒険ロマン
黒い鯱　西村寿行

長編国際冒険ロマン
碧い鯱　西村寿行

長編国際冒険ロマン
緋の鯱　西村寿行

長編国際冒険ロマン
遺恨の鯱　西村寿行

長編国際冒険ロマン
幽鬼の鯱　西村寿行

長編国際冒険ロマン
神聖の鯱　西村寿行

長編国際冒険ロマン
呪いの鯱　西村寿行

長編バイオレンス
鬼の跫(あしおと)　西村寿行

長編バイオレンス
異常者　西村寿行

長編大冒険ロマン
旅券のない犬　西村寿行

長編冒険バイオレンス
ここ過ぎて滅びぬ　西村寿行

大人気コミックのオリジナル・ストーリー
D.O.A. 地雷震　新田隆男

世紀末本格の大本命!
鬼流殺生祭　貫井徳郎

書下ろし本格ミステリ
妖奇切断譜《ようきせつだんふ》　貫井徳郎

書下ろし青春新本格推理激烈デビュー
密閉教室　法月綸太郎《のりづきりんたろう》

豪華絢爛新本格推理の雄作
雪密室　法月綸太郎

新本格推理稀代の異色作
誰彼(たそがれ)　法月綸太郎

孤高の新本格推理
頼子のために　法月綸太郎

戦慄の新本格推理
ふたたび赤い悪夢　法月綸太郎

極上の第一作品集
法月綸太郎の冒険　法月綸太郎

本格ミステリを撃ち抜く華麗なる一撃
パズル崩壊 WHODUNIT SURVIVAL 1992-95　法月綸太郎

あの男がついにカムバック!
法月綸太郎の新冒険　法月綸太郎

噂の新本格ジュヴナイル作家、登場!
少年名探偵 虹北恭介《こうほくきょうすけ》の冒険　はやみねかおる

絢爛妖異の大伝奇ロマン
フォックス・ウーマン　半村 良

書下ろし本格推理・トリック&真犯人
十字屋敷のピエロ　東野圭吾

書下ろし渾身の本格推理
宿命　東野圭吾

KODANSHA NOVELS 講談社ノベルス

令嬢探偵キャサリンの推理 シンガポール蜜月旅行殺人事件 山村美紗
令嬢探偵キャサリンの推理 天の橋立殺人事件 山村美紗
旅情ミステリー&トリック 愛の飛鳥路殺人事件 山村美紗
傑作ミステリー 紫水晶殺人事件 山村美紗
長編本格推理 愛の立待岬 山村美紗
旅情ミステリー&トリック 山陽路殺人事件 山村美紗
最新傑作ミステリー ブラックオパールの秘密 山村美紗
旅情ミステリー&トリック 平家伝説殺人ツアー 山村美紗
ミステリー傑作集 卒都婆小町が死んだ 山村美紗
旅情ミステリー&トリック 伊勢志摩殺人事件 山村美紗

旅情ミステリー&トリック 火の国殺人事件 山村美紗
不倫調査員・由美の推理 十二秒の誤算 山村美紗
旅情ミステリー&トリック 小樽地獄坂の殺人 山村美紗
旅情ミステリー&トリック 京都・沖縄殺人事件 山村美紗
伝奇スーパーアクション 黄金宮 勃起仏編 夢枕 獏
伝奇スーパーアクション 黄金宮II 裏密編 夢枕 獏
伝奇スーパーアクション 黄金宮III 仏呪編 夢枕 獏
伝奇スーパーアクション 黄金宮IV 暴竜編 夢枕 獏
闘魂波瀾万丈巨編 空手道ビジネスマンクラス練馬支部 夢枕 獏
書下ろし旅情推理 由布院温泉殺人事件 吉村達也

書下ろし旅情推理 龍神温泉殺人事件 吉村達也
書下ろし旅情推理 五色温泉殺人事件 吉村達也
書下ろし旅情推理 知床温泉殺人事件 吉村達也
書下ろし恐怖心理ミステリー 私の標本箱 吉村達也
書下ろし旅情推理 猫魔温泉殺人事件 吉村達也
長編本格推理 ピタゴラスの時刻表 吉村達也
長編本格推理 ニュートンの密室 吉村達也
長編本格推理 アインシュタインの不在証明 吉村達也
書下ろし旅情推理 金田一温泉殺人事件 吉村達也
書下ろし旅情推理 鉄輪温泉殺人事件 吉村達也